복사
꽃그
자리

복사꽃 그 자리

김하기 소설집

문학동네

| 차례 |

용늪은 수천년 동안

쌓인 식물부식층 위를

물이끼와 산사초가 그물처럼

감싸는 구조로 되어 있다.

용늪 위를 뛰면

용늪 가는 길

마치 텀블링처럼

용늪 전체가 출렁거리며

탄력을 얻는다.

이 용은 폭우와 거센 바람에도

배를 뒤치며 출렁거린다.

1

　호흡이 곤란하다. 가위가 가슴을 무겁게 짓누르고 있다. 활처럼 휘어진 갈비뼈가 가슴속의 응어리를 밖으로 쏘는 순간 해준은 두 개로 분리되었다. 꿈속에서 유체이탈을 한 해준의 의식은 방금까지 하나였던 몸을 하늘에서 내려다보았다. 매미 허물처럼 벗어놓은 해준의 몸이 민첩하게 움직이며 소형 라이카 카메라를 들고 목표물을 찾고 있었다. 자욱하게 밀려오는 안개에는 화약내가 스며 있었다. 안개 속으로 희미한 얼굴들이 드러났다. 안개 속에서 움직이는 사람들은 음화 속의 피사체처럼 희고 투명했다. 낯익은 얼굴 하나가 나타났다. 소형 라이카는 어느새 망원렌즈가 장착된 대형 캐논카메라로 바뀌었고 몸은 파인더를 들여다보며 그를 겨냥하고 검지를 셔터 위에 얹었다.

―안 돼. 찍으면 안 된다구!

해준은 몸에게 소리쳤다. 그러나 해준의 소리는 젤라틴 막에 걸려 전달되지 않았다. 어느새 망원렌즈는 점점 가늘고 길어져 싸늘한 M16 총신으로 바뀌어 있었고 몸의 집게손가락은 안전장치가 풀린 방아쇠에 단단히 걸려 있었다. 동그란 가늠자 구멍으로 낯익은 눈동자가 가득 차오르는 순간 몸은 방아쇠를 당겼다.

―쏘면 안 돼. 이건 꿈이야. 깨어나면 그만이라구.

해준은 몸을 향해 필사적으로 손사래를 치지만 몸은 그예 방아쇠를 격발하고 말았다.

빠방 빠바방.

총소리와 함께 SY44 최루탄, 지랄탄, 불타는 화염병이 작열하고 해준은 걸레 조각이 되어 쓰러졌다. 페퍼포그가 분열된 몸과 자아, 꿈과 현실의 경계를 넘어 분사되었다.

쿨럭쿨럭쿨럭.

코 점막을 자극하는 매캐한 냄새에 쿨럭이며 해준은 악몽에서 깨어났다. 꿈 밖의 세계는 칠흑 같은 암흑이었다. 속눈썹에 들러붙는 섬유질 같은 진득한 어둠 속을 더듬다 머리 위로 붉은 암등 한 점이 흐느적거리는 것을 보았다. 그제야 해준은 밤새워 암실에서 인화 작업을 하다 새벽녘에야 깜빡 잠이 든 것을 알았다. 바트에 담긴 현상액과 정착액에서 풍겨내는 강한 독성이 코끝에 물씬 묻어났다. 스위치를 찾아 암실의 조명등을 켰다. 정착액 바트에 담긴 들풀 사진들은 안정되게 정착되어 있었다. 그러나 현상액 바트에 반쯤 잠겨 있던 한 장의 인물사진은 절반이 까맣게 지워져 있었다. 낡은 필름에서 현상된 반이 잘려나간 희미한 얼굴. 꿈속에서 본 낯익은 그 얼굴이었다. 해준은 여느 때처럼 서둘러 핀셋으로 그 인화지를 건져올려 백열등에 비쳤다. 희미하게 남은 절반의 잠상(潛像)마저도 까맣게 타들어가기 시작했다.

2

연식(年式)이 오래된 고물 지프는 요란한 소리를 내며 약속장소인 양수리로 달렸다. 해준의 지프는 퇴행성 관절염에 걸린 늙고 비루한 말과 같았다. 십여 년간 전국의 산하를 누비며 고락을 같이했던 이 애마는 이제 낮은 언덕길을 만나도 힘에 부쳐 낑낑거렸다. 달포 전 폐기처분하려고 폐차장을 향해 달리다가 왠지 눈물이 나 핸들을 꺾어 되돌리고 만 차였다.

해준은 벌써 일 주일째 밤을 새우며 우리나라 들풀 사진과 슬라이드 작업에 매달리고 있었다. 각종 야생화의 사진첩에 보기보다 크고 곱게 피어난 들꽃 사진은 들풀의 참모습이 아니다. 들꽃은 며칠만 화려하게 피고 떨어진다. 비록 잡초 같긴 하지만 매일 보는 잎새와 줄기 그대로가 들풀의 진정한 모습이라 생각하며 해준은 지난 일 년간 부지런히 들풀 사진을 찍어두었다. 그리고 들풀 작업이 채 끝나기도 전에 용늪의 생태계 취재여행을 떠나야 했다.

양수리 풍차가든 앞에는 카키색 배낭을 멘 김교수가 미간을 찌푸린 채 담배를 뻑뻑 빨고 있었다. 두꺼운 안경알에 떠오른 작은 눈,

목에 깁스를 한 듯한 뻣뻣한 태도. 동행하기엔 까다로워 보이는 첫인상이었다.

"풍차는 하염없이 돌아가는데 자네는 오지 않더군."

김교수는 뒷머리를 긁적이며 올린 해준의 인사도 제대로 받지 않고 퉁을 놓았다. 그러더니 냉큼 뒷좌석으로 올랐는데 당연히 조수석에 앉아 나란히 가리라 생각한 해준으로선 당혹스런 일이었다. 그러더니 대뜸 개인적 취향을 빌미 삼았다.

"뒤로 묶은 말꽁지 머리는 뭔가? 지금 양구가 아니라 제주도로 가는 건가?"

그의 말투에 익살기나마 묻어 있지 않았다면 듣기 거북한 빈정거림이 되었을 것이다.

식물분류학을 전공한 김교수가 휴전선의 야생화와 생태계에 관한 한 꾸준히 한길을 걸어온 점은 인정해야 했다. 분단과 냉전의 엄혹한 산물로만 파악되던 비무장지대와 민통선 일대를 생태계의 보고로 인식하기 시작한 것은 전적으로 그의 선구자적 탐사와 연구에 따른 결과였다. 용늪의 생태계에 관한 논문도 여러 편 썼다는 걸 월간 환경잡지 『그린』의 편집부장으로부터 들었다. 『그린』의 사진기자인 해준 또한 한국의 자연과 환경 사진만을 고집해온 독특한 사진가로서의 이력을 지니고 있었다. 잘만 하면 환상적인 커플이 될 수 있는 이들이 첫 만남부터 삐걱이기 시작했다.

하지만 봄에서 여름으로 옮겨가는 산록의 녹음은 풍성하고 아름다웠다. 정오의 따가운 봄볕으로 약이 오른 솔잎들은 투명한 감청색으로 일렁였다. 산마다 흘러내리는 푸른 물결은 대지 위에 철철 넘처서 강으로 흘러들어가 물빛을 한결 푸르게 했다. 해준은 복잡한 인간관계보다 이런 자연이 좋아 자연만을 찍어왔는지 모른다.

"자네는 용늪에 가본 적이 있나?"

"처음입니다."

대암산 용늪은 우리나라에서는 유일한 산마루 습원지로 생태계가 독특하다죠? 움직이는 식물인 북통발이나 끈끈이주걱이 살고 희귀종인 금강초롱이 군락을 이루고 있다면서요?

그가 임의로운 사람이었다면 읽어둔 상식으로라도 말을 붙였을 것이다.

"이런 고물차로 산마루까지 올라갈지 의문이군. 이번이 초행길이라면 용늪에 사는 용을 보지 못했겠군."

"예? 용늪에 용이 사나요?"

해준은 반사적으로 바보 같은 질문을 했다.

"용늪에 가서 용을 보지 못한다면 용늪을 못 본 거야. 인적이 끊어진 휴전선 일대에는 일반인에게는 알려지지 않은 불가사의한 일이 많아. 남북으로 자유로이 왕래하는 흙섬에 관해 들어본 적이 있나? 콩나물 대가리처럼 갈라진 머리로는 이해할 수 없는 아름다운 섬이지."

볼리비아의 티티카카 호수에 떠다니는 섬이 있고 중국 고비사막에 방황하는 호수가 있다던가. 해준은 지난 십여 년 동안 전국을 떠투고 다니면서 신비롭다는 곳은 웬만큼 답사했다. 시동 끈 차가 기어오르는 제주도의 도깨비 도로, 완주 송광사의 땀 흘리는 부처님, 삼척 소한굴샘에 자생하는 민물김을 보고는 이 땅의 신비로움에 경의를 표했다. 그러나 용늪에 사는 용과 남북으로 자유로이 왕래하는 흙섬에 관해서는 금시초문이었다.

"한강의 하구인 청수바다 위에는 정처없이 부유하는 흙섬이 있지. 갈대와 물풀 사이에 숨어 있는 이 흙섬은 물길 따라 남북으로 자유로이 이동하고 다닌다네. 그러다 썰물이 크게 질 때는 숫제 남북을 하나로 이어버리기도 하는 거야. 갈라진 남북으로 자유로이 왕래하고 있는 이 흙섬은 분단시대의 혼령들이 쉬어야 할 이어도가 아닐까. 지친 영혼이 쉬어간다는 전설의 섬 이어도는 실상 서해안 임진강 하구에 있는 셈이지. 말꽁지 머리, 그렇지 않은가."

김교수의 언어에는 환상적인 분위기를 연출하는 힘과 오래된 연륜에서만 나오는 내적 성찰이 스며 있었다. 헌데 듣기 거북하게 말꽁지 머리라고 부르는 까닭은 뭔가? 머리를 다듬기가 귀찮아서 편한 기분으로 묶은 것뿐인데 이를 빌미 삼을 건 없지 않은가.

잡지사 편집부장의 말이 떠올랐다.

'내 말을 명심하게. 사진이라도 몇 컷 건져오려면 늙은 원숭이 같은 노교수의 신경을 건드리지 말게. 언제 돌출 행동이 나올지 모르니까. ㅈ신문 기자는 카메라가 박살났다네.'

외양으로 보자면 두꺼운 안경알에 떠오른 작고 까만 눈동자와 마른 턱 위로 인중이 뾰족하게 튀어나온 김교수의 얼굴이 영락없는 쥐상 아닌가. 게다가 목뼈마저 살짝 기울어진 주제에.

해준은 자제를 했음에도 자기도 모르게 운전이 거칠어졌다.

　차가 도계(道界)를 지나 춘천으로 접어들자 김교수가 해준의 어깨를 두드리며 말했다.

　"여보게나, 사진작가. 오줌보도 찼고 속도 출출한데 잠시 휴게소에 들렀다 가지."

　해준은 시큰둥하게 운전대를 돌려 강촌휴게소에 차를 세웠다. 둘은 나란히 화장실로 들어가 오줌발을 비켜 눈 뒤 식당 대신 노점에서 껍질째 볶아 파는 통감자구이로 요기했다.

　강렬한 햇살을 받은 북한강은 프리즘 효과를 일으켜 오색으로 번쩍거렸고 물위론 해오라기 한 마리가 한가롭게 유영을 하고 있었다. 잘하면 한 꼭지 건질 법도 한데. 해준은 목에 건 카메라를 벗었다.

　"말꽁지, 아니 사진작가 양반. 부탁이 하나 있는데……"

　그가 말꽁지란 말을 황급히 바꾸었으나 해준은 이제 묵묵부답으로 대응하기에 인내력의 한계를 느꼈다.

　"교수님, 말꽁지나 사진작가란 말 대신에 그냥 권기자로 불러줄 순 없나요!"

　더욱이 뭔가 부탁이 있다는 사람이 하인 부리는 듯한 태도를 취하는 건 도저히 이해할 수 없었다.

　"허, 그저 친하자고 터놓고 부른 이름을 가지고 과민하게 반응하기는. 그런데 사진작가라고 부르면 그렇게 기분이 나쁜가?"

　"소설가 화가 무용가는 소설작가 화작가 무용작가라고 부르지 않잖아요? 사진 찍는 우리들만 사진작가라 하니 무슨 쟁이 같은 기분이 든단 말입니다. 사진가, 어감도 부드럽잖아요."

"그럼, 사진가 양반 들어보게나! 내 목은 좀 비틀어졌지만 성격마저 그런 건 아니라구. 육이오 전쟁 때 뒷목 경골에 비스듬히 박힌 수류탄 파편 하나가 지금도 간혹 내 신경을 건드리긴 하지만 이게 나의 감춰진 훈장이고 메달이지. 비록 콩알만한 크기지만 공항 체크 게이트를 통과하면 삐삐 소리를 확실히 내는 존재야. 메스로 파내지 않는 것은 신경을 건드리면 목 아래를 못 쓰는 식물인간이 될 수도 있어서야. 그래, 이것이 조금은 내 인생을 신경질적으로 만들어왔다는 걸 인정해. 그래도 이것을 우습게 보지 말라구. 쬐그만 이것이 날 국가유공자로 만들어 평생을 먹여살렸으니까."

장황한 사설 끝에 나온 김교수의 부탁은 아름다운 강촌 풍경을 배경으로 인물사진 하나를 찍어달라는 것이었다. 이 달에 그가 화갑 논문집을 내는데 사용할 만한 마땅한 사진이 없다는 것이었다. 그렇다고 미농지로 덮은 망자의 영정 같은 저자 근영은 죽어도 싫다며 자연을 배경으로 한 자연스런 전신 사진을 원하고 있었다. 흐르는 강물을 뒤로 뒷짐 지고 근엄한 포즈를 취하고 선 김교수에게 해준은 고개를 흔들며 말했다.

"교수님, 안 됩니다."

"안 되긴 뭘 안 돼, 이 사람아. 말꽁지라고 불러서 삐친 게야?"

"아녜요. 전 인물사진은 찍지 않습니다."

해준은 아직도 잠상이 남아 있는 꿈속의 얼굴을 떠올렸다. 언제부턴가 그는 인물사진 찍는 것을 기피해왔다. 불꽃같은 80년대를 살아온 해준은 누구보다도 많은 인물사진을 찍었다. 화염병을 움켜쥐고 구호를 외치는 청년 학생들. 최루탄 안개 속에서 쇠파이프를 휘두르는 복면의 전사들. 온몸에 시너를 뒤집어쓰고 달려가는 불덩어리들. 그러나 사진을 찍는 것이 사람을 쏘는 것과 같다는 강박관념에 사로잡히게 된 후부터 셔터를 누를 때의 짜릿한 손맛은 사라지고 방아쇠를 당겨 사람을 사살한다는 죄의식만 남았다. 한때 아무것도 찍을 수 없어 완전히 카메라를 놓을까도 생각했지만 사람 사진을 버리고 자연과 환경 사진에만 몰두함으로써 어느 정도 심리적 안정을 되찾게 되었다. 이후 해준은 단 한 컷도 사람을 찍은 일이 없었다. 그리고 지금 김교수도 예외일 수 없는 것이다.

"아직도 꽁하고 있는 게야."

김교수는 자존심을 접고 은근하게 눙치고 들어왔지만 해준은 분명한 어조로 말했다.

"전 인물사진은 안 찍는다구요."

"그만두라구. 젊은 사람이 밴댕이처럼 속이 좁아가지고선."

김교수는 무시당했다는 표정이 역력했다. 해준은 침묵했다. 말을 걸면 '넌 바보야, 바보!'만 되풀이하는 구관조 같은 늙은이와 피곤한 입씨름을 계속할 필요가 없었다.

강상의 푸른 기운에 마음이 좀 눅긴 했지만 이번 용늪 기행은 고갯길을 오르는 고물 지프처럼 심리적 부하가 무겁게 걸려 있었다.

4

　해준의 지프는 양구로 들어가는 완만한 고갯길을 느릿느릿 올라
가고 있었다. 뒷자리의 김교수는 눈을 흘겨뜬 채 졸았다 깨었다를
반복하더니 그예 코를 곯았다. 지프의 앞에 가는, 돼지를 실은 개조
한 트럭은 숫제 엉금엉금 기어오르는 거북의 형국이었다. 아무리 애
마가 비루먹고 추월금지선이 있다 해도 추월하지 않을 수 없었다.
해준이 추월하려고 깜빡이 신호를 넣는 순간 덜컹, 트럭 뒷받이가
빠지면서 돼지 네 마리가 꽤액꽥 멱따는 소리를 지르며 길바닥으로
쏟아졌다. 당황한 해준은 급제동을 걸었으나 차간 거리가 너무 좁아
떨어진 돼지 한 마리를 치고선 길섶에 비스듬히 멈췄다. 돼지 두 마
리는 산비탈로 달렸고 한 마리는 길옆 저수지로 내닫기 시작했다.
트럭 문이 열리고 군복을 입은 중년 사내가 뛰어내렸다. 차림은 텁
수룩했으나 동작은 민첩하고 침착했다. 군복 사내는 뒷바퀴에 고임
목을 고인 후 짐칸으로 돼지가 오르내리는 나무사다리를 장치하고
해준에게 말했다.

　"좀 도와주시오!"

　그리곤 산 쪽으로 달아나는 돼지를 붙잡으러 뛰어갔다.

　한 마리는 봄가뭄으로 밑바닥이 드러난 저수지로 뛰어들어갔다.
급제동 때 앞좌석의 등받이에 박치기를 하고 잠이 깬 김교수는 어
느새 차에서 내려와 현장을 본 뒤 뜻밖에 좋은 일거리를 만났다는
표정이었다.

　"어려움에 처한 사람을 본 이상 그대로 지나칠 수는 없지 않은가!"

김교수가 소매를 걷어붙이고 저수지로 뛰어들어가리라곤 미처 예측하지 못했다. 해준은 돼지를 치어 죽인 미안함도 있는데다 노교수가 앞장서니 따라나서지 않을 수 없었다. 중돈이 넘어 보이는 돼지는 생각보다 몸이 날렵하고 성격이 거칠었다. 군복 사내는 산으로 도망가던 돼지의 방향을 돌려 트럭 쪽으로 몰아오며 고함을 질렀다.

"그놈이 저수지 안으로 들어가지 않게 좀 붙잡아줘요!"

그러나 돼지는 저수지 뻘탕 쪽으로 달려가고 있었다. 김교수보다 한 발 먼저 도착한 해준이 돼지 옆구리를 차며 뛰는 방향을 돌리려 했다. 그러나 포악한 돼지는 오히려 해준을 원통형의 코로 뜸베질해 뻘밭에 처넣었다. 뒤따라온 김교수가 돼지 목을 잡았지만 돼지는 김교수를 매단 채 뻘밭에 나뒹굴었다. 순식간에 둘은 뻘투성이가 되고 말았다. 이 돼지는 일반 집돼지들과는 달리 털이 긴 다갈색인데다 송곳니가 조금씩 솟아올라 있어 생김새가 흡사 멧돼지 같았고 성질도 난폭하고 사나웠다. 뻘밭에 들어간 김교수는 돼지와의 진흙탕 싸움에 완전 몰입해버렸다. 그는 머리까지 뻘탕을 뒤집어쓴 채 돼지를 껴안고 뒹굴었다. 돼지를 잡는 게 아니라 함께 어울려 노는 듯했다. 돼지 한 마리를 트럭에 집어넣고 달려온 군복 사내도 뻘밭에 합류했다. 그는 돼지처럼 꿀꿀 소리를 내며 손바닥으로 돼지 등을 때리며 방향을 잡았다. 그제야 저돌적으로 덤비던 돼지가 뻘 밖으로 내달렸다. 군복 사내가 방향을 잡아 트럭까지 몰아갔으나 놈은 나무사다리로 오르려고 하지 않았다. 셋은 버둥거리는 놈의 목과 배와 다리를 붙잡고 들어올려 간신히 짐칸 안으로 도로 넣을 수 있었다.

지나가는 차량들이 속도를 줄여 이 해괴한 돼지몰이 광경을 보았고 몇 대는 아예 차를 연도에 세우고는 본격적으로 구경했다. 돼지와 격투를 벌인 시간은 그다지 길지 않았지만 갯벌을 뛰어다니며 왼종일 짱뚱어를 잡은 사람처럼 축 늘어졌다. 마지막 작업으로 지프에 받혀 죽은 돼지를 트럭에 실은 뒤 셋은 저수지 둑에 앉았다. 군복 사내가 권하는 담배를 받아 문 해준은 순식간에 일어난 돼지몰이 사건과 이런 진흙투성이로 바뀐 자신들의 모습이 비현실적으로 느껴졌다. 용늪을 방문하러 가는 길이라는 김교수의 말에 양구 해안 마을에 사는 신무홍이라는 군복의 사내는 반가워하는 빛이 역력했다.

"용늪은 내가 사는 해안마을 대암산에 있지요. 저 돼지들도 그곳에서 자랐지요."

셋은 여느 통성명과 같이 서로 어떤 인연의 끈을 확인하려고 지연과 학연을 찾았으나 별 공통점을 발견하지 못했다.

"그런데 저 돼지들은 일반 집돼지와 다르게 매우 성질이 거칠고 난폭하더라구."

진흙투성이의 김교수가 트럭을 향해 손가락질을 하며 말했다.

"산으로 도망간 한 마리는 산돼지가 되어 살 겁니다."

신무홍은 돼지들이 사나운 것은 산기슭에서 방목하고 키웠기 때문이라고 말했다. 돼지들에게 먹이를 하루 한 끼만 주면 배가 고픈 이놈들은 우리를 빠져나가 산과 들로 다니며 쥐 뱀 따위를 찾아먹고는 배를 채운다. 그러다 보면 산에서 부닥치는 멧돼지들과 교접을 해서 새끼를 낳는데 이 새끼들은 반가축 반야생의 잡종돼지가 된다.

그리고 해안마을이란 이름이 붙은 유래도 곁들여 말했다.

"옛날에 이 마을에 뱀이 얼마나 많았던지 사람이 살 수 없을 지경

20

이었죠. 그때 어느 대사가 마을에 와서는 뱀의 천적인 돼지를 기르라고 했고 대사의 말씀대로 돼지를 기르니 과연 마을이 편안해졌다 해서 돼지 해(亥)자 편안할 안(安)자를 써서 해안(亥安)마을이 되었다고 하지요. 지금도 우리 마을엔 뱀들이 많아 뱀을 잡아먹고 자라난 이 야생돼지들은 약재로 쓰이기도 할 뿐만 아니라 비계가 적고 육질이 부드러워 돼지고기론 최고로 치지요."

"아무튼 오늘 돼지몰이는 굉장했어. 돼지 목살을 잡고 육박전을 벌일 때는 마치 육이오 때 중공군을 붙잡고 백병전을 치르는 기분이었다구."

"근력이 대단하시더군요. 저도 월남전 이후 이런 난리는 처음입니다."

"이런, 월남 참전용사시군."

지연과 학연에서 인연의 끈을 찾지 못한 김교수는 참전용사에서 공통점을 발견하고 마치 옛 전우를 만난 듯 반가워했다. 김교수의 호들갑스런 반응에는 전쟁을 모르는 전후 세대들이 말꽁지 머리나 하고 다니며 나라와 조상 귀한 줄 모른다는 심리가 깔려 있었다.

해준은 1980년 광주항쟁으로 발발된 불꽃같았던 십 년간의 투쟁을 굳이 전쟁에 견주고 싶은 생각은 없었다. 그러나 전쟁만이 빚을 수 있는 인간의 한계상황을 경험하고 그 후유증을 앓고 있는 그를 전쟁을 모르는 세대라고 규정하지 말았으면 했다. 전쟁이 인간을 죽이고 타락시키는 폭력이라면 6·25와 월남전과 80년대의 투쟁이 서로 다른 차이점이 무엇인지 알지 못했다.

"청룡부대에 있었어요. 유명한 차빈동작전에 참가해 무공훈장까지 받았지요."

"난 6·25 때 최초로 삼팔선을 돌파하고 철모로 압록강물을 떠먹은 수도사단 소속이었지."

"군대 얘기는 술이 있어야 제 맛 아닙니까. 양구로 나가서 목욕부터 하고 난 뒤 소주나 한잔합시다."

"조오치, 군대 얘긴 평생 돈 안 드는 술안줏감 아닌가."

담배를 다 태운 셋은 저수지 둑에서 일어났다. 트럭에서 꿀꿀거리는 돼지들의 소리가 들렸다. 해준은 오늘 일어난 모든 일들이 제대로 이해되지 않았다. 이것들은 아무런 인과도 없이 암실의 꿈에서 이어져 잔몽(殘夢)으로 흐느적거리고 있었다.

5

군복으로 갈아입은 해준 일행은 휴가병과 귀대병들이 몰려다니는 군사도시 양구의 밤거리를 비틀거리며 이차를 할 술집으로 걸어갔다. 목욕을 마치고 세탁소에서 가져온 군복으로 갈아입을 때만 해도 김교수는 어깨를 추스르며 어색함을 감추지 않았다.

"이것 참, 다시 이등병으로 돌아간 기분이군."

세탁소에 옷을 맡기고 가져온 허드레 여벌 군복이라 김교수의 군복바지는 길어서 길바닥에 쓸리었고 마르고 키가 큰 해준의 군복은 바지와 소매 기장이 짧아 우스꽝스러웠다.

일행은 부대찌개와 손두부 맛이 일품이라는 후곡집으로 들어갔

22

다. 겉모습은 허름해도 박정희 대통령의 휘호인 '有備無患'의 복사본 액자가 걸려 있는 실내는 비교적 깔끔하고 아담했다. 창가엔 술 취한 하사관 세 명이 앉아 군에 대한 현 정부의 시책을 강도 높게 비판하고 있었고 구석진 자리에는 외박 나온 병장이 마주 앉은 애인을 눈에라도 넣고 싶은 듯 손과 볼을 어루만지며 어쩔 줄을 몰라 하고 있었다.

이미 일차에서 반주를 권커니 잣거니 하면서 군대 이야기로 거나하게 된 김교수와 신무홍은 이차에서도 과장과 모험과 배반의 전쟁 이야기를 술안주로 삼았다.

하사관들이 나가자 후곡집 아주머니가 어느새 술을 따르며 합석해 있었다.

"군인 아저씨들이 아니시구나. 계급장도 없고 군화도 신지 않았기에 무슨 에이치아이딘가 생각도 해봤지만 나이가 영 맞지 않고. 어디 서울에서 오셨수?"

사글사글한 눈매를 가진 아주머니는 "교수님이 멋있게 늙으셨다" "신사장님은 마누라밖에 모르는 불출인가봐" "해준씨는 아무리 봐도 숫총각 같애"라는 등 시시껄렁한 얘기로 분위기를 띄웠다.

그러나 취기가 올라 눈이 게슴츠레한 김교수는 했던 말을 또 하면서 군대 얘기만을 고집했다.

"난 이래 뵈도 역전의 노장이라구. 당신들 육이오를 알아? 전쟁은 잔인한 게임이야. 자기가 죽지 않기 위해서는 남을 죽여야 하는 거라구. 절망적이고 처절한 상황에 빠지면 합리적 이성이란 아무 짝에도 쓸모없는 거야. 세상에, 안전핀을 뽑은 수류탄을 오래 들고 있다 던지는 시합을 하기도 했지. 사내다움을 증명하는 시합이자 도박이기도 했지. 달러를 걸고 했으니까. 난 누구보다 수류탄을 오래 들고 있었고 돈도 많이 땄지. 그러던 어느 날 결국 사고가 나고 말았지. 죽지 않은 게 천만다행이었어."

"그러면 뒷목의 수류탄 파편은 그때 박힌 건가요?"

해준의 기습적인 질문에 김교수는 설레설레 고개를 흔들었다.

"엔시엔디 정책 몰라? 공식적으로는 확인해줄 수 없는 사실이라구."

장교 둘이 술집으로 들어오자 아주머니는 하품을 뽑으며 일어났다. 새로운 외지 이야기를 기대했던 그녀는 늘상 듣는 군대 이야기에 식상했을 것이다.

"월남은 어땠어? 콩카이하고 재미 많이 봤다문서."

김교수는 호호거리며 신무홍을 자극했다.

"교수님께서 수류탄 얘기를 하니 생각나네요. 제가 나트랑에 갔을 때는 베트콩의 대공세가 시작되어 외박이고 휴가고 일체 중지되었지요. 삼 개월을 꼬박 참호에서 지내니 미치겠더라구요. 그래서 어느 날 부대장 숙소에 수류탄 하나를 들고 가 만약 외박을 보내주지 않으면 너 죽고 나 죽자는 식으로 덤벼들었죠. 그때 부대장이 화끈해서 좋다면서 하룻밤 외박을 보내주더라구요."

"그게 다야. 별 싱거운 사람이군. 거짓말이라도 좋으니 솔직하게 얘기해봐."

이제 김교수의 말은 언어의 구조가 허물어져 횡설수설이었다.

"글쎄요. 이건 극적인 얘기라서 어떨까 모르겠네요. 아직도 제 마음에는 죄의식으로 자리잡고 있으니까 말이죠."

"이 순진한 친구야, 죄의식이라니! 전쟁 자체가 큰 죄악이고 거짓말이지. 큰 죄악일수록 모든 걸 용서해주고 큰 거짓말에 진실이 들어 있다네. 그렇지 않아? 날 보라구. 수류탄 파편 하나가 날 평생을 먹여살렸다구. 전쟁이 괴로워서, 아니 모든 게 지겨워서, 그렇게 터뜨린 수류탄이 말이야……"

후곡집에서 벌써 소주를 세 병이나 간 김교수는 괴로운 나머지 껑껑거리며 마른 구역질을 올렸다.

신무홍도 말하기가 괴로운 듯 병째 나발을 불고 난 뒤에야 떠듬떠듬 말문을 열었다.

"우리 청룡부대 옆에는 베트남 원주민들의 전략촌이 있었지요. 그 마을엔 남편이 월맹으로 넘어간 것으로 알려진 미모의 과부가 외팔이 딸과 함께 주막을 하면서 살고 있었고요."

헌데 이 과부는 부대 주위의 여느 술집과는 달리 술만 팔지 몸은 팔지 않는다는 원칙을 지키며 장사했다. 그런 도도한 자세는 팔팔한 군인들의 호기심만 눈덩이처럼 키워버렸다. 사병은 물론이고 헌병대장, 보안대장이 나서서 내가 한번 꺾어보겠노라고 덤벼보았지만 번번이 퇴짜를 맞았다. 이 과부의 미모와 수절은 마침내 부대장의 귀에까지 들어갔고 어느 날 부대장이 직접 과부를 불러 동침을 요구했으나 과부는 부대장의 요구를 거절했을 뿐만 아니라 덤벼드는 그의 귀를 물어뜯고 뛰쳐나와버렸다.

부대장과 과부의 관계에 대한 소문이 파다하게 돌고 있을 때 부대원 다섯 명에게 작전명령이 떨어졌다. 그 과붓집 모녀는 부대 주위에서 술집을 위장 경영하면서 군사기밀을 수집해 적군에게 빼돌린 스파이이며 그날 밤 자정을 기해 모녀를 체포하고 반항할 경우 사살해도 좋다는 명령을 받았다. 그러나 팀장인 주임상사는 막상 과부의 술집에 도착하자 그런 명령이 없었다며 여기까지 온 김에 도도한 년의 가랭이 맛이나 보고 가자고 했다. 군에서 억압된 병사들의 성은 마치 농축 우라늄과 같이 강한 폭발력을 가지고 있었다. 주임상사의 제의에 누구도 이의를 제기하는 사람이 없었다. 신무홍도 마찬가지였다. 그날 밤 짐승 같은 오인조는 과붓집 모녀를 덮쳐 쑥대밭으로 만들어놓았다. 그것은 광란의 축제였다. 축제가 끝난 다음날 과부는 목을 매었고 외팔이 딸은 정신이상이 되고 말았다.

"다행인지 불행인지 이 사건은 묻히지 않았습니다. 마을 사람들이 한국 정부에 진상규명과 처벌을 강력히 요구하며 진정서를 내었던 게지요. 그 결과 주임상사는 구속되었고 저를 비롯한 나머지 넷은 한 달간 영창생활을 한 뒤 한국으로 추방되는 것으로 끝나고 말았지요."

추악한 전쟁. 전쟁이 추악한 것이라면 해준도 전쟁을 치렀다. 군대 대신 감옥에 갔을망정 휴전선의 병사들보다 더 많은 전투를 치렀고 더 많은 전우와 사귀었고 더 많은 배신을 경험했다.

김교수와 신무홍의 총구 앞에서 뭇으로 죽어나가던 중공군과 베트콩의 이야기도 끝나가고 있었다.

김교수가 혀 꼬부라진 소리로 말했다.

"여봐, 말꽁지. 자네도 학창 시절 부마사태다 광주사태다 전쟁의 맛을 조금은 보았을 것 아냐? 거기도 탱크와 장갑차가 출동하고 수

백 명이나 총 맞아 죽었다며? 무슨 감칠맛 나는 술안주 같은 얘기가 분명히 있을 텐데."

"죄송스럽게도 전 없습니다."

"전쟁의 웅대한 스케일과 그 비참함을 경험하지 못한 전후 세대들은 정말 염려스러워. 온실에서 자란 화초가 뭘 알겠나. 설사 광주에서 총을 들었다 해도 일 주일 만에 끝난 게 어디 전쟁 축에나 들겠나. 우린 삼 년간을 포화 속에서 싸웠단 말이야."

'시간의 길이나 포탄의 무게보다 얼마나 처절한 싸움이었나가 중요한 거 아녜요?'

해준은 김교수에게 항의하고 싶었지만 김교수는 "말꽁지! 사진작가 아니 사진가 양반, 그래 가지고 내일 용늪에 가서 용을 보겠는가"라는 둥 횡설수설하다 바닥에 쓰러졌다. 해준과 신무홍은 그의 어깨를 부축하며 숙소인 신라장으로 걸어갔다. 겉보기완 달리 김교수도 해준 못지않은 내면의 깊은 상처를 지니고 사는 사람 같았다. 그도 목덜미에 박힌 수류탄 파편이 조금은 그의 인생을 신경질적으로 만들어왔다는 것을 인정하지 않았는가. 약간 비스듬하게 떨구어진 그의 늙은 목에는 쓸쓸한 연민이 드리워져 있었다.

6

해준의 우려와는 달리 만취했던 김교수가 가장 빨리 기상하여 몸에 좋다는 검붉은 후곡 탄산약수를 마시고 돌아왔다. 해준과 거의 같은 시간에 일어난 신무홍은 용늪 취재가 끝나면 해안마을의 자기 집에 꼭 들러줄 것을 신신당부하며 양구를 떠났다.

해준과 김교수는 예정대로 민심처 장교의 안내로 대암산 용늪으로 향했다. 해준의 애마는 일찍이 들어보지 못한 늙고 비루한 신음소리를 내며 가파른 돌산령을 오르고 있었다.

용늪에 사는 용을 볼 것인가?

김교수의 말을 믿진 않았지만 어쩌면 용늪에서 자신이 모르는 신비한 어떤 것을 목격할지도 모른다는 설렘이 일었다.

고물 지프는 돌산령 팔부 능선쯤에서 우측으로 난 비포장도로로 진입해 도솔산 허리를 돌아 대암산으로 올라가 용늪에 도착했다.

식물생태계의 보고(寶庫)라는 용늪은 겉으로 보기엔 용이 살 만한 거대한 늪도 아니었고 신비한 구석도 없는 초라한 웅덩이였다. 다만 누런 산사초와 푸른 이끼로 뒤덮인 광활한 주변 습지는 대규모로 조성한 농장의 목초지를 바라보는 듯 눈맛이 시원했다.

최상수 중위는 용늪을 내려다보며 마치 통일전망대나 안보 전적지에서 관광객들에게 브리핑하는 어조로 말했다.

"여기, 동쪽으로 세시 방향을 보시면 해발 천삼백오 미터인 대암산이 보입니다. 그리고 표고 천이백팔십 미터의 산마루에 시원하게 펼쳐진 이곳이 바로 전국 유일의 고층 습지이자 식물생태계의 보고인 용늪이 되겠습니다. 충북대 강상준 교수가 용늪의 퇴적층을 파서 연대를 측정한 결과 약 사천오백 년 전에 이 용늪이 만들어졌음을 밝혀냈습니다."

김교수는 최중위의 설명이 틀림없다는 듯 고개를 주억거렸다.

"사천오백 년 전이면 우리 국조 단군 왕검이 태백산에서 신시를 열고 홍익인간의 이념을 펼쳤던 바로 그때야. 아마도 단군이 거느리고 온 풍백(風伯) 우사(雨師) 운사(雲師)가 이곳에도 머물렀을 게야. 잘 살펴보게나. 그들이 나린 바람 비 구름을 흠뻑 맞고서 형성되기 시작한 이 대암산 용늪에서 용이 한 마리쯤 산다는 건 결코 신비한 일이 아닐 터이니."

해준은 김교수의 말이 믿어지지 않았지만 용이 될 만한 것들을 찾아보았다.

풍수와 지리에서 산을 용이라 했다. 대암산 도솔산 대우산 가칠봉 운봉 매봉 금강산으로 이어지는 산의 흐름은 분단을 무의미하게 만드는 거대한 용트림이라 할 수 있을 것이다. 금강산이 용의 머리라고 한다면 대암산 용늪은 용의 배꼽에 해당되지는 않을까.

밟으면 용의 등처럼 출렁이는 산사초 늪은 어떤가.

용늪은 수천년 동안 쌓인 식물부식층 위를 물이끼와 산사초가 그물처럼 감싸는 구조로 되어 있다. 용늪 위를 뛰면 마치 텀블링처럼 용늪 전체가 출렁거리며 탄력을 얻는다. 이 용은 폭우와 거센 바람에도 배를 뒤치며 출렁거린다.

어쨌든 그가 온 첫번째 목적은 환경잡지에 실을 사진을 찍는 것이다. 용늪의 습원지에선 희귀식물인 연령초 홀아비바람꽃 처녀치마 피나물꽃 얼레지 등을 쉽게 찾을 수 있었다. 세계적인 희귀종으로 알려진 금강초롱 비로용담 제비동자꽃은 아직 개화철이 아닌 탓인지 눈에 띄지 않았지만.

해준은 들꽃과 들풀을 찾아 근접 촬영을 하고 산마루에 시원스레 펼쳐진 용늪의 아름다운 풍경을 부지런히 필름에 담았다. 용늪 한가운데는 노루나 토끼가 목을 축일 수 있는 옹달샘이 있어 한층 목가적인 분위기를 자아냈다.

해준이 두 롤의 사진을 찍으며 돌아다녔어도 용이라고 할 만한 것은 꼬리조차 보이지 않았다.

'저 손바닥만한 물웅덩이 안에 용이 살 리는 없을 테고……'

그런 생각을 하고 있을 때 물웅덩이에서 도롱뇽 한 마리가 기어나와 돌출된 작은 눈으로 해준을 겁없이 바라보았다. 도롱뇽은 녹색의 둥근 주둥이 끝으로 혀를 내밀며 뭔가를 중얼거리는 듯하다가 그가 누른 셔터 소리에 놀라 황급히 홀아비바람꽃 뒤로 자취를 감추었다.

'설마 저 작은 도롱뇽을 말하는 건 아니겠지.'

도롱뇽은 작지만 서양에선 샐러맨더라고 하여 마법사와 연금술사들이 찾아헤매던 전설의 동물이었다. 용늪에는 도롱뇽이 제법 서식하는지 웅덩이에는 정력에 좋다는 투명한 한천질의 도롱뇽 알주머니가 서너 줄 눈에 띄었다.

'어쩌면 용이란 게 저 작은 갈색의 도롱뇽을 가리키는지도 몰라. 처음 보는 사람을 대뜸 말꽁지라 부르는 김교수라면 도롱뇽을 용이라고 하는 작은 익살을 능히 부릴 수 있으리라.'

해준이 김교수를 돌아봤을 때 그는 배낭에서 모종삽을 꺼내 습원지에서 자란 진달래를 캐내고 있었다.

"이것 보라구. 습지에는 자랄 수 없는 진달래 나무가 여기로 내려와 뿌리를 내리고 있잖아. 이건 습원지 용늪이 말라죽어가고 있다는 구체적인 증거라구."

　김교수는 습지에 사는 벌레잡이식물인 들통발과 끈끈이주걱도 이젠 찾아보기 힘든 실정이라고 개탄하며 말했다.

　"반만 년 동안 가혹한 자연환경에도 용케 잘 버텨낸 용늪이 최근 이십여 년 동안 인간의 간섭을 받아 급속도로 죽어가고 있는 게 가장 큰 문제야. 인근의 한 부대가 용늪 한가운데다 트랙을 파고 스케이트장을 만들면서부터 용늪의 파괴는 시작되었지. 지금도 군부대에서 흘러드는 오수와 토사의 유입으로 늪의 원형이 점점 손상되어가고 있고."

　군의 환경정책에 대해 불만을 토로하는 김교수의 말을 들은 최중위는 억울하다는 듯 건조한 브리핑 어조를 물기 어린 부탁조로 바꾸어 말했다.

　"제발 군의 이미지나 사기를 실추시키는 그런 글과 사진은 게재하지 말아주세요. 아시다시피 요즘 우리 군도 워낙 어렵지 않습니까. 사단장님의 제일 방침은 모든 부대가 환경군대가 될 때 전투력도 배가된다는 것입니다. 우리 군은 과거와는 달리 생태계의 보고인 용늪을 지키는 데 앞장을 설 뿐만 아니라 군부대에서 나오는 오폐수나 쓰레기 관리에 만전을 기하고 있음을 꼭 알려주십시오."

　해준 일행은 용늪 취재를 마치고 대암산과 도솔산을 내려왔다.

　해준은 브레이크 페달에 발이 미끌리는 걸 조심하면서 김교수에게 궁금한 점을 물었다.

　"용이란 게 용늪에 서식하는 작은 도롱뇽을 말하는 게 아닙니까?"

　"글쎄…… 맨입으론 대답 못 하지. 자네가 내 사진을 한 장 찍어

주면 모를까?"

김교수는 강촌 휴게소에서 거절당한 것을 끄집어내며 흥정을 하려는 심산이었다.

해준에게 사진 찍기란 양보할 수 없는 마지노선이었다.

말없이 운전하는 그에게 악몽이 되살아났고 그의 회백질 뇌리엔 낯익은 얼굴의 잔상이 맺히고 있었다.

구범학. 일명 둘리. 전학련 지하총책. 얼굴 없는 일급 수배자. 대학과 여관 등을 은신처로 삼아 지하에서 각종 반정부 투쟁을 배후 조종함. 애인 이미은. 참고사항 검거에 수배자와 가까운 망원의 도움이 필요하다고 사료됨.

공안기관에 붙잡힌 해준은 죽음으로 앞서간 동지들을 생각하며 물과 전기로 거듭나는 세례의식을 통과했다. 한 달 동안 인내력의 한계를 넘는 고문과 구타에도 웃을 수 있었던 것은 그들의 말대로 마조히스트여서가 아니라 동지 간의 의리를 지켜냈다는 기쁨 때문이었다. 단순한 국가보안법과 집시법 위반으로 수사가 종결되고 구치소로 송치될 날만을 기다리고 있던 그에게 호남형의 낯선 수사관이 파일 뭉치를 들고 왔다. 구범학 파일이었다.

애인 이미은.

해준은 동지의 의식으로 서로 몸과 마음을 허락했던 미은이 구범학의 애인일 수가 없고 지하 은신처에서 그와 함께 동거할 리가 없다고 생각했다. 해준은 이것이 자신의 질투심에 불을 당겨 구범학을 검거해보겠다는 수사기관의 마지막 수사기법인 줄 알았고 그들의 석방 제의를 단호히 거부했다. 이 년간 면회 한 번 없었지만 해준은 그들에 대한 사랑을 버리지 않았다. 동지로서 애인으로서. 출소 후 미은을 만나 모든 것을 확인하기까지는…… 그리고 구범학은 미은 과 함께 반지하 아파트에서 체포되었다. 미은은 임신한 몸이었다. 바닥 모를 배신감에 몸부림치던 해준은 잠시 학원반의 사진 채증요 원으로 일하기도 했다. 시위판에서 찍은 그의 사진이 재판에서 유죄 선고의 결정적인 증거물로 채택될 때 이 년 전 고문을 받으며 기뻐 했던 것과 똑같은 희열을 느꼈던 것이다.

미은은 서둘러 유산을 하고 프랑스로 유학을 갔으며 수감중 정신 적 외상으로 병보석되어 나온 구범학은 전국의 요양소를 전전한 끝 에 지금은 인천 어디에선가 아파트 경비원을 하고 있다는 소문이다.

7

해준 일행은 대암산 용늪에서 돌산령을 넘어 신무홍이 사는 해 안마을로 넘어갔다. 대암산 도솔산 대우산 가칠봉이 병풍처럼 둘러 싸고 있어 가운데가 사발같이 보이는 해안마을은 그림처럼 아름다 웠다.

김교수는 지난번 용늪을 찾았을 때 안내장교로부터 들은 이야기 라며 자살한 어느 병사의 얘기를 들려주었다. 가칠봉 어느 부대에 근무하던 미대 출신의 이 병사는 시간이 있으면 봉우리에 앉아 멍 하니 해안마을을 내려다보고 있었다. 동료 병사들이 뭘 하느냐고 물 으면 그는 마음의 캔버스에 해안마을을 그리고 있다고 했다. 그는 삼 년 동안 거의 매일 해안마을을 내려다보며 보이지 않는 물감으로 내면의 풍경화를 그리고 있었다. 그러던 어느 날 그는 총에 맞은 시체로 발견되었다.

"그 병사의 호주머니에서 자필 유서가 나오지 않았으면 의문사로 처리될 수도 있었다네. 왜냐하면 그날은 그 병사가 제대 특명을 받은 날이었거든. 유서엔 이렇게 씌어 있었다더군. '삼 년 동안 해안마을을 마음속에 그리고 지운 그림이 수백 장이 됩니다. 그러나 너무나 아름다운 풍경을 끝내 마음의 화폭에 담아내지 못한 나의 부족한 재능에 절망해서 먼저 갑니다' 라고."

해준은 돌산령을 내려가다 해안마을의 전경이 잘 보이는 곳에 차를 세우고 마을 사진을 몇 컷 찍었다. 화가 지망생의 그 병사가 끝내 그려내지 못한 이 마을 풍경을 사진으로나마 담아내며 명복을 빌고 싶었다.

최중위는 에프엠 장교였다. 그는 안내장교로서 맡은 임무를 충실히 수행하겠다는 듯 또다시 정확하고 기계적인 브리핑을 했다.

"철책선 바로 밑에 있는 저 해안마을은 반조직으로 이루어진 전략촌으로 일명 펀치볼이라고 합니다."

'전략촌?'

해준은 어젯밤 신무홍으로부터 들은 베트남 원주민들의 전략촌 마을에서 일어난 사건이 생각났다.

"왜 펀치볼이라 하는지 아십니까? 저곳이 육이오 때 육박전까지 벌인 치열한 전투지역이므로 당연히 권투의 펀치볼(punch ball)을 연상하시겠지만 실은 해안분지의 모양이 화채 그릇을 닮았다 해서 펀치볼(punch bowl, 화채 그릇)이라고 합니다. 저기 아홉시 방향으로 우뚝 솟은 아름다운 가칠봉이 보입니까? 저 가칠봉의 이름에도 유래가 있습니다. 금강산은 원래 일만이천 봉우리에서 일곱 봉우리가 빠지는 일만천구백구십세 봉우리였답니다. 그런데 가칠봉이 거느린 아름다운 일곱 봉우리를 더해서, 가칠(加七)해서 비로소 온전한 금강산이 되었다고 합니다."

돌산령을 내려온 해준과 김교수는 성황에서 오늘 하루 안내를 마치고 부대에 복귀하는 최중위와 헤어졌다. 최중위는 거수경례와 함께 "군의 사기를 떨어뜨리는 기사와 사진은 게재하지 말아주시길 다시 한번 부탁합니다"며 마지막까지 자신의 임무를 확인했다.

300여 호의 해안마을에서 신무홍의 집을 찾기란 어렵지 않았다. 그가 가르쳐준 대로 성황에서 현리를 지나 가칠봉 산자락인 수뢰굴 마을로 들어갔다. 마을 끝 산기슭에 지어진 몇 채의 돈사와 독립가옥이 신무홍의 집이었다.

돼지우리를 고치고 있던 신무홍은 해준과 김교수를 보자 연장을 흔들며 반가워했다.

"매일 밤 멧돼지들이 내려와서 이렇게 부숴놓으니 사흘이 멀다 하고 고쳐야 하지요."

신무홍은 연장을 놓고는 김교수와 해준을 마당의 평상으로 앉게 한 후 부엌을 향해 소리쳤다.

"여보, 빨리 나와봐요. 내가 말하던 서울 손님들이 찾아왔다구."

신무홍의 아내는 막걸리 주전자를 든 채 부엌문에서 딸막거리고 있었다. 겁먹은 듯한 크고 불안한 눈동자가 찾아온 손님을 경계하고 두려워하는 듯했다. 그녀는 뭔가 말을 하려는 듯 입을 동그랗게 오므린 채 인사를 한 뒤 주전자를 평상 위에 놓고 서둘러 다시 부엌으로 들어갔다. 해준은 그녀의 행동이 어딘가 모르게 불안하고 어색하다는 느낌을 떨칠 수 없었다. 한참 뒤에 그녀는 돼지고기 편육 한 접시를 들고 왔다. 해준은 눈을 의심했다. 접시를 받쳐든 그녀의 왼손이 의수가 아닌가. 어딘지 모르게 어색하다고 느낀 것은 바로 그 의수 때문이었다.

'그렇다면 그 외팔이 여자가!'

해준과 김교수는 동시에 한 방 먹은 표정으로 서로를 바라보았다. 그제야 해준은 어젯밤 신무홍이 외팔이 여자의 이야기를 월남과 한국, 무대만 바꿔 얘기했다는 것을 깨달았다. 신무홍은 이곳 전략촌에서 그 사건을 저지른 대가로 월남에 가게 되었단 말인가.

"드십시오."

둘에게 막걸리 잔을 권한 후 신무홍은 돼지우리를 가리키며 말했다.

"돼지우리가 너무 높으면 산에 있는 멧돼지가 울타리를 못 넘어와 집돼지와 교접을 못 합니다. 반면에 너무 낮으면 집돼지가 모두 산으로 도망쳐버리지요. 무릎 높이가 적당하죠. 어디 돼지 울타리뿐이겠습니까. 남북관계나 우리 인생살이도 그렇지 않습니까. 뭐든 극단으로 가면 꼭 문제가 발생하죠."

막걸리를 한 잔 들이켠 김교수는 해준을 보고 뚜벅 말했다.

"캬, 가칠봉도 아름답고 이들 부부도 멋있지 않은가. 이만하면 멋진 사진이 한 장 나올 만도 한데."

"인물사진을요?"

"말꽁지 머리. 자네는 아직도 용이 아닌 도롱뇽만 찍을 텐가."

김교수가 신무홍의 어깨를 걸었고 신무홍은 자꾸만 달아나려는 아내의 허리를 꽉 잡았다. 문득 해준은 이들이 포연을 이겨내고 자라난 무성한 들풀과 같다고 생각했다. 화려한 꽃은 없지만 잎새와 줄기가 그대로인 우리나라 들풀이었다. 해준은 머뭇거릴 이유를 찾지 못했다. 목덜미에 수류탄 파편이 박혀 살짝 기운 김교수의 목선. 도망갈세라 두 팔로 아내의 허리를 꽉 잡고 있는 신무홍. 대인기피증이 분명한 의수를 한 그의 아내.

찰칵 소리가 들렸다. 아마도 이 인물사진은 연령초 얼레지 처녀치마 홀아비바람꽃 도롱뇽 해안마을 다음으로 현상될 것이다.

민재는 다리 위에서

훌쩍 뛰어내렸다.

그의 몸뚱어리는 날개도 없이

흰 토사물보다 조금 더 빨리

떨어져 잽싸게 탁류 속으로 사라졌다.

날개와 아가미

다리 위에는

미처 접지 못한 채

남겨진 우산이

쌩쌩 달리는 자동차 바람에

이리저리 휩쓸리고 있었다.

1

개는 꼬리로 자기의 생각을 드러낸다. 반가울 땐 흔들고 노할 땐 빳빳이 세우고 무서울 땐 사타구니 속으로 밀어넣는다. 꼬리를 잘린 경우 사람으로 치면 혓바닥이 잘린 거나 다름없다. 우리들 인간은 원래 원숭이만큼이나 긴 꼬리를 가지고 있었다. 그러나 꼬리가 퇴화해가면서 인간은 자신의 생각을 밖으로 드러내지 않고 몸 속 깊숙이 감추는 법을 배웠다. 그래서 인간은 꼬리를 잘린 뒤로 복잡한 정신병을 가지게 되었다.

"왜냐하면 난 너무나 많은 빚을 갖고 태어났기 때문이야."

"그래서 만날 낡아빠진 옷만 입고 다니시는군요. 동네 사람들이 아저씰 뭐라 부르는지 아세요?"

"뭐라는데?"

"미친 사람이래요."

"네 엄마도 그러던?"

"엄마는 그렇지 않아요. 엄마도 그렇게 생각했다면 아저씨에게 방을 빌려주지 않았을 거예요."

"그럼 넌 이 아저씰 어떻게 생각하니?"

"난 아저씨가 좋아요."

"왜?"

"나하고 잘 놀아주니까요. 자, 우리 공기놀이해요."

주인집 어린 딸은 공깃돌을 끄집어내며 말한다.

"자, 오늘은 아저씨가 먼저 해요."

민제는 공깃돌을 던져 받으려고 했으나 엉성한 손놀림으로 공깃돌은 곧 손가락 사이로 빠져 달아나고 말았다. 민제는 자신의 차례가 되면 번번이 공깃돌을 놓치고 만다.

"치이, 너무 잘 죽으니 재미가 없어. 아저씬 일부러 죽어주는 거지? 만날 한 단짜리도 못 해. 너무 잘 죽어, 잉."

아이가 뾰로통해진다.

"너무 잘 죽는다고? 그래, 네 말이 맞다. 난 매일 죽는다. 부는 바람에서 죽음의 숨결을 느낀다. 피어오르는 꽃에서도 죽음의 냄새를 맡는다. 죽음은 황홀하다. 견고한 공깃돌에서도 죽음은 굴러가고 있다. 우리의 관계와 일상들이 죽어가고 있다. 그러나 빛만은 영원하다. 영원한 어둠과 빛이 있을 뿐이다. 그래서 빛은 빛쟁이보다 오래 산단다."

민제는 오늘도 뜻 모를 말을 내뱉어 주인집 딸을 어리둥절하게 해놓고는 엉덩이를 털고 일어섰다.

하지만 민제는 이따금 죽음은 그다지 두렵지 않다는 생각을 하곤 한다. 그것은 장구벌레가 잠자리가 되고 잠자리가 다시 장구벌레가 되는 것과 같은 것이 아닐까.

민제는 구정물이 흘러내리는 백육십 개의 시멘트 계단을 조심스럽게 내려왔다. 계단의 좌우에는 무허가 판자촌이 열을 지어 있고 사람들이 내다 버리는 온갖 구정물이 계단을 적시며 악취를 풍기고 있었다. 그는 이 계단을 사랑했다. 오르락내리락하는 동안 항상 새로운 의식이 떠올랐고 그런 의식은 분열과 생장을 거듭하며 새로운 사상을 주었다. 이 계단은 타일의 세계와 판자의 세계를 연결하는 다리이며 대문이기도 했다. 그는 오늘도 미소를 지으며 백육십 개의 마지막 계단을 밟고 내려올 수 있었다. 그는 한길의 인도로 나왔다. 그러나 곧 자신이 그저 타인들에 밀려 무료하게 걷고 있다는 걸 알고 뉘우쳤다.

그는 항상 무언가를 생각하고 연구하기를 굳게 결심했던 것이다. 어스름한 거리에 한 마리의 흰불나방이 팔랑거리고 있었다. 민제는 껌종이가 팔랑거리고 있다고 생각했다. 요놈은 필시 배기통에서 뿜어져나온 거라는 생각도 들었다. 그는 그놈의 나방이를 기분 나쁘게 찼다. 그리고는 발길에 차여 풀썩 떨어진 아메리카 흰불나방을 고무신 뒤축으로 무참히 밟아버렸다.

목마다방의 문이 반쯤 열려 있었다. 민제는 반쯤 열린 문을 밀고 다방으로 들어갔다. 다방엔 많은 사람들이 있었지만 지린은 없었다. 지린의 유일한 장점은 코리안타임을 확실하게 지켜준다는 점이다. 소파에 파묻혀 담배를 한 갑 피우고 나자 머리가 재떨이처럼 복잡해졌다.

"오래 기다리셨군요. 난 민제씨가 혹시나 가버리지는 않았나 하고 걱정했어요."

"난 기다리는 게 조금도 지루하지 않아. 기다리는 동안 새로운 생각을 하고 낙서를 하고 코도 풀지."

"민제씨는 그런 말투로 날 비꼬시는군요."

"아니, 난 사람을 비꼬진 않아. 그러나 도시나 제도 그와 유사한 것을 비꼰 기억은 많아."

지린은 커피를 시키고 민제는 홍차를 시켰다.

"여긴 너무 후텁지근해요. 다른 데로 가요."

"해운대는 어때?"

땅거미가 진 해운대 백사장은 텅텅 비어 있었다. 백사장은 여린 어둠 속에서 달빛과 물빛을 받아 더욱 새하얗게 빛났고 모래 위는 대낮에 다녀간 피서객들의 발자국과 엉덩이 자국들로 가득 메워져 있었다.

"민제씨, 우리 저기 바닷가를 거닐며 얘기해요. 좋죠?"

"난 도저히 이 백사장을 가로질러 갈 수가 없어."

"왜요?"

"이 발자국과 엉덩이 자국들을 봐. 온통 인간들에게 짓밟혀 있어."

"그게 어쨌다는 거예요? 현대인들은 으레 텅 빈 광장과 발자국을 갖게 마련이에요."

"그러나 난 발 디딜 틈도 없어."

"민제씨, 웃기지 마세요. 이렇게 발자국을 밟고 지나가면 그만 아네요? 사람의 발자국이 유리 조각이라도 된다는 건가요?"

지린은 하이힐을 벗어 양손에 치켜들고 타박타박 백사장 위로 걸어갔다. 그녀는 민제더러 빨리 따라오라며 힐을 흔들어댔다. 민제도 고무신을 벗어 양손에 집어들고 모래사장 위로 터벅터벅 걸어갔으나 그의 걸음걸이가 거북스럽다는 것은 그가 남긴 깊은 발자국만 보아도 알 수 있었다.

"발자국들이 아무래도 마음에 걸려."

"걱정 마세요. 하룻밤 새 모래바람이 불어 발자국들을 감쪽같이 묻어줄 테니까요."

둘은 검은 물과 흰 모래의 경계선에 맨발로 서 있었다.

"무엇이 나올 것만 같아."

민제는 어둠을 잘라놓은 수평선을 바라보며 말했다.

"어떤 게요?"

"현대인이 상실한 무서운 것이!"

"민제씬 밤바다의 묘경도 즐길 줄 모르는 겁쟁이군요."

"아냐, 지린 넌 저 소리들이 들리지 않아? 저 멀리 해적선이 밀려오는 소리가. 그들은 지금 자정의 약탈을 위해 럼주를 들이켜고 있는 중이야. 난 들을 준비가 되어 있어. 곧 울려퍼질 그들의 뿔나팔 소리와 칼 빼는 소리들을."

"정말 수평선 위로 해골과 뼈다귀를 그린 검은 깃발이 떠오르는 것도 같군요. 하지만 당신의 상상력은 너무나 비정상이에요."

지린은 민제를 무시하는 편이었다. 그녀는 옛 애인과 민제를 비교해보고는 늘 코웃음을 치곤 했다. 사실 그녀는 자신의 육체를 훔쳐버린 그 남자를 놓쳐버린 게 아쉬웠다.

'그는 멋쟁이였어.'

그녀는 속으로 이 말을 수천 번이나 되뇌었을 것이다. 그녀는 그 남자가 저지른 만행을 그녀가 배운 육체적 쾌락 때문에 용서할 수 있었다. 그녀는 진실보다 쾌락을 원했고 난해보다 단순에 더 찬성하였다. 그 남자가 처자를 거느린 유부남만 아니었더라도 어떻게든 관계를 유지했을 것이다. 그 남자가 가정으로 돌아간 뒤 그녀는 민제라는 신기한 남성을 알게 되었다.

"민제씬 앞으로 ××회사 사장 자리를 물려받을 수 있어요. 민제씬 행복하려면 남보다 몇 갑절이나 더 행복할 수 있는 자리에 있잖아요. 그런데 왜 그런 자릴 팽개쳐버리고 다 낡아빠진 판자촌에 하숙을 하고 고무신을 신고 다니는 거예요? 난 답답하고 이해가 안 가요. 아버님의 기대 속에 들어갔던 경영학과도 집어치워버리고 철학과로 전과를 했다죠? 그러다 마침내 그곳마저 뛰쳐나와 거리를 헤매며 빚을 졌느니 어쩌니 하면서 돌아다녔다죠. 민제씨에 대한 부모님의 실망이 얼마나 컸을까요?"

"오히려 부모님이 날 실망시켰어."

민제는 번쩍이는 타일의 세계에서 군림하는 아버지의 위선적인 얼굴과 위선의 그늘에 안주하는 어머니의 모습을 떠올렸다. 민제가 까닭 없이 우울해하다 이유 없이 삶을 혐오하고 역겨워한다고 판단한 아버지는 민제에게 잠시 정신과 치료를 받게 하기도 했다.

"가요, 더이상 말 시키지 않겠어요."

지린은 민제의 왼팔을 끌어당겼다. 민제는 지린이 갑자기 낯선 이

방 여인처럼 느껴졌다. 하지만 그날 밤 둘은 해운대와 가까운 여관에서 잠을 잤다. 민제로선 첫경험이었다. 민제는 일기장에 이렇게 쓰려고 했다.

'난 오늘 지린과 함께 잤다. 그녀는 건강하지는 않았지만 자는 일에 아주 훈련이 잘 되어 있었다. 자는 절차가 이렇게 단순한지 꿈에도 몰랐다.'

그러나 민제는 이따위 것들은 빛나는 일기장에 기록할 만한 일말의 가치도 없다는 걸 잘 알고 있었다. 민제는 구정물이 흘러내리는 좁은 시멘트 계단을 조심스럽게 내려왔다. 펭귄 쓰레기통과 다정하게 서 있는 붉은 우체통에 그는 손에 들고 있던 흰 봉투를 왈칵 먹였다. 그는 다시 계단을 오르기 시작했다. 한 계단씩 오를 때마다 편지 내용이 한두 마디씩 떠오르기 시작했다.

밀(謐)에게

난 이 거대한 도시에 적응할 자신이 없어. 난 지리산 청학동으로 가서 한 계절을 보내려고 하네. 그곳이면 나의 산란한 정신을 평온히 할 수 있겠지. 내일이면 천왕봉 꼭대기를 볼 수 있다는 생각에 벌써부터 마음이 설레는구만. 내 빚을 갚기 위해 소름끼치도록 일을 해야겠어.

밀!

도시인들의 적의에 찬 눈빛을 조심하게. 그것보다 그들의 호의를 더 경계하게나.

1978년 8월 안녕, 민제.

밀은 민제가 더러운 진실까지도 고백할 수 있는 유일한 친구였다. 그는 한때 감방에서 감시를 당한 적이 있었지만 지금은 도시의 어느 구석에 있는 지하실을 감시하는 경비일을 하고 있다. 밀은 학벌도 좋았으나 결코 호사스런 직업을 원하지 않았다. 밀은 자기 직무에 충실했으며 앞으로도 충실할 것이다. 민제는 존경할 만한 인물은 항상 가까이에 있다는 생각을 해왔지만 그 사람이 밀이었다는 걸 알게 되기까지는 제법 시간이 걸렸다. 민제는 가슴이 답답하고 화나는 일이 있으면 곧 밀에게 투서(投書)를 했다. 그러면 으레 밀로부터 추상화를 곁들인 답장이 왔다. 어떤 때는 추상화 대신 잡지에서 오려낸 온갖 신형 제품들을 풀로 더덕더덕 붙인 콜라주를 보냈다. 그런 그림 밑에는 대체로 다음과 같은 글귀가 씌어 있었다.

'빚을 갚든지 빚쟁일 죽이든지 해야 할 것 아냐?'

처음에 민제는 그 뜻을 알 수 없었다. 언젠가 밀이 밤새 경비를 서면서 넋 나간 사람처럼 앉아 있을 때 민제가 "뭘 하고 있는 거야?" 하고 물었다.

"응? 뭐 하고 있느냐고? 그야 도시의 운명에 관해서 생각하고 있지. 도시의 모서리에는 흰둥이들의 발자국과 침이 잔뜩 묻어 있어. 도시인들은 그들의 풍조를 소화시키고 있다고 확신하지만 너무도 어리석은 생각이지. 난 멀쑥한 흰둥이들을 사랑하느니 차라리 만주 벌판의 마적떼를 사랑하겠어. 흰둥이들은 우리를 사랑한·나머지 우리들에게 너무나 많은 것들을 던져주었지. 안경, 시계, 만년필, 밀가루, 브래지어, 팬티, 넥타이핀, M1소총, 밀크, 미사일, 파병, 철군,

공해, 스캔들, 창녀, 카바레, 맥주통을 깡그리 던져주었지. 그들은 우리를 개화시키기 위해 우리의 머리끝에서 발끝까지 비릿한 고기 수프를 뒤집어씌웠어. 민제, 너도 태어날 때부터 너의 어느 한 부분을 그들에게 저당 잡히고 있었어! 그들에게 저당 잡힌 이 엄청난 빚들을 청산해야 돼."

"어떻게 이 빚들을 갚지?"

"빚쟁인 이미 죽어버렸는지도 몰라. 우린 그들을 미워할 수도 사랑할 수도 없어. 넌 뼈와 가죽을, 네 것을 찾아 지키고 연구해야 돼. 그것이 네가 그들의 빚을 갚아나가기 위한 최선의 방법이야!"

민제는 밀이 입을 그렇게 크게 벌리며 말하는 것을 본 적이 없었다. 그 뒤로 민제는 커다란 부채를 걸머지게 되었는데, 그 나름대로 열심히 살았다. 그러나 민제는 무거운 부채를 덜기 위해 도시의 아스팔트를 떠나 푸른 하늘을 섬기고 있는 산으로 가야겠다고 결심했다.

2

민제는 버스에서 내리자마자 심한 구토를 했다. 차멀미였다. 온갖 더러운 오물을 토해내니 위와 창자가 개운해졌다. 민제는 옷의 먼지를 툴툴 털며 지리산 청학동을 향한 길목으로 들어섰다. 푸른 섬진강 물이 출렁이며 흘러내리고 있었다. 섬진강 양 어귀에는 강물의 젖을 빨고 자란 오곡이 출렁거리며 또하나의 물결을 이루고 있었다.

강 나루터에는 낡은 나룻배 한 척에 곰방대를 문 늙은 사공이 타고 있었다. 민제는 넓은 공간에서 맞부딪힌 낯선 사공을 어떻게 대해야 좋을지 몰라 머뭇거렸다.

"어이, 도회지 양반! 배를 안 탈 낀가?"

뱃사공이 곰방대를 뻑뻑 빨며 먼저 말을 꺼냈다.

"아, 탈 겁니다."

민제는 기우뚱거리는 배에 간신히 올라탔다.

"그런데 내가 도시에서 온 사람이라는 걸 어떻게 아시죠?"

"아따, 그거야 얼굴만 척 보면 알지. 희멀끔한 게 빠다를 칠한 것 같다 아이가. 내가 여기서 사공 노릇이 삼십 년째라. 요 근래에는 도회지 사람들이 지리산으로 등산인강 관광인강을 한다고 이리로 몰려와 내 거룻배 신세를 많이 지지. 마, 나도 한때는 도시에 나가서 날품팔이에다 니야카 행상까지 해보았지만 다 별수 없는 기라. 나에겐 이 뱃사공이 천직인 기라. 암, 그렇고말고."

그리고 나서 뱃사공은 노를 저으며 노래를 흥얼거리기 시작했다.

떠돌이 육십에 주름살도 여섯
할망구 묻어놓고 고향에 돌아오니
벗들의 할망구는 다 멀쩡하구나
어허야 데헤야 어허야 데헤야
나룻배 저어서 할망구나 태워주세
노를 저어서 벗들이나 태워주세

늙은 사공은 이 노래를 이전의 뱃사공에게 배웠다고 한다.

"전에 사공은 나보다 훨씬 목소리가 좋았다 아이가. 마을 사람들이 배에 타고 소리를 들려달라고 하면 그분은 어김없이 노래를 불렀던 기라."

민제는 구릿빛 얼굴을 한 사공을 어떤 사고의 대상으로 할 것을 거부하였다. 그는 빚이 없는 사람이다.

하지만 뱃사공의 얼굴에도 한 자락의 그늘은 있었다.

"저기 강 아래로 교각이 보이지 않나? 다리를 놓고 있는 중이라. 저기에 놓이더라도 설마 이 나루터까지야 괜않겠지."

민제는 배에서 내려 도진 취락을 지나 한나절을 더 걸어 청학동에 이를 수 있었다. 청학동은 지리산 중턱에 자리잡은 원시 촌락이다. 원래 숯 굽던 마을이었으나 일제시대 도시에서 쫓기던 제주(祭主) 한 명이 이 마을에 들어오고 난 뒤 종교 마을로 바뀌었다. 마을 한가운데에는 제사를 지내는 제승당이 있고 그 둘레로 초가집이 원을 그리며 엎드리고 있었다. 가옥이라야 사당까지 합해서 고작 이십여 채, 통틀어 칠십여 명이 살고 있었다. 마을 사람들은 그들의 종교의식대로 머리를 길게 땋아 묶었고 한복에다 짚신을 신고 있었다. 그들은 일 주일에 한 번씩 제승당에 모여 엄숙한 예배를 드린다.

민제는 눈이 유난히 불거져나오고 광대뼈가 드러난 어떤 사람의 호의로 방을 얻게 되었다. 방은 콩기름으로 닦인 온돌방이었다. 누가 이미 그 방을 사용하고 있었는데 뜻밖에도 서울에서 내려온 고시생이었다. 민제가 그에게 가볍게 목례를 하자 그는 읽고 있던 주간잡지를 덮으며 참으로 반갑다는 듯 악수를 청했다. 고시생은 자기는 구 개월 전 청학동에 왔다며 이 마을이 생긴 연혁에 대해서 죽 얘기해주었다. 속물인 그는 자신의 성 경험에 대해서도 늘어놓았는데 지금까지 처녀 셋을 벗겼다는 것이다. 민제는 빚이 많은 그를 경멸했다.

민제는 고시생을 따라 제주에게 인사하러 갔다. 제주는 나이가 꽤 들어 보였다. 머리에 붉은 띠를 두르고 길고 흰 수염을 기르고 있었다. 그 옆에는 젊은 처녀가 다소곳이 앉아 있었는데 이곳에도 저런 미인이 있다니 하고 민제는 적이 놀랐다. 제주가 거처하는 방에는 향불이 타고 있었다. 제단에는 붉은 지방과 위패가 모셔져 있고, 벽은 한자와 언문이 씌어진 한지로 도배되어 있었다.

"그래, 이곳에 온 이유가 무언가?"

제주는 정좌를 한 채 온화한 얼굴로 물었다.

"도시가 나를 쫓아냈습니다. 이곳에서 심신의 수양을 얻고자 합니다."

"보아하니 젊은이는 죄를 지었거나 부채를 지고 도망 온 사람 같으이. 일단 여기로 왔으니 자네를 보호해주겠네."

민제는 눈이 번쩍 뜨였다. 어떻게 제주가 내가 부채를 지고 있다는 걸 한눈에 꿰뚫어 알 수 있는 것일까. 민제는 엉겁결에 "고맙습니다" 하고 대답해버렸다. 그 말은 자신이 잘못된 일을 저지르고 도피중임을 시인하는 꼴이었다.

고시생은 집으로 돌아오는 길에 제주 옆에 앉아 있던 처녀에 관해 이야기했다. 그 처녀는 제주의 손녀이며 열여덟 살인데 앞으로 할아버지의 대를 이어 이 마을의 제주가 될 거라고 했다.

"이름이 분네라지? 동네 남정네들이 모두 탐내고 있지만 할아버지의 위엄 때문에 누구 하나 겉으로 나서는 사람이 없어. 나도 몇 번 추근거려봤지만 분네는 할아버지 일 외에는 전혀 관심이 없어."

고시생은 그날 밤 어디론가 나가서 돌아오지 않았다. 민제는 두 달 동안 사색하고 연구하면서 방 안을 뒹굴었다. 고시생은 낮에는 머리를 싸매며 법조문을 외고 이슥한 밤이면 바람을 쐬러 간다며 휙 밖으로 나가기 일쑤였다.

그날은 제주가 산 아래 읍내로 물건을 사러 가는 날이었다. 고시생은 민제에게 자랑스레 말했다.

"지성이면 감천이라고 제승당의 분네 말이야. 이제 내 마음을 알고서 날 좋아하게 되었다네. 내 말이 무슨 뜻인지 알겠지?"

그날 밤 고시생은 자는 척하고 있는 민제를 뛰어넘고 밖으로 나갔다. 민제는 벌떡 일어나 고시생이 매일 열심히 쓰는 일기장을 들여다보았다.

1978년 10월 13일 맑음

민제란 녀석은 오늘도 혼자서 헛소리를 지껄이며 방 안을 뒹굴고 있다. 집중해서 해야 하는 공부에 방해가 된다. 어딘가 좀 부족하고 제정신이 아닌 녀석이다. 내가 판사가 된다면 녀석에게 저능아에게 내리는 금치산자 선고를 내리겠다. 그리고 오늘은 제주가 향을 사러 산 아래로 먼길을 떠났다. 오늘밤은 분네 혼자 있을 것이다. 이제 그녀를 향한 인내심도 극한에 이르렀다……

민제는 고시생의 일기장을 팽개치고 제주의 집을 향해 냅다 뛰었다. 고시생은 벌써 제주의 방에 침입해 있었다. 녀석이 분네의 입을 막았는지 방 안에서 가녀린 신음 소리가 새어나왔다. 민제는 방문을 열고 어두운 방 안으로 비호처럼 몸을 날렸다. 분네 위를 덮치고 있는 녀석을 떼어내고 강하게 주먹을 먹였다. 녀석은 윽 비명 소릴 지르며 한 방에 나가떨어져 방구석에 처박히는가 싶더니 그대로 방문을 열고 줄행랑을 놓았다.

민제는 두 손으로 몸을 감싸고 덜덜 떨고 있는 분네에게 되도록 낮은 목소리로 말했다.

"어디 다친 데는 없어?"

"예, 덕분에."

분네는 풀어진 옷고름을 여미면서 간신히 대답했다.

"다행이군. 하마터면 큰일날 뻔했어. 밤이 깊었네. 그 일일랑 잊어버리고 푹 잠이나 자둬."

민제는 떨고 있는 분네의 손을 잡아주고는 방문을 나섰다.

"저, 고마워요. 그런데 어떻게 알고 절 구해주었어요?"

"다 신령님 덕택이지. 잘 자."

민제는 방문을 닫아주고 자기 방으로 돌아왔다. 고시생은 호롱불을 켜놓은 채 부어오른 볼을 만지며 심드렁하게 누워 있었다. 뜻을 이루지 못한데다 모자라는 녀석에게 일격을 당한 것이 못내 분한 모양이었다.

"무슨 걱정이 있냐? 치한이라도 고시에 합격할 수 있으니까 걱정하지는 마라."

민제는 고시생에게 툭 말을 내뱉고는 이불을 뒤집어썼다.

이틀 뒤 제승당에서 제의가 있었다. 민제와 고시생도 마을 사람들 틈에 끼어 제의에 참석하였다. 푸른 옷을 걸친 제주가 쇠지팡이를 흔들며 제단 앞으로 나오자 제승당 마당에 모인 사람들이 일제히 큰절을 하였다. 제주는 지팡이를 들어 착석을 명하였고 마을 사람들은 제승당 너른 마당의 가마니와 거적 위에 앉았다. 곧이어 분네가 제상을 들고 와서 제단 위에 놓고 향불을 피웠다. 그러자 모든 사람들이 경을 외기 시작했다.

한울님은 크시아 우리에게 빛을 주시나이다.
석가와 공자와 예수를 보내주시어 한울도를 이루게 하셨나이다.
우리는 행복한 나라의 한울 백성이옵니다……

눈을 감고 열심히 경을 외는 사람들의 모습이 참으로 거룩하게 느껴졌다. 민제는 고개를 들어 분네의 경 외는 모습을 보았다. 분네도 고개를 살포시 들어 민제를 보았다. 시선이 일직선으로 마주쳤다. 그녀는 눈을 감고 다시 경을 외기 시작했다.

경 외기가 끝나자 다같이 〈한울님의 사랑〉이라는 노래를 불렀다. 이윽고 제주는 청색 흑색의 노끈을 지팡이에 휘감아 흔들며 한바탕 춤을 춘 뒤 제단 앞에 꿇어앉아 뜻 모를 복화(腹話)를 하며 제사를 드렸다. 제사가 끝난 후 제주는 약초, 목피, 숯, 멧돼지의 발굽 등을 빻아 만든 가루를 마을 사람들에게 뿌렸다. 마을 사람들은 손을 흔들며 "한울님이여, 은혜를 베푸소서" 하고 외쳤다. 이렇게 모든 제의가 끝난 뒤 마을 사람들은 모두 흩어졌다. 민제는 제의를 행하는 가운데 마음이 충만하여 거적 위에 앉아 기도를 계속하고 있었다. 민제가 눈을 떴을 때 분네가 홀로 제승당에 남아 제구(祭具)를 정리하고 있었다.

"분네, 수고가 많군."

민제는 제단 둘레를 정리하는 분네를 보고 말했다.

"난 이 일이 즐거운걸요. 그저께 밤은 너무 고마웠어요."

"뭘, 제의에 참석해 한울님의 큰 은혜를 받는 게 더 고마운 일이지."

"그런데 민제씬, 천왕봉 아래에 있는 이무기바위를 본 적이 있어요?"

"아니."

"그러면 저랑 언제 그곳에 가볼래요? 너무나 멋진 곳이에요."

"할아버지의 허락을 받아야지."

"민제씨의 허락만으로 충분해요."

민제와 분네는 오솔길을 걷고 있었다. 산길은 갈수록 가파르고 좁아졌지만 분네는 고라니처럼 뛰어올랐다. 길목 길목마다 서낭당이 있어 분네는 그곳을 지나칠 때마다 침을 탁 뱉고 돌을 던지는 이상한 의식을 치렀다. 돌이 돌무더기에 잘 붙어 있으라는 뜻인가 생각했다. 한 곳에는 구멍난 바위가 있었는데 분네는 돌을 던져넣고 두 손으로 합장한 뒤 말했다.

"이 바위는 조산바위예요. 여길 지나칠 때 돌을 던져넣지 않으면 조산을 해 팔삭둥이를 낳는다고 해요."

"그래? 그러면 미래의 신부를 위해 나도 하나 던져넣어야겠군."

민제가 돌을 들고 바로 던져넣으려고 하자 분네가 말렸다.

"남자들이 돌을 던질 때는 뒤로 돌아서 던져야 해요. 그게 실례가 되지 않는 거랍니다."

민제는 분네가 시키는 대로 뒤로 돌아 던졌으나 돌이 구멍 밖으로 튀어나왔다.

"우리 애는 아무래도 조산이야."

둘은 산길을 다투어 올라가 이무기바위가 있는 곳에 왔다. 바위는 지금 당장이라도 하늘로 치솟아 올라갈 것 같은 장엄한 형상이었다.

"대단한데. 하지만 용처럼 생겼는걸……"

민제는 참으로 오랜만에 무엇을 보고 감탄사를 발했다.

"용이 되지 못한 이무기죠. 이 바위엔 전설이 있어요. 지리산 뱀사골에 있는 큰 용소에는 커다란 이무기가 살았어요. 이 이무기는 용이 되기 위해 천 년을 기다렸어요. 마침내 천 년이 되던 날 이무기가 승천하려는데 지리산 산신령이 가슴에 품은 두 개의 보석을 지리산에 내려놓고 가라고 명령했어요. 이무기가 산신령의 말대로 보석 하나를 지리산에 버리자 그의 몸이 솟구쳐올라 이곳 천왕봉까지 날아왔어요. 그러나 보석 하나는 너무 아까운 나머지, 버리지 못하고 그만 꿀꺽 삼켜버리고 말았죠. 그러자 이무기는 그만 여기로 추락해 이렇게 바위로 굳어버렸답니다. 여기 보세요. 다시 날아오르기 위해 몸부림치고 있잖아요. 지금도 저 바위 안에는 이무기가 삼킨 아름다운 보석이 있다고 믿고 있어요."

"안타까운 이야기군. 버려라, 그러면 날 것이다. 이 이무기는 언젠가는 마음을 비우고 다시 날아갈 수 있을 거야."

민제는 이무기바위를 매만지며 말했다.

"그런데 분네에게 하나 궁금한 게 있어. 분네는 이곳에 살면서 왜 사투리를 쓰지 않는 거지?"

"그게 궁금해요? 저도 이 년 전만 해도 민제씨처럼 도시에서 살았죠."

"그래?"

민제는 다소 놀란 듯 분네의 얼굴을 다시 한번 살펴보았다.

"아버진 청학동 골짜기에 사는 게 싫어 할아버지 품을 떠났죠. 서울로 가서 서울 여자와 살림을 차리고 저를 낳고 행복하게 사는가 했어요. 그러나 저의 어머니는 소박한 삶으로 만족하는 여자가 아니었나봐요. 타락한 여자였죠. 호사스런 삶을 원하고 바람을 피우고. 결국 아버진 어머닐……"

분네는 더이상 말을 잇지 못하고 흐느끼기 시작했고 민제는 분네의 어깨를 감싸주었다.

"아버진 아직도 어두운 곳에 있어요. 난 아버지 어머니를 불행하게 만든 도시가 미워요. 난 이곳 지리산이 너무 좋아요. 전설과 온정이 있잖아요. 내 맘의 상처를 아물게 해준 이곳을 한치라도 떠나지 않을 거예요."

민제는 분네의 얘기를 듣고 이무기는 바로 아직도 어두운 곳에 있는 분네의 아버지가 아닌가 생각했다.

민제는 지금 자신이 분네를 사랑하고 있지나 않은지 의심했다. 덫에 걸려 상처받은 고라니 같은 분네를 맘껏 껴안아 품어주고 싶었다.

"분네는 내가 사랑하고픈 여자야."

민제는 분네의 허리를 껴안았다.

"이러심 안 돼요."

분네는 민제의 팔을 뿌리치고 억새밭 속으로 달렸다. 민제도 분네를 뒤따라 억새밭 속으로 달렸다. 바람에 날린 억새꽃이 눈송이처럼 흩날려 차마 눈을 뜰 수가 없었다. 그녀는 어디론가 숨었고 억새는 파도처럼 일렁이고 있었다.

민제는 억새를 꺾으며 분네를 불렀다.

"분네, 어디 있는 거야?"

그녀는 대답이 없었다. 그런데 억새 밭머리에서 산새 한 쌍이 후드득 날았다. 민제는 씨익 웃으며 잽싸게 그곳을 향해 헤쳐나갔다. 그곳에서 분네는 새 깃털로 보조개를 쓸며 웃고 있었다. 민제는 분네를 안고 뒹굴었다. 지린은 몹쓸 여자였어. 민제는 분네를 껴안고 있는데 왜 지린의 생각이 떠오르는지 알 수 없었다. 둘은 억새밭을 태울 듯이 뜨거운 사랑을 나누었다. 민제가 분네의 저고리를 여며주었다. 둘은 이무기바위를 지나 산을 내려갔다.

분네는 아직도 상기된 얼굴로 말했다.

"민제씨, 우린 이제 어떡하죠?"

"왜, 후회스러워?"

"아뇨, 하지만 내려가면 민제씬 고향으로 갈 거죠?"

"가야겠지. 우울한 도시로 또다시 돌아가야겠지. 늘 비슷한 사람끼리 비슷한 얘기만 하고 비슷한 감정으로 사는 그곳으로 가야겠지."

"왜요? 다른 데 가지 말고 여기서 함께 살아요."

민제는 분네의 손에 이마를 부비며 아버지와 같은 온화한 얼굴로 말했다.

"분네, 잘 들어봐. 넌 푸른 하늘을 모시는 산에 사니까 날개를 달 수 있어. 그 날개를 저으며 맘껏 날 수 있는 거야. 그러나 난 날개가 없어. 푸른 하늘은 도시인에겐 값비싼 사치품에 불과해. 난 날개 대신 지느러미와 보기 흉한 아가미를 달고 살고 있어. 그래서 시커먼 도시의 시궁창 속을 아가미를 벌쭉거리고 꿈틀거리며 살아가는 거야. 그러다 나중에는 썩은 물에 오염되어 허연 배를 뒤집고 폐수에 둥둥 떠내려갈 운명이지. 분네, 난 이곳에서 너와 함께 보낸 아름다운 날들을 잊을 수 없을 거야. 그러나 난 다시 좀더 깊은 곳으로 내려가야 해."

3

떠나는 날은 아침부터 비가 뿌리기 시작하였다. 바람이 세차게 불고 이따금 멀리서 천둥 소리가 울렸다. 민제는 말없이 해진 도롱이를 입고 헌 갓을 썼다. 분네는 녹슨 우산대를 받쳐들고 그의 뒤를 묵묵히 따랐다.

"난 민제씨보다 이 산이 더 좋아요."

"좋아하는 게 있어 다행이군."

"그래요, 난 이 산 속에서 할아버지와 행복하게 살 자신이 있어요. 간혹 민제씨 생각도 나겠죠."

"나도 널 잊지 못할 거야."

둘은 산자락까지 조심스레 내려왔다. 민제는 갓과 도롱일 분네에게 건네주고 분네의 우산을 받아쥐었다.

"안녕!"

민제는 손을 흔들었다.

"잘 가세요."

분네는 마침내 흐느끼고 말았다.

민제는 아직 분네의 온기가 채 가시지 않은 우산대를, 하늘을 받쳐들 듯이 들고 내려갔다. 민제는 길을 가다 우장을 입은 한 무리의 건장한 청년들을 만났다. 청년들은 손에 곡괭이와 해머 등을 들고 있었다. 그들 중 책임자인 듯한 사람이 민제를 보고 물었다.

"이 길이 청학동으로 가는 길 맞습니까?"

"예, 그런데 대체 무얼 하러 청학동에 갑니까?"

"아, 이야기 못 들었소? 요즘 무허가건물 철거법이 강화되어 산속에 있는 불법건물을 철거하게 된 것을 말이오. 특히 지리산국립공원의 자연을 훼손하는 무허가건물은 모조리 철거하기로 결정됐소. 지난번에는 그 청학동 도사인가 제주인가 하는 늙은 영감 때문에 뜻을 못 이뤘지만 이번에는 무슨 일이 있어도 모조리 까부수고 내려올 작정이오."

무리들의 눈은 비에 젖어 번들거렸다.

"청학동 건물을 철거하면 그들은 어떻게 삽니까? 피해보상이나 다른 이주대책이 있습니까?"

"대책은 무슨 대책! 피해보상은 오히려 우리가 받아야지, 이번이 두번째니까. 자, 가자고."

철거반원들은 엎어질 듯 우르르 산으로 올라갔다.

민제는 우산을 접어서 내리치는 빗발에 몸을 맡겼다. 이제 청학동은 어떻게 될 것인가? 제주와 분네는 또 어떻게 될 것인가. 민제는 멈춰 서서 망설였지만 그들의 운명을 한울님과 지리산 산신령에게 맡기고 돌아설 수밖에 없었다. 달라붙는 진흙 탓인지 무력감 때문인지 발걸음이 휘청거렸다.

섬진강 나루터가 있는 도진 취락으로 철벅철벅 걸어왔을 때 나루터는 없어지고 주막도 문을 닫아버렸다. 민제는 한 계절 만에 마을이 이렇게 빨리 쇠락할 수 있을까 생각하며 멀리 보이는 새하얀 다리를 향해 발걸음을 옮겼다.

다리가 난 마을에는 새로운 술집이 들어서 목하 성업중이었다.

"어서 오이소. 웬 비를 혼자 다 맞고 다닌다요? 어서 들어오이소."

술집 작부의 간드러진 목소리가 귀를 잡아당겼다.

민제는 젖은 몸으로 나무의자에 앉았다.

"저, 물어볼 게 있는데요. 이 다리는 언제 놓인 거죠?"

민제는 막걸리를 시키고 정신 나간 사람처럼 물었다.

"아이고, 이 지방 국회의원이 지난번 선거 때 공약대로 저렇게 턱 다리를 놓은 기라예. 그래서 마을이 온통 잔치 기분인 기라예. 그런데 딱 한 사람이 잘못 되어버린 기라예. 저기 나루터에서 나룻배를 끌던 송영감이 글쎄 다리를 놓은 지 얼마 안 돼 강에 몸을 던져 자살해버렸다 아입니꺼. 하기사 이제 이 다리로 갈라 하지 누가 그 나

릿배를 탈라 하겠시요? 우리에게 뱃노래도 구성지게 잘 불러주던 양반이었는디."

작부는 자작으로 사발에 막걸리를 부어 마시며 말했다.

민제는 사공의 죽음에 슬픔 대신 자꾸만 헛웃음이 나오는 걸 억누르며 막걸리 잔을 들고 벌컥벌컥 들이켰다. 사방에서 검은 폐수가 빠른 속도로 흘러들어오고 있었다. 이제 산도 강도 사람도 오염되어 죽고 있다. 민제는 헤어날 수 없는 좌절감에 휩싸여 있다가 갑자기 벌떡 일어서 술집을 나섰다.

"아이, 젊은이. 술 더 안 마시고 갈낀교? 아이, 이보래이, 남은 술이라도 마저 묵고 가야지!"

그러나 민제는 작부의 만류를 뿌리치고 비를 맞으며 다리를 향해 걸어갔다. 급하게 들이켠 막걸리 탓인지 머리가 어질어질했다. 다리는 아직도 역겨운 시멘트 냄새를 강하게 풍기고 있었다. 민제는 대기 속에서 살아 있다는 것이 고통스럽게 느껴졌다. 그래 호흡기관을 바꿔야 해. 이 숨막히는 대기에서 벗어나는 것은 흙탕물 속에 뛰어들어 아가미로 살아가는 방법밖에 없다는 생각이 끊임없이 강박감으로 밀려왔다.

민제가 다리 한가운데로 왔을 때 갑자기 속이 거북해지면서 멀미가 나는 듯했다. 민제는 다리 난간에 기대어 구토를 했다. 속에 있는 존재물을 다 게워내고 싶었다. 민제의 등뒤로 자동차들이 빠른 속도로 지나갔다. 토사물은 바람에 날려 서서히 떨어져 탁류에 휩쓸려내려갔다. 때마침 퍼붓던 비가 뚝 그치고 먹구름 사이로 태양이 환하게 비쳤다.

그러나 민제는 고개를 흔들며 중얼거렸다.

"너무 늦었어. 한때는 햇살 아래 날개를 활짝 펴고 날아보려고 했지. 그래, 난 바보처럼 살아오면서도 내심 누구보다도 더 화려한 인생의 승리자가 되고 싶었지. 수많은 사람들의 손 위에서 헹가래쳐지길 원했는지도 몰라. 하지만 난 뱉어낸 이 토사물보다 빨리 강물 속으로 들어가 아가미를 벌쭉거리며 살아야 해. 지느러미를 너울거리며 헤엄쳐야 해. 난 순수하고 빛나는 물고기가 되어 반짝이는 물살 위로 퍼덕이고 싶어."

민제는 다리 위에서 훌쩍 뛰어내렸다. 그의 몸뚱어리는 날개도 없이 흰 토사물보다 조금 더 빨리 떨어져 잽싸게 탁류 속으로 사라졌다. 다리 위에는 미처 접지 못한 채 남겨진 우산이 쌩쌩 달리는 자동차 바람에 이리저리 휩쓸리고 있었다.

달자도 소리내어 웃더니

내 옆에 털썩 누웠다.

달자가 눕자

고추의 붉은 껍질들이 터지면서

노란 고추씨들이 흘러나왔다.

고추방에 누워

내가 마지막 순간에

고추방을 떠올렸던 것은

뒷덜미를 낚아올리는

거짓 희망 때문이었을까?

그래, 딱 하루만 더 살아보자.

1

언제나 고추방은 내게 어머니 자궁 속같이 아늑하다. 따뜻한 온돌
방에 붉은 고추가 마르면서 올라오는 매운 김이 몸으로 스며든다.
추석 연휴가 시작되기 이틀 전에 올라왔으니 벌써 엿새째 이 방에
누워 있다. 이 방에서 지낸 지 하루 만에 먼 여행에서 걸려온 독감
은 뚝 떨어졌다. 지금 누워 있는 내 모습이 좀 기이하게 보일는지
모른다. 머리맡엔 소주병들이 어지러이 나뒹굴고 있고 나는 두 팔을
벌린 채 방 안 가득 널린 고추 위에 누워 있다. 한 달 전 회사가 최
종 부도 처리가 되고 수배가 떨어지던 날, 나는 배낭을 꾸려 여행을
떠났다. 정처없이 전국을 떠돌다가 고향으로 내려와 고추방으로 숨
어든 건 추석 이틀 전날 밤이었다.

자정이 넘어 고모집 대문을 두드렸다. 고모는 놀란 눈으로 나의

두 손을 덥석 잡고는 주르륵 눈물부터 쏟았다. 고모, 내가 왔다는 걸 누구에게도 알려서는 안 돼요. 난 고모에게 몇 번이고 다짐을 받았다. 고모는 겉으로 보기엔 눈꼬리와 입매가 위로 휘어져 야무져 보이지만 실은 마음이 헤프고 눈도 약간 할개눈이다. 젊은 남편이 죽은 뒤 정신이 폭삭 내려앉아 그렇다는 말도 있고 아궁이에 불을 땔 때는데 난데없이 시커먼 흑돼지가 불 속에서 튀어나와 놀라 자빠진 뒤로 그렇게 되었다는 말도 있다. 어쨌거나 고모에게 중요한 말은 재삼재사 다짐해두지 않으면 안 된다.

"고모, 특히 철상이한테 내가 왔다는 말 절대로 하면 안 됩니다."

철상이는 죽마고우지만 경찰이다. 최말단 순경에서 시작하여 승진을 거듭한 끝에 지금은 이곳 Y서에서 경무과장으로 근무하고 있다. 고모는 내가 오면 제일 먼저 옆집의 철상이에게 뽀르르 달려가 연락을 취하곤 했다. 하지만 철상이는 그의 성격으로 봐서 오랜 친구라 하더라도 죄가 있다면 법대로 처리할 위인이다.

"윤도는 언제 온답디까?"

"갸는 명절이 닥치면 늘 일찍 내리왔데이. 내일 올 끼다. 효자 아이가."

"그럼, 윤도 올 때까지 멀방에 있을게요."

윤도는 고모의 아들이고 나에게는 고종사촌이다.

"그 방에 고추를 넣어놔서 매불 낀데."

"괜찮아요. 감기에는 매운 게 그만이죠."

고추방은 내가 태어난 방이기도 하다. 세월이 흘러도 이 방에 들어올 때마다 어머니의 품안에 들어온 듯 아늑하고 편안했다. 멀방,

안채에서 멀리 떨어진 방이라 해서 멀방이라 불렀다. 지붕 천장에 박힌 굽은 소나무 서까래, 방을 가로지르는 두 개의 긴 시렁, 화롯불에 밤을 굽다가 태워먹은 장판지 자국은 변함없이 그대로 남아 있다. 멀방은 어머니와 아버지가 신행을 보내신 방이고 고모가 친정으로 몸을 풀러 와서 윤도를 낳은 방이기도 하다. 새마을운동으로 양잠바람이 불었을 때는 누에를 치는 잠실이었고 텃밭 위에 본가를 새로 지은 뒤에는 멀방은 퇴락하여 고추를 말리거나 쌀자루를 쟁여놓는 헌 창고가 되었다. 그러나 이 방만이 아직도 아궁이에 볏짚과 고춧대를 태워 방을 데우는 온돌방이다. 나는 널어놓은 붉은 고추를 밀어내고 뜨끈뜨끈한 구들목에 시린 등을 붙이고 눕는다. 춥고 피곤한 여행에서 지친 몸에 온기와 매운 향이 스며들면서 밀린 잠이 쏟아지기 시작한다. 불땀 좋은 장작이 타는 소리가 타닥타닥 구들 밑 방고래까지 울린다.

가난하지만 꿈 많은 유년기를 보낸 이 방은 미물스런 세상과 아득하게 멀리 떨어진 순수한 영혼의 요람이었다. 바깥세상의 문을 닫고 따뜻한 어머니의 뱃속 같은 멀방에서, 난 이혼한 뒤 처음으로 수면제와 신경안정제 없이 깊은 잠에 빠져들었다.

2

회사가 부도가 나자 나는 배낭을 메고 집을 나섰다. 뒤돌아보면 롯의 아내처럼 소금기둥이 될 것 같은 예감에 서둘러 도둑촌이라 불리는 P동을 벗어났다. 오래된 집을 떠나는 데 미련이 없을 수는 없었다. 가장 아쉬운 것은 수족관의 금붕어들과 헤어지는 것이었다. 붉은 금붕어들 중에서도 십여 년 묵은 홍백색의 비단잉어는 정말 대단한 놈이었다. 두 가닥 흰 수염을 길게 늘어뜨리고 정수리에서 꼬리까지 선홍색 붉은 반점을 곤룡포처럼 두르고 유유히 유영하고 있는 그놈을 보면 금붕어의 제왕다운 위엄이 있었다.

믿어지지 않겠지만 한번은 그놈이 도둑놈을 쫓아낸 일도 있었다. 도둑이 현관문을 따고 거실로 침입했을 때 잉어와 물고기떼들이 수족관 안에서 갑자기 튀어올라 용도리질 치는 바람에 도둑이 혼비백산하여 달아났다. 우리 부부도 물고기의 퍼드덕거리는 난리법석에 잠이 깨었는데 거실의 발자국, 열린 현관문과 대문 등을 종합해보건데 물고기 소리에 놀란 도둑놈이 제 발이 저려 도망간 게 분명했다.

하지만 잉어도 필사적으로 지켜낸 그 집을 나는 지키지 못하고 집달리에게 넘겨주고 떠나야 했다.

난 껍질이 터진 고추에서 고추씨를 받아 방에다 흩뿌려본다. 붉은 고추들이 금붕어떼로 변해 꼬리와 지느러미를 흔들며 우르르 몰려오는 듯하다. 고추씨가 동이 나자 나는 성한 고추를 툭 분질러 고추씨를 빼낸다.

문이 삐걱 열린다. 문짝이 맞지 않아 문 여는 소리가 유난히 크다. 고모가 식혜와 송편 한 접시를 들고 나타났다. 문을 닫을 때 주의를 한답시고 한참을 고개를 빼고 바깥 동정을 살피는 게 어설퍼 오히려 나를 불안하게 만든다.

"윤도는 아직 안 왔습니까?"

"차가 막히는갑다. 오늘 저녁답에는 꼭 올 끼다. 자, 단술하고 핀인데 좀 묵어봐라."

고모는 찬 식혜와 갓 쪄내 김이 모락거리는 송편을 내 앞으로 들이밀었다.

나는 식혜를 막걸리 사발 비우듯 죽 들이켜고는 송편을 하나 집어 으적이며 말했다.

"고모, 이렇게 폐만 끼쳐서 미안합니다."

"야가 무신 범 물어갈 소리를 하노. 이기 남우 집이가? 내사 마 이 집을 니한테 줬시면 얼마나 좋았겠노 후회한다. 이 집이 내 명의가 된 뒤로 명절에 아무도 안 와 아무 재미도 없고…… 고추 냄새는 안 매분가? 조카, 고추 말리는 방법을 말해주까? 그건 먼저 응달진 곳에서 시들가서 말린데이, 응달진 곳에 시들구는 기 예삿일이 아이다. 메주나 곶감이 햇빛만 받으면 좋은 것 같아도 음기를 받지 않으면 공연히 곰팡이가 슬고 짓물러지는 벱이다. 남녀간에도 음양이 조화를 이뤄야 잘 사는 벱인데 너거 부부는 와 그렇게 됐노? 명절날에 와서도 쌈닭처럼 싸우더니 겔국 그렇게 되고 말았구마."

고모는 초점이 약간 옆으로 빗나간 할개눈으로 나를 쳐다보며 말한다. 고모는 조금 긴 말을 하면 뭔가 맥락을 잃어버리고 고모의 눈동자처럼 초점이 약간 빗나간다. 하지만 그 말이 틀린 건 아니다. 회사가 부도나기 전에 가정이 먼저 파탄났다. 채권자들은 부도 직전에 우리가 이혼을 한 건 재산을 빼돌리기 위한 위장이혼이고 악질적인 사기극이라고 성토했지만 우연의 일치일 뿐, 우리 부부는 일 년 전부터 실질적인 별거에 들어가 있었다. 내가 회사 일에 매달리느라 가정에 소홀히 한 건 이혼법정에서도 인정했다. 하지만 아내가 아들 놈의 가정교사와 불륜을 범한 건 도무지 용납하기 힘들었다. 난 쇠 망치로 뒤통수를 맞은 듯 멍했지만 아내와 결별할 생각은 없었다. 자식을 생각해서라도 절름거리며 함께 살기로 했다. 그러나 아내 쪽 에서 완강하게 이혼을 요구했다. 증오의 감정을 식히는 냉각기를 가 졌으나 말 그대로 냉각기는 마지막 남은 정마저도 싸늘하게 식혔다.

이혼을 한 뒤 한동안 자유로웠다. 난 끝말잇기를 하듯 아구찜을 먹고 찜질방에 갔다가 룸살롱으로 가기도 했다. 때론 영혼의 안식처 를 찾아 교회와 사찰과 성당을 순례하기도 했으나 나에 대해 내린 결론은 허무한 낙오자라는 생각이었다. 회사마저 급속하게 내리막 을 치닫고 있었으니.

3

나는 마치 악마의 주술에 포박된 듯 백제의 고도 부여로 향했다. 백제가 망할 때 삼천 궁녀가 꽃처럼 떨어져 죽었다는 그곳, 삼천 사 람이 떨어져 죽은 곳이라면 삼천한번째 사람도 실수 없이 떨어져 죽을 것이다. 더욱이 부여 길은 낯선 초행길이라 저승길을 걷는 듯 했다. 이 길을 걷고 걸어 그대로 황천으로 건너가리라.

아내, 아니 전아내의 전화를 받았을 때는 낙화암으로 가기 위해 백마강 구드래 선착장을 내려가고 있었다.

"도대체 당신 거기 어디예요? 오늘도 경찰이 다녀갔어요. 정말 미치겠다구요. 당신과 내가 이제 무슨 상관이 있다고 이렇게 괴롭히는 거예요. 경찰보다 빚쟁이들이 더 지긋지긋하다구요. 당신 혼자만 살려고 도망 다니지 말고 제발 빨리 자수하라구요."

법적으로 아무런 관계가 없는 전남편 때문에 진저리를 치는 아내를 이해하지 못하는 바가 아니다. 그러나 아무리 돌아서면 남남이라곤 하지만 그래도 한때 부모, 형제와도 나눌 수 없는 은밀한 비밀을 공유하며 살았던 사람이 아닌가. 난 말없이 핸드폰을 닫고 백마강을 보며 중얼거렸다. 그렇게 안달복달하지 말라구. 이제 조금만 기다리면 편안하게 해줄 테니.

일몰이 깔리는 구드래 선착장에는 유람선 서너 척이 젖은 몸을 서로 부딪치고 있었다. 구드래라는 생소한 말은 스스로 더워지는 자온대(自溫臺) 바위인 구들에서 나왔다고도 하고 일본어로 백제를 가리키는 말인 구다라에서 나왔다고도 했다. 저녁노을이 엷게 깔리는 백마강 위로 배는 한 마리 고니처럼 강물을 천천히 거슬러올라갔다.

남녀노소를 막론하고 죽음이란 달콤한 관념에 한 번 몰입하면 마약처럼 헤어나오지 못한다. 이 세상의 온갖 복잡한 수치에 0을 곱해버리는, 절대적 무화(無化)의 힘에 매력을 느끼지 않을 자가 어디 있겠는가. 스스로 죽겠다는 생각은 어릴 때에도 이따금씩 했다. 어려서부터 난 본의와 다르게 잔도둑질에 능숙한 아이로 오해받으며 자랐다. 내 생애 몇 번의 우연한 실수를 할 때마다 곁에서 지켜본 철상이, 철상이는 임자라 할까, 그는 나에게 천적과 같은 친구였다.

먹을 것이라곤 없는 핍색한 시절에 갓 낳은 따뜻한 달걀은 귀한 먹거리였다. 우리 마을에선 닭장에서 닭을 키우지 않았다. 닭의 잠자리로는 헛간에 대시렁을 걸쳐놓으면 그만이었고 암탉은 마당을 돌아다니면서 아무 데서나 알을 낳았다. 철상이 집의 암탉들 중 한두 마리는 낮은 돌담을 넘어와 우리집 등겨섬이나 먹둥구미 위에서 알을 낳곤 했다. 경우가 바른 우리 부모는 그 알이 보이는 족족 풍납댁에게 돌려주었지만 나는 그게 자못 불만스러웠다. 우리집에서 낳은 알은 우리 것 아이가? 난 이런 생각을 하며 별 죄의식 없이 달걀을 깨뜨려 먹었다.

다른 집은 닭도 키우고 소도 키우는데 어찌 된 일인지 우리집만은 강아지나 병아리 새끼 한 마리도 키우지 않았다. 아버지는 그저 틈만 나면 막걸리를 마시고 마실을 다녔을 뿐 가산을 늘리는 데는 아무런 관심이나 의욕이 없었다. 언젠가 내가 "아버지, 우리는 왜 만날 거끌거끌한 보리밥만 먹고 살아요?" 하고 물었더니 아버지는 "인석아, 쌀밥 마이 먹고 집냐? 풍납댁 머슴을 살면 실컷 배불리 묵을 끼다"라는 기이한 대답을 하시는 것이었다. 아버지는 그저 주어진 운명대로 할아버지 할머니를 모시고 조상 전례의 삶을 답습하며 사시는 데 만족하신 분이었다. 대학에 들어가서 경제학개론 시간에 아시아적 정체성에 관해 배울 때 난 우리집을 생각했다. 멍석 위에서 아버지는 막걸리를 마시고 어머니는 묵묵히 맷돌을 돌리는 장면이 그 단원 내내 뇌리에 떠올랐다.

난 늘 단배를 곯고 있었고 우물물로라도 허기진 배를 채우고자 했다. 아주 어렸을 때 나의 별명이 묵고지비였단다. 어른들이 뭘 먹고 있으면 옆에 가서 묵고 집다고 말해 민망해진 어른들이 손에 든 게 떡이든 고기든 한 점씩 떼어주었다고 한다. 물론 우리집에서 발견되는 날달걀도 나의 주린 배를 달래어주는 좋은 요기였다. 그것만으로 족할 것을, 배가 고픈 날이면 돌담 너머 풍납댁 짚단 더미에 낳은 알도 몇 개씩 집어먹었다. 그곳은 양지바른데다 사람의 발길이 잘 미치지 않는 외진 곳이어서 닭들이 자주 알을 품는 곳이다.

그날은 입춘이 지난 지 얼마 되지 않은 날이었다. 풍납댁 대문에 한자로 쓴 지방이 붙어 있을 때였으니까. 난 돌담을 딛고 풍납댁 짚단 더미 속의 달걀을 집어서 내려오려 했다. 그때 누군가 불쑥 나타나 내 다리를 잡았다.

"우택아, 니 또 우리집 개랄 훔치가나?"

철상이었다. 난 놀라서 얼떨결에 변명했다.

"아이다. 나, 안 훔쳤다. 여기 개랄이 있길래 갖다줄라 한 기다, 자."

철상이는 얼굴에 비웃음기를 띠고선 내가 내민 계란을 받지도 않고 돌아가버렸다. 난 들고 있는 달걀 한 알이 그렇게 무거운 줄 몰랐다. 마치 무거운 바위를 들고 벌을 서고 있는 것처럼 진땀이 났다. 그걸 들고 어찌할 바를 몰라 돌아다니다가 우리집 굴뚝 속으로 집어넣어버렸다. 아버지가 저녁에 집에 오자마자 낮은 굴뚝 속으로 손을 밀어넣어 시커멓게 된 달걀을 꺼냈다. 그리고는 검은 달걀을 두 손으로 번쩍 들게 하고 다짜고짜로 지겟작대기로 나의 등짝 엉덩이 종아리를 가릴 것 없이 마구 후려치기 시작했다.

"이 빌어묵을 놈아, 도대체 니가 개랄을 얼마나 훔쳐먹었길래 풍납댁 어른이 저번에 족제비가 물어간 닭까지 우리가 잡아묵은 줄로 생각하노 말이다! 내가 없는 사람일수록 행동을 잘 해얀다고 그쿠 안 카더나? 있는 자식이 밥을 마이 묵으면 복시럽다고 카고 없는

자식이 밥을 마이 먹으면 게갈시럽다 카는 세상인 기라, 이 문디 자
식아!"

나는 아버지의 매질을 견디지 못하고 들고 있는 달걀을 마당에 내
동댕이치고 삽짝을 열고 도망쳤다. 낙동강 수문에서 해가 저물도록
풀따기를 했다. 풀 이파리가 소용돌이에 맴돌다 하염없이 빨려들어
가는 걸 보면서 나도 풀 이파리처럼 저 맴돌이 속으로 빠져들고 싶
다는 생각을 했다.

낙동강 수문이나, 부지런히 오른 낙화암에서도 끝내 뛰어내릴 수
없었던 이유는 무엇일까? 죽음의 용기나 삶에 대한 공포가 부족했
기 때문은 아니다. 인생의 고비고비마다 줄기차게 공격해온 죽음의
충동에서 벗어날 수 있었던 것은 마지막 순간에 뒷덜미를 낚아올리
는 거짓 희망 때문이었다. 그래, 하루만 딱 더 살아보자.

4

"달자도 발써 내리왔데이. 아까 철상이하고 두내미로 가면서 우
택이는 안 내려왔느냐고 묻더라. 달자는 우째 나이를 묵어도 달처럼
곱는지."

달자는 지금 민주노련의 핵심 간부로 있다. 80년대 감옥에 갔다온
뒤 결혼도 미룬 채 맹렬하게 노조 활동을 해왔다. 작년에 노련의 후
원으로 일 년간 독일 전역을 다니며 독일의 노동정책을 연구하고 돌
아왔을 때 "내 신세보다 나은 노동 귀족이 됐군" 하고 빈정거렸다.

고모는 달자가 자꾸만 내 안부를 묻고 또 묻기에 이번 추석에는 내려오지 않았다고 '확실하게' 대답을 해주었다고 했다. 난 오히려 그 '확실하게'라는 말 때문에 더 불안했다. '우택이는 정말로 안 내려왔데이. 내 말 진짜데이' 하는 식으로 대답했다면 오히려 내려온 것으로 의심할지 모르기 때문이다.

"두내미는 아직 안 헐렸습니까?"

"반쯤은 깎이고 궁디 반쪽만 남아 있다 아이가. 보면 참으로 흉허지야."

김해 평야지대 한가운데 봉긋하게 솟아오른 두내미 언덕이 깎이다니. 우리의 추억마저 깎여서 사라지는 듯하다. 이제 고향 마을은 소를 먹이는 한적한 시골이 아니다. 풍경 좋은 낙동강을 타고 올라오는 아파트 개발의 바람이 Y군 둔암동까지 밀려올 줄은 미처 생각하지 못했다. 둔암동 일대는 이미 대규모 아파트 택지가 조성되어 보상까지 끝났다. 이번 추석명절을 쉰 뒤로 옛 둔암동 마을은 수몰지구보다 더 깨끗하게 지상에서 사라지게 된다.

둔암동에 택지가 조성되면서 고모는 아파트를 분양받은 것 외에도 이주비 등 수억의 보상비를 받았다. 고생 끝에 낙이 온다고 평생을 착하게 산 고모에 대한 보상이긴 하지만 그 큰돈을 시골 농협에 묵혀두는 것은 어리석은 일이다.

보상금도 좋지만 두내미 언덕을 깎아낸다는 말이 뜻밖에도 붉은 고추처럼 코점막을 맵게 한다. 바쁜 삶에 쫓기면서 좀스럽게 닳고 닳은 기억만으로 살아온 나는 유년의 삶이 속속들이 배어 있는 두내미 언덕이 사라진다니 콧날이 시큰했다.

두내미를 휘감고 흐르는 수성천에 장어와 은어들이 튀어올랐었다면 지금 누가 믿어줄 것인가. 여울물은 상류 지역에 축사와 농장이 들어선 뒤로 똥물이 된 지 오래다. 낙똥강, 지금은 모두가 이렇게 부른다. 여울의 자갈돌을 뒤집으면 가재와 모래무지가 물살을 일으키며 부리나케 도망쳤고 두내미 위 솔가지엔 백로가 하얗게 앉아 있다 보현사의 종소리에 날아올랐다. 이 두내미 언덕에서 낙동강을 바라보는 둔산팔경은 예로부터 유명한데 원포귀범(遠浦歸帆), 평사낙안(平沙落雁), 서산낙조(西山落照), 보현모종(普賢暮鐘) 등을 이곳 둔암에 오르면 한눈에 바라다볼 수 있었다. 두내미 언덕 아래 둔암리에는 오십여 호가 뒤웅박에 든 씨콩처럼 올망졸망 모여 살았는데 저녁이면 밥 짓는 연기가 올라 산허리에 실안개처럼 감겼다.

김해평야의 넓은 모래톱에 이렇게 두내미와 같은 바위언덕이 솟아 있다는 건 신기한 일이다. 향토지에 보면 두내미란 이름은 평평한 평야에 둥근 바위산이 머무르고 있어 둔암(屯岩), 둔산(屯山)에서 유래되었다고 했다.

그러나 어린 시절 곰방대를 문 토박이 영감에게 들은 말은 또 달랐다.

"두내미가 둔암, 둔산에서 나왔다꼬? 아인 기라. 내가 소싯적에 동네 어른에게 들은 바로는 둔암(臀岩), 즉 엉덩이 바위에서 나온 기라, 마."

두내미는 여자가 엉덩이를 약간 치켜들고 땅을 향해 엎드려 있는 기묘한 형상을 한 언덕으로 보기에 따라 여러 가지 상상을 불러일으켰다. 바위가 되다 만 퇴적암 언덕은 아이들의 미끄럼틀로 안성맞

춤이었다. 우리들은 바위를 지치면서 엉덩이로 광을 냈으며 뜨거운 태양은 둥그런 언덕 거죽을 도자기처럼 반질반질하게 구워냈다. 나는 오래된 유년의 풍경이라고 무조건 미화시키고 싶지는 않다. 특히 남루한 유년기를 보낸 사람으로서는.

추운 겨울밤이었다. 우리들은 두내미에 모여 닭서리 음모를 꾸미고 있었다. 달걀도둑은 비난받아도 닭서리는 비교적 관대하게 봐준 것은 그것이 수렵시대로부터 내려오는 일종의 성인식과 같기 때문이 아닐까. 닭서리나 토끼몰이를 통해 아이들은 자연 속에서 생존해가는 지혜와 담력을 터득해 어른이 되어가는 것이다. 모든 일에는 항상 최철상, 나, 엄달자 우리 세 명이 튼튼한 철의 삼각구도를 이루고 있었다. 이것은 일종의 악의 분업과 같은데, 난 철상의 부하가 되고 철상은 달자의 부하가 되고, 달자는 나의 부하가 되어 서로 물고 물리는 관계라고나 할까. 철원 김화 평강의 중심에는 쇠둘레 철원이 있듯 우리의 중심에는 항상 달자가 있었다. 담뱃집 딸 달자는 조숙한데다 괄괄해 웬만한 남자아이와 씨름을 붙여도 지지 않았다. 아버지는 원양어선을 탄다고 했던가, 감옥에 갇혀 있다는 소문도 들렸으나 지금까지도 나타나지 않으니 알 길이 없다. 얼굴이 반반한 달자 어머니는 동네 아주머니의 시샘 속에서 담뱃집을 했다. 말이 담뱃집이지 막걸리와 아스피린과 과자 등을 파는, 주막이자 약방이고 상점인 종합가게였다. 담뱃집 딸이라는 게 우리들에게 강한 인상을 주었는지도 모른다.

"오늘은 강 건너 읍마을 대머리 영감집에 닭서리 가자."

"나룻배를 타고 말이가?"

"어동이 너거 집 나룻배를 타고 가면 된다."

우리들은 달자의 주도로 닭서리를 모의하고 서로 역할을 나누었다. 그런데 누가 닭을 안아 오느냐는 문제로 일사천리로 나가던 작전이 막혀버렸다. 서로 얼굴만 쳐다보고 있는데 철상이가 나를 지목해 말했다.

"우택이, 니가 해라."

"나는 못 한다."

"와, 니 잘 할 낀데, 니말고는 그 일을 해낼 사람이 없다. 할 끼가 안 할 끼가?"

철상이는 달걀 사건 이후 나를 무슨 도둑질에 이골이 난 놈으로 생각하는 모양이었다. 만약 자기 말을 듣지 않으면 자기 집에서 훔친 달걀을 몽땅 물어내라는 말이 나올 것만 같았다. 난 철상이의 말에 꼼짝없이 따라야 했다. 우리는 마치 적진에 침투하는 특공대처럼 어동이네 나룻배를 타고 수성천을 건너갔다. 물새들이 끼르륵거리는 갈대밭에 나룻배를 숨겨놓고 읍거리에 있는 대머리 영감집으로 스며들었다. 우리들은 먼저 대문 앞길에 허방을 깊게 파고 갈대로 덮고 흙을 뿌려 위장했다. 그 일대는 모래흙이라서 허방을 파기 쉬웠다. 만일을 대비해서 우리가 들고 간 작대기와 대나무를 영감이 자는 방문에 단단히 고여놓고 영감의 신발은 담장 밖으로 내버렸다.

나는 선역이든 악역이든 일단 나에게 맡겨진 일에는 최선을 다한다는 생각으로 살아왔다. 닭이 찬 손에 놀라지 않도록 사타구니에 두 손을 찌르고 손바닥이 따뜻해질 때까지 기다렸다. 그리고는 고양이처럼 살금살금 헛간 안으로 기어들어가 자고 있는 암탉의 배 밑으로 손을 살며시 넣었다. 암탉이 동그랗게 눈을 뜨고 나를 보더니 고개를 갸웃하며 구구거렸다. 난 잽싸게 닭날개를 꺾으며 닭을 안고서 밖으로 냅다 뛰었다. 안았던 닭이 갑자기 퍼드덕거리며 내 눈을 쪼았는데 워낙 정신없이 달리느라 피가 흐르는 줄도 몰랐다. 지금도 내 얼굴을 자세히 보면 그때 닭에게 쪼인 흔적이 왼쪽 눈가에 흐릿하게 남아 있다. 그 흉터 때문에 될 일도 안 된다는 말을 들은 적이 있는데 그래서 결국 부도가 나서 이런 고생을 하는 건지도 모른다.

닭소리에 잠을 깬 영감이 당한 봉변은 우리 사이에서 무슨 전설처럼 두고두고 이야기되었다. 닭소리에 놀란 영감이 뛰쳐나오려고 방문을 열었으나 문 앞에 고여놓은 작대기와 대나무 때문에 문이 열리지가 않았다. 화가 난 영감은 거의 문짝을 부수다시피 해서 마루로 나왔으나 신발을 찾을 수 없었다. 신발을 찾는다고 허둥대다가 맨발로 나선 영감은 대문을 나서자마자 허방다리를 밟고 넘어져 일어나지를 못했다. 소문에 의하면 그 가련한 영감은 발목을 삐어 일주일간을 방 안에 누워서 끙끙 앓았다고 한다.

그 닭서리 사건을 통해 달자는 카리스마를 얻었다. 닭을 안아낸 나는 아이들 사이에서 약간의 명성은 얻었지만 철상이는 그 일로 나에 대한 어떤 편견을 굳히지 않았나 싶다. 마을에선 닭이나 오리, 심지어 돼지도 수시로 없어지곤 했는데 그때마다 나를 바라보는 철상의 눈빛이 곱지는 않았다.

그날은 구름이 하늘을 뒤덮어 별도 뜨지 않은 밤이었다. 그런 날이면 두내미 언덕만이 희한하게도 야광물체처럼 하얀빛을 발해 마을 고샅과 여울을 은은히 밝혀주었다. 어머니는 밤늦게 잠자고 있는 나를 깨워 무척 화가 난 목소리로 심부름을 보냈다. 담뱃집에 가서 술 마시는 영감 탱구를 잡아오라고. 담뱃집은 불이 꺼진 채 텅 비어 있었다. 그 앞을 서성거리고 있는데 달자가 반갑게 맞아주었다. 내가 아버지를 찾자 강 건너 읍거리에 놀러 갔다고 했다. 우택아, 우리도 놀러 갈까? 달자는 각중에 내 손을 잡고서 두내미 쪽으로 갔다. 이 밤중에 두내미는 와? 난 무엇에 홀린 기분으로 달자를 따라 언덕을 올랐다. 쉿, 조용히 해봐. 달자가 손가락을 입에 대는 순간 언덕 뒤편에서 이상한 신음 소리 같은 게 들렸다. 우리 둘은 소리의 방향을 따라 가만히 언덕 뒤를 엿보았다. 그때의 놀라운 광경이라니. 달자 어머니의 허연 궁둥이 아래 눌려 있는 사람은 어머니가 잡아오라던 바로 그 영감 탱구였다. 나는 놀랍고 부끄러워 까투리처럼 머리를 땅바닥에 처박았으나 달자는 대수롭지 않은 듯 말끄러미 보고 있었다. 얼마 뒤 아버지는 마치 아무 일도 없었다는 듯 담배를 한 대 물고 언덕 위에 나타났다.

"오늘 용 좋았네."

"뭘예."

"아닐세, 오늘 용 좋았네."

아버지와 달자 어머니는 옷을 추스르며 각각 다른 길로 내려갔다.

우리 둘만이 두내미에 남게 되자 난 어둠 속에서도 느껴질 만큼 얼굴이 발개져 고개를 못 들었다. 그러나 달자는 태연히 언덕을 지치며 말했다.

"우택아, 니, 우리 엄마가 너 가부지 좋아하는 줄 몰랐나?"

"몰랐다."

내 말은 시무룩했고 약간의 노기마저 띠고 있었다. 어머니를 배신한 아버지에 대한 분노 같은 것이 담겨 있었을 것이다.

"난 울 아부지 얼굴을 똑똑히 기억하고 있단 말이다. 얼마나 잘생기고 멋있는 분인데…… 울 엄마 말로는 너 가부지가 울 아버지를 닮았대."

달자는 언덕을 타면서 왜 철상이를 싫어하고 나를 좋아하는지 말했다. 철상이 아버지는 담뱃집에 와서 괜히 어머니를 괴롭히고 집적거리는데 우리 아버지는 막걸리에 취해도 태생이 양반이라는 것이다. 그래서 오히려 달자 어머니가 우리 아버지를 더 좋아한다는 것이다. 그제야 달자가 자기 어머니를 대하는 동네 어른의 태도에 따라 우리들에 대한 감정을 드러냈다는 사실을 알았다. 달자는 까닭없이 철상이를 싫어하고 나에게는 눈깔사탕을 준다든지 새로 나온 라면도 몰래 갖다주는 등 과분한 호의를 베풀었는데 그 이유를 알 수 없었다. 정작 달자에 몸 달아 있는 철상이만 속이 탔다. 철상이가 달자를 만나려면 나를 통해야 했으므로 철의 삼각구도는 더욱 공고해졌다.

"우택아."

달자의 목소리가 평소 같지 않고 은근했다.

"와?"

"우리도 신랑각시 한분 해보까. 난 너 가부지보다 니가 더 울 아버지를 닮은 것 같은데……"

달자는 옷을 활딱 벗고 나더러 옷을 벗으라고 했다. 내가 당황하며 꾸물거리자 "사내자식이 부끄럼을 타기는" 하면서 옷을 잡아당겼다. 달자가 이상하게 취해오는 동작에 나는 점점 야릇하고 기이한 흥분에 사로잡혔다. 그날 밤 우린 두내미에 누워 서로에게 무지하고 서툰 장난 같은 애무를 나누었다. 그러나 그날 이후 난 갑자기 철부지 코흘리개에서 어른이 된 듯한 착각에 빠졌다.

5

"윤도는 아직 소식 없습니까?"

나는 점점 초조해졌다. 추석날 저녁에 오기로 한 윤도가 다음날 오후가 되어도 나타나지 않았다. 매운 김이 올라오는 고추방에서 마냥 누워 기다릴 수만은 없었다. 고추는 잘 말라 투명해져 노란 고추 씨가 보이기 시작했다. 고추방에서 나흘째 뒹굴면서 온몸에 고추 냄새가 배어들어 나도 한 개의 큰 고추가 된 느낌이었다.

고모도 슬슬 걱정이 되는지 멀방에 들어와 희아리를 가려내며 대답한다.

"그케 말이다. 갸가 여태 안 올 아가 아인데……"

"핸드폰도 안 받는다면서요. 오다가 차 사고라도 난 거 아닌가."

돈을 만지는 사업을 하면서 인간관계에서 수없이 쓴맛을 보아온 나였지만 윤도만은 믿었다. 원래 이 집은 본가라는 말이 무색할 정도로 옹색한 집이었다. 철상이네 풍납집의 행랑채보다 초라한 것을 내가 집 주위의 텃밭을 사들이고 그 위에다 당시로는 둔암동에서 제일 번듯한 양옥집을 지었다. 시골에 필요 이상의 규모로 집을 지

은 것에 대해 마을에서 말들이 많았다. 풍납댁에 대한 콤플렉스라는
둥 우택이가 돈을 좀 벌었다더니 유세한다는 둥 입방아를 찧어댔다.
집은 되었으니 이제 조상의 묏자리를 넓히고 단장할 일만 남았다고.

　추석 연휴가 끝나는 날에도 윤도는 내려오지 않았고 윤도로부터
전화나 어떤 메시지도 없었다. IMF 전 나는 외제차에 국회의원을 태
워 다닐 정도로 잘나가는 사업가였다. 우리 회사 브랜드의 제품은
없어서 못 팔 정도였다. 본가에 제사와 명절이 닥치면 늘 내가 고모
에게 돈 봉투를 넉넉하게 챙겨드렸고 필요한 제수용 물건을 트렁크
가득 싣고 내려갔다. 특히 윤도의 학비는 대학 졸업 때까지 내가 다
대주었다고 해도 과언이 아니다. 그러나 그런 것은 일가의 정리로
한 것이지 대가를 바라고 한 것은 아니었다.
　이번 택지 보상금은 고모의 명의로 나왔으나 아들인 윤도가 관리
하고 있다. 고모는 그 큰돈을 관리할 만한 능력이 없으니 자식이 관
리하는 건 당연하다.
　나는 고향으로 내려오기 전 전화로 고모에게 솔직하게 얘기했다.
　"고모, 한 번만 도와주세요. 사실 그 땅의 절반은 내가 산 거라는
걸 고모도 아시지요?"
　"알다마다. 당연히 그렇게 해야지. 헌데 그 돈을 몽땅 윤도가 가
지고 있어야. 내가 윤도에게 얘기해서 이번 추석에 가지고 오라고
할 거니까, 걱정 말거라. 그놈이 참으로 효자여. 내가 죽으라문 죽는
시능도 하는 놈이여."
　고모는 받은 보상금의 절반을 나눠주겠다고 흔연히 말했다. 그 돈

이면 다시 한번 재기할 발판을 마련할 수 있게 된다. 나는 윤도에게도 전화했다. 윤도는 내 사정을 잘 아는 듯, "아이고, 형님. 어려우신데 당연히 마련해드려야죠. 그 동안 우리가 얼마나 형님 신세를 졌습니까. 어머님이 부탁하신 그 돈은 이번 추석 때 가지고 내려가겠습니다"라고 약속했다. 그런데 추석 연휴가 다 끝나도록 윤도는 나타나지 않는 것이다. 큰돈을 가지고 오다가 무슨 사고라도 난 것이 아닐까. 나는 온갖 상념으로 이리 뒤척 저리 뒤척 하다가 잠이 들었다.

사차선 강변도로를 건설하기 위해 낙동강 제방과 둔치를 밀어버린 바로 그해 여름 낙동강의 범람이 있었다. 여울가에 살던 집들이 삽시간에 홍수에 휩쓸려내려갔고 우리 또래의 아이들 중에는 어동이가 죽었다. 어릴 적부터 우리는 낙동강 가의 홍수가 범람하는 걸 보아왔다. 둑가 저지대의 집들은 가재도구를 들고 초등학교나 두내미 고지대의 집으로 대피하기도 했다. 그러나 물이 그렇게 삽시간에 불어나는 건 처음이었다. 둑이 터지면서 어동이네와 저지대에 살던 세대들이 순식간에 수마에 휩쓸려들어갔다. 인민군들이 대치했다는 이 낙동강 두내미 강마을에 6·25 때도 나지 않았던 떼송장이 처음으로 났다.

어동이네를 비롯해 떼송장이 난 것은 아무래도 낙동강 수신이 마구잡이로 낙동강을 개발하는 것에 노해서 재앙을 내린 것이라며, 무당을 불러 강변에서 굿판을 벌이기도 했다.

떼송장이 난 그해 여름 달자와 나 철상이, 우리 셋은 막걸리통을 메고 두내미에 올라갔다. 강 건너 읍거리에 들어선 아파트 군락과 낙동강을 가로지르는 다리 때문에 두내미 언덕에서 내려다봤을 때의 시원한 눈맛은 사라져버렸다. 그래도 낙동강을 따라 형성된 김해평야는 일망무제로 펼쳐져 있었다. 우리 철의 삼각구도가 쇠둘레처럼 격렬하게 돌고 돌 때이다. 방직공장에 다니는 달자는 민주노조에 가입한 상태였고 철상이는 고향 가까운 지서에 발령을 받아 경찰복을 입고 나왔다. 나는 아직 사회로 진출하지 못한 장발 대학생이었다.

철상이는 두내미를 매기의 언덕이라고 부르며 〈매기의 추억〉이라는 노래를 불렀다. 어쩌면 매기는 어릴 때부터 철상이가 마음에 품고 있었던 엄달자일 것이다. 말하진 않았지만 나는 오래 전부터 이 언덕은 달자의 언덕이라고 생각했다. 어둔 밤에도 하얗게 빛나던 달자의 엉덩이가 아직도 잊혀지지 않는다.

하지만 술이 한잔 된 달자는 이상하게도 철상이보다 나를 향해 더 거칠게 비난해댔다.

"송충이가 갈잎을 먹으려고 해? 달걀도둑이 부랄자지가 되고 싶다고?"

내가 과연 엄달자의 손가락질을 받을 만큼 그렇게 싹수없는 피폐한 유년기를 보냈던가? 멋모르고 풍납집 계란을 훔치다 아버지로부터 죽지 않을 만큼 지겟작대기로 두들겨 맞았고 닭서리를 비롯해 모든 서리에 앞장을 섰다고 해서 도둑이라도 된단 말인가. 가난한 삶이 싫어 공부를 통해 출세해볼 거라며, 풍납집 장닭 우는 소리에 일어나 이를 악물고 공부를 한 게 죄란 말인가. 어쩌면 철상이가 가진 나에 대한 편견이 달자의 눈에 그대로 투사되었는지도 모른다.

달자는 불가능한 욕망의 사다리를 불에 태우라며 격렬하게 비난했다. 그럼 공권력의 말단이 되어 민주운동을 직접적으로 탄압하는 철상이는 왜 문제삼지 않는 거야? 라는 나의 항의성 질문에 달자는 쐐기를 박듯이 말했다.

"철상이는 비록 나와 반대되는 길을 가지만 언젠가 지구 한 바퀴를 돌아서라도 다시 만날 수 있다. 하지만 너는 네 길이 아닌 길 밖에서 서성거리고 있는 거야. 너완 지구 끝까지 걸어가도 영원히 만날 수 없는 거야, 알아?"

난 방직공인 달자를 보면서 베를 잘 짜는 처녀가 아테나 여신과 베짜기 경쟁을 하다 거미가 되고 말았다는 그리스 신화를 떠올렸다. 달자는 아무래도 거미가 되고 말 위험 수위에 올라와 있는 것 같았다.

철상이에 대한 자신의 애정을 나에게 시위하는 듯한 달자의 모습을 보면서 나는 지금까지 느껴보지 못했던 질투의 감정에 사로잡히며 괴로워했다. 이런 심경을 철상이는 근 이십 년 동안 달자와 나 사이에서 느꼈을 거라 생각하니 새삼스레 철상이가 다시 보였다. 만취한 나는 그해 여름 수해로 죽은 어동이의 이름을 마구 부르면서 두내미를 내려왔다.

6

이번 추석에는 달을 보지 못할 거라는 일기예보가 고스란히 맞아

떨어졌다. 추석 연휴 내내 계속되던 흐린 날씨가 연휴의 마지막날 모처럼 맑아지자 고모는 멀방에서 고추를 꺼내 마당의 멍석에 널었다. 난 어릴 때부터 붉은 생고추 말리는 것을 많이 보고 자랐지만 이 작업이 이렇게나 까다로운 줄은 몰랐다. 태양초로 말리려면 근 열흘 이상이 걸리는데 낮에는 멍석에서 밤에는 온돌방에서 적당한 온도로 말려야 한다. 너무 센 불에 말려도 약한 불에 말려도 안 된다. 센 불에는 고추가 하얗게 탈색되어 희아리가 되고 약한 불엔 속이 짓물러지거나 곰팡이가 펴서 변질된다.

기다리던 윤도는 끝내 오지 않았다. 그러나 이상하게도 근 일 주일간 매운 고춧김을 쐬어서 그런지 사람에 대한 배신감이라든가 서운함 따위는 별로 들지 않았다. 감정의 동요도 복잡한 상념도 사라지는 듯했다.

갑자기 멀방 문이 덜컹 열리더니 그림자가 불쑥 들어왔다. 난 달자의 모습에 별로 놀라지 않았다. 소주를 몇 병이나 깐 채로 고추를 등에 깔고 방 한복판에 대자로 누워 있었으니까. 달자는 한동안 물끄러미 내려다보더니 이윽고 내 머리맡에 주저앉았다. 고추를 깔고 앉은 달자의 엉덩이에서 고추 껍질이 터져 고추씨들이 흘러나왔다.

달자가 다시 말없이 쏟아질 듯한 눈망울로 나의 얼굴을 찬찬히 내려다보았다. 옛날 두내미 언덕에서처럼 나의 얼굴에서 자기 아버지의 얼굴을 찾는 것일까.

"우택이, 너 이혼했다며?"

난 고추를 한 움큼 쥐고 공중으로 뿌리며 딴전을 피웠다.

"담뱃집 딸은 좋겠다. 출세해서 독일도 갔다 오고."

"넌 잘나갈 때 세계를 누비고 다녔잖아, 그런데 기가 팍 꺾여서 이 꼴이 뭐야?"

달자는 고추를 한 움큼 쥐고 내 배 위에다 수북이 쌓는다.

"상관하지 마, 난 지금 행복해. 너, 철상이가 여기에 가라 해서 왔지?"

"그걸 어떻게 알았어? 네 고모가 가르쳐주던?"

"달자야, 너도 이 고추방에서 한 일 주일간 매운 김을 쐬면서 명상을 해봐. 세상 이치가 빤하게 보인다. 나처럼 도사가 돼."

"그럼, 윤도가 철상이에게 네가 여기 있다는 걸 말해준 것도 알고 있겠네?"

"짐작했던 일이지."

윤도가 철상이한테 그랬단다. 형님은 도둑놈 심보가 있어요. 땅을 산 건 오랜 전 땅값이 없었을 때였어요. 그 동안 아무 말이 없다가 택지 개발이 되어 땅값이 오르니까 이제 와서 정신이 온전찮은 엄마를 앞세워 보상금을 내놓으라 하니…… 우리 어머니가 숨겨주는 것만 해도 고맙게 생각해야죠, 라고. 하긴 맞는 말이다. 재산 싸움이 나면 형제간에도 칼부림을 하는 마당에 사촌에게 보상금을 나눠달라고 하는 건 그 자체가 우스꽝스런 얘기다. 누굴 원망하랴, 내가 윤도와 입장을 바꿔봐도 마찬가지 아닐까.

"철상이는 너보고 자수하라고 하대. 안 하면 자기 손으로 잡아가겠다고. 감옥, 그거 별거 아냐. 잠시 머리 식혔다 오는 덴 최고야. 참, 그러면서 이 말도 꼭 전해달라고 그러더라. 우택이 너에게 언젠가 이런 날이 올 줄 알았다고, 달걀을 훔치고 닭도 훔치고 돼지도 훔치더니 이제 남의 돈까지 훔치려는 신세가 되었다고."

"그건 훔친 게 아냐…… 서리한 것이지."

나는 고추를 달자의 치마 위에 수북이 쌓아올리며 말했다. 그렇다, 난 결코 뭘 훔치지 않았다. 그들의 아량을 조금 덜어간 것뿐이다.

"그래, 나야말로 널 서리한 거지."

달자도 소리내어 웃더니 내 옆에 털썩 누웠다. 달자가 눕자 고추의 붉은 껍질들이 터지면서 노란 고추씨들이 흘러나왔다. 내가 마지막 순간에 고추방을 떠올렸던 것은 뒷덜미를 낚아올리는 거짓 희망 때문이었을까? 그래, 딱 하루만 더 살아보자.

고모의 말에 따르면 오늘 아침부터 굉장치도 않은 차들이 와서 쿵쿵거리며 두내미의 남은 엉덩이 한 짝을 무너뜨리고 있다고 한다. 멀방에서는 태양초의 붉은 껍질들이 납작하게 짓눌려 터지며 황금 동전 같은 노란 고추씨들이 마구 흘러나오고 있었다.

그날은 복사꽃이 환하게 핀 달밤이었죠.

내가 자다가 일어나게 된 것은 나쁜 꿈 때문인지

오줌보가 마려워서인지, 다시 잠자리에 누워 자지 않고

왜 달그림자에 숨어 엄마 뒤를 밟았는지

지금도 알 수 없는 일입니다.

복사꽃 그 자리

하지만 복숭아나무 뒤에 숨어서 지켜본 광경은

지금도 영화처럼 선명합니다.

복사꽃이 활짝 핀 달빛 아래서 울 엄마와 안서방이

함께 꼬벗고서

얼씨구절씨구 절름절름 춤을 추는 거예요.

1

　―선생님, 문제 하나를 낼게요. 물에 뺀 듯한 희고 아름다운 도자기가 있어요. 그런데 그만 실수로 그 도자기를 떨어뜨려 깨뜨리고 말았어요. 참 속상하죠. 그런데 도자기를 전처럼 다시 말끔하게 복원시키는 방법은 없을까요? 단 한 점의 티도 흠도 없이 옛날과 똑같이 그대로 복원시켜야 해요.

　―깨어진 도자기를 복원시키는 방법이라? 본드로 아무리 잘 붙여도 흠은 남을 테고. 그와 똑같은 것을 다시 만드는 것 아냐?

　―그건 아녜요. 아무리 잘 만들어도 똑같이는 못 만들잖아요.

　―정말 어려운 문제인걸.

　그녀와 나눈 대화들이 이명이 되어 웅웅거린다.

　난 그녀의 뼈가 담긴 하얀 백자 유골함을 만지작거리며 상념에 잠긴다. 상냥하면서도 나른한 그녀의 목소리가 유골함에서 들려오는 듯하다.

─방법이 있어요. 포기하지 말고 찾아보세요.

하지만 그녀는 끝내 답을 해주지 못하고 저세상으로 갔다.

"왜 그리 멍한 표정이죠?"

맞은편 의자에 앉은 채미나가 시큰둥하게 말한다. 그 옆에 앉은 미스 염은 아예 적의의 눈빛을 거두지 않는다. 둘은 J의 죽음이 내 탓이라고 믿고 있다.

그녀의 유골을 뿌릴 곳은 K역에서 택시로 삼십 분은 더 들어간 J의 고향인 미사리 마을이다.

그녀를 너무 쉽게 생각하고 그녀의 삶에 끼어든 것이 후회스럽다. 하지만 왜 죽어야 했는가, 차창 밖으로 보이는 포도밭처럼 싱그러운 나이에.

그녀의 부음을 들은 건 나의 장편소설 출판기념회가 열린 어제였다.

출판기념회는 김 빠진 맥주 같았다. 신문 문화면에 광고도 냈건만 하객들의 수는 주문한 음식의 절반도 되질 않았다.

"요즘 세상에 소설 쓰는 것 자체가 미친 짓이야."

나는 남은 음식과 고스란히 쟁여 있는 책들을 보며 중얼거렸다.

행사가 끝나고 뷔페 음식을 먹을 때였다. 하객의 분위기와는 어울리지 않는 민소매 차림의 여자 한 명이 다가와 인사를 했다.

"선생님, 소설 출간을 축하드려요."

"감사합니다. 그런데 누구시죠?"

"저, 모르시겠어요? 저하고 며칠 밤을 보내고도 모르시겠어요?"

"예?"

난 순간적으로 당황하면서 반사적으로 주위를 두리번거렸다.

"뭘 그리 놀라세요? 백합관에 있던 미스 진의 친구 채미나예요."

"아, 기억이 나는군요. 그런데 지금 좀 바빠서……"

난 꼬리를 말아넣으며 자리를 뜨려고 했다.

"결혼했다죠? 이제 우리 같은 여자 따위와는 말하기 싫다는 건가요? 여기 온 용건을 말씀드리죠. 미스 진이 죽었어요."

"에? 누가 죽었다고?"

"미스 진이 유언을 남겼어요. 소설가 선생님께 이걸 전하라구요, 내참."

채미나는 일기장을 전해주면서도 혐오스런 표정이었다.

출판기념회가 끝나고 나는 서둘러 집으로 돌아와 J가 남긴 일기장을 뒤적거렸다.

일기장은 사 년에 걸쳐 띄엄띄엄 씌어진 것으로 대학노트 두 권의 분량이었다. 부끄럽게도 그중에 나와 관련된 내용도 꽤 있었다. 난 그것이 정말 의외였다. 생전에 난 그녀로부터 사랑한다는 말조차 들은 적이 없었기 때문이다.

2

7월 27일 토 흐림

죽기 전에 한번 보고 싶다는 엄마의 전화가 걸려왔다.

숨질이 차서 어깨로 숨쉬는 듯한 목소리였다. 아무래도 큰 병에 걸리신 모양이다. 이번에는 무슨 수를 써서라도 올라가야겠다. 화장실에 들어가 책을 읽는데 207호 화장실에서 벽을 치는 소리가 들린다.

—미스 진, 고향에서 전화가 왔다며?

—응, 엄마가 많이 아픈가봐. 어떡해?

벽 너머 들려오는 언니의 대답이 심드렁하다.

—어떡하긴? 우리 같은 처지에 잊어버려야지. 넌 엄마 원망하며 자랐다며.

하긴 그렇다. 난 철이 들면서부터 엄마를 원망했고 가출했다. 죽기 전에 만나서 뭘 어쩌자는 걸까.

207호의 욕실 문을 세차게 두드리는 소리가 들린다.

—누구야, 언니?

—왜놈이야. 파리 좆만한 게 변태야.

민족적 자존심이 상해서 그렇지 일본인은 매너도 깨끗하고 화대도 정확해서 젤 수월한 손님인데 변태라니.

—털을 수집한대나. 자꾸만 내 체모를 뽑으려고 덤벼든다구.

—그럼, 어떡해?

—어떡하긴 조선 처녀의 매운 맛을 보여주는 거지. 너, 이 시간에 손님 안 받고 또 책 읽고 있지? 책 아니면 약, 너야말로 도대체 어떡할 거니?

다시 문 두드리는 소리가 들리자 언니는 내가 원하는 대답을 시원스레 해주고 뛰쳐나간다.

—고향 가는 거 신경 쓰지 마. 내가 나카이 아줌마에게 말해볼게. 칙쇼, 게와 이케나이!(짐승 같은 놈, 털은 안 돼!)

—도시테 이케나이? 오카네가 다리나인가?(왜 안 돼? 돈이 적은가?)

—니 콱 죽으삘래? 이런 곳에 있다고 인격도 자존심도 없는 줄 아나?

미나 언니가 사투리로 바락바락 고함을 질러댄다. 아, 언제까지 이 업장을 다 닦아야 하는가. 그저 손님이 말썽 없이 조용하게 지내다 해가 뜨기 무섭게 살짝 빠져나가주기만을 바랄 뿐이다.

7월 29일 월 맑음

미나 언니가 동행하는 조건으로 나카이 아줌마로부터 1박 2일간의 귀향을 간신히 허락받았다. 나도 1박 2일 정도는 쉽게 받을 수 있었는데 지난달 뱃사람을 따라 몰래 나갔다가 사흘 만에 들어온 게 신용을 잃었다. 병든 노모에게 사흘간만 며느리 노릇 해달라던 떠꺼머리 노총각이었다. 해수면이 시원하게 보이는 바닷가 오두막집 뜨락엔 물봉숭아꽃 몇 송이가 피어 있었다. 짓이긴 봉숭아 꽃잎을 손톱에 올려놓고 이파리를 두르고 실로 친친 감았다. 연분홍 꽃물이 얼마나 곱게 손톱을 물들이는지 눈물이 핑 돌았다. 나의 이 누더기 같은 육신도 순수한 천연색으로 아름답게 물들일 수 있다면…… 물봉숭아 물들인 손으로 밥을 짓고 방바닥에 걸레질하고 손빨래를 해 널 때 우렁각시라도 된 듯 알 수 없는 행복감을 느꼈다. 떠꺼머리 노총각은 배를 타고 떠났고 손톱에 물들인 봉숭아물은 금

세 지워졌지만 해수면이 시원하게 보이는 그 오두막집과 노모는 아직도 잊혀지지 않는다.

미나 언니가 간다고 하니까 209호 미스 염도 같이 따라 나섰다. 유례 없는 불황 가운데 반짝하는 성수기이다. 휴가를 맞은 일본인 관광객들이 부산으로 쏟아져들어오고 지금 8부두에는 미 태평양 함대 인디펜던스 호가 정박해 있다. 아가씨 한 명이 금쪽 같아, 평택 송탄 이태원의 양공주들, 위도 강화도 흑산도 갈매기들까지 불러모으는 피크 시즌에 한꺼번에 세 명이나 외출을 하다니.

으르딱딱이긴 하지만 나카이 아줌마는 그래도 우리 입장을 이해해주는 편이다. 젊은 시절 우리와 같은 바닥에서 굴러먹다 나이가 들어 나카이 노릇을 하는 처지니까.

미나 언니, 미스 염이 굳이 나와 동행하려는 이유를 알고 있다. 나의 왼쪽 손목에는 지워져가는 희미한 칼자국이 나 있다. 뱃속에서 꿈틀거리는 사장의 아이를 떼고 이 골목으로 기어들어와 한 달 만에 저지른 일이다. 미나 언니가 조금만 늦게 발견했어도 난 소원대로 골치 아픈 이 세상과 하직했을 것이다. 그 일 이후로 자폐증을 앓고 있다. 수시로 나를 표현할 말을 잃어버리고 충동적으로 행동한다. 친자매처럼 따뜻하게 챙겨주는 언니와 미스 염이 고마울 뿐이다.

오후에는 사무실 이층 진료실에서 정기검진을 받고 내려오는데 사무실에 앉아 홀라를 치고 있던 정화위원 K씨가 나를 부르더니, 미스 진, 모친이 아파 고향 간다며? 이거 사장님이 약값에 보태 쓰라고 주신 거야라며 호주머니에서 봉투를 하나 꺼내준다.

말이 좋아 정화위원이지 대부분 왕년에 한가락한 어깨들이다. 정화위원은 화대문제, 폭력 등으로 소란을 피우는 손님들을 왈칵 잠잠하게 만드는 사람이다. 우리를 상담하고 감시해 이탈과 도망을 막고 도망간 아가씨들을 잡아오기도 한다.

봉투를 열어보니 이런, 십만원짜리 수표 세 장이 들어 있다. 여름철 보너스인가?

7월 30일 화 비

남녀의 분비물과 호르몬으로 쌓아올린 거대한 성채는 자기 완결적인 구조를 가지고 있다. 새벽에도 음식이 배달되는 식당이 있고 건강을 지켜주는 약국과 병원, 화대를 저축하는 은행과 금고, 24시간 영업하는 편의점과 미용실, 옷가게, 신발가게, 심지어 더럽혀진 영혼을 세탁해주는 교회와 사찰도 성채 안에 있다. 전자통신망이 거미줄처럼 얽힌 인텔리전트 빌딩처럼 전화 한 통화면 배달과 결제가 자동적으로 이뤄진다. 그러나 모든 것을 자체적으로 해결할 수 있는 견고한 폐쇄성, 이 완강한 비밀의 문은 오로지 화대에 의해서만 열린다.

난 거대한 성채, Y동을 빠져나올 때마다 신선한 해방감을 느낀다. 성채로부터 거리가 멀면 멀수록 이런 해방감은 더하다. 화장한 얼굴이 내 본래의 모습과 달라 보일수록 더욱 안도감을 느끼듯. 때문에 화장은 점점 짙어지고 나의 정체성은 두꺼운 분칠로 흐려진다.

우리 셋은 택시를 잡아타고 부산역으로 갔다. 나는 넓은 역 광장을 우산을 쓰지 않은 채 거닐어보았다. 머리를 적시는 빗물이 황홀했다.

─재는 약기운으로 저러고 다닌다니까.

미스 염의 목소리가 들려온다. 자살 미수 이후 내가 마약에 의존해 살아가는 건 알 만한 사람은 다 알고 있다. 그런 나를 이상한 눈으로 보는 사람들이 이상하다. 당신들은 몸이 조금만 아파도 감기약이니 두통약을 복용하지 않는가? 매미처럼 울어대는 이명, 대쪽처럼 갈라지는 신경, 무수한 불면의 밤과 저려오는 육신을 어떡하란 말인가. 정신요법으로 견디는 노력을 나도 몇 번은 시도해보았다. 그러나 노력이 헛되이 끝나면 더 강력한 성분을 필요로 했다.

약기운이 나를 데려가기 위해 계단을 올라온다. 기분을 조절하면 복사꽃이 흐드러지게 피고 여울물이 달빛에 뒤채는 고향 미사리가 나온다. 은빛 자전거 바큇살이 구르고 가야금 소리가 둥기둥당당 울리는 어린 시절의 고향 마을로 트리핑한다.

엄마를 만나면 무슨 말부터 할까? 엄마와 고향이 싫어 무작정 집을 나온 건 초등학교 육학년 때였다. 서울로 간다는 게 방향이 엇갈려 부산행 기차를 타고 말았다. 그래, 길은 늘 엇갈리게 마련이고 우리네 삶도 엉뚱한 곳으로 빠지게 마련이다. 이런 화냥년의 몸으로 고향을 찾아가다니, 그토록 비난하던 술집 엄마를 찾아가다니.

가출한 뒤 고향을 찾은 적이 몇 번 있었다. 식당 일을 하며 중등 검정고시를 쳐서 합격했을 때, 산업체 고등학교에 장학생으로 입학했을 때 고향 열차를 탔다. 나의 삶이 극적으로 고양되는 순간들마다 희한하게도 어머니와 고향으로 발길이 떨어졌다. 여공으로 임신 중절 수술을 받고 고향을 찾은 마지막 때를 제외하고……

열차간에서 우리 셋이 의자를 돌려 마주 앉아 있는데 웬 아저씨가 차창가 빈자리로 들어와 앉는다. 어디서 본 듯한 아저씨다. 설마 우리 동네를 기웃거린 손님은 아닐 테지. 언니와 미스 염과 얘기를 하는데 소설가란다. 소설가란 말에 공연히 가슴이 달떴다. 언니와 미스 염이 나를 가리키며, 얘가 진짜 소설광이에요. 물어보세요라고 한다. 아저씨는 한번 히죽이 웃더니 음, 무슨 소설을 좋아해요? 한다. 난 분명히 무라카미 하루키의 『노르웨이의 숲』을 좋아한다고 대답했는데 통 못 알아듣는 표정이다. 그가 귀가 먹은 것일까. 아니, 내 표현이 부정확한 게 분명해. 약기운이 나를 태운 채 정신없이 고향 길을 달리고 있었으니까.

3

여담이지만 나는 하루에 세 끼 밥을 먹듯이 소설가로서 매일 세 가지는 빠지지 않고 하고 있다. 새벽 기상과 요가와 일기, 이 세 가지다. 이 세 가지 중 어느 한 가지만 하지 않아도 밥 한 끼를 굶는 걸 원칙으로 삼고 살아왔다.

'새벽' 기상은 대대로 유산으로 물려받은 소중한 가훈이다. 나의 고조부는 새벽부터 삿자리를 메고 나가 장사를 해 거상이 되었고 증조부는 호가 효사(曉士, 새벽선비)였을 만큼 새벽부터 집 안에 글소리가 끊어지지 않게 한 조선 말기의 선비였다. 기독교를 집안에 처음으로 받아들인 조부는 새벽기도를 평생의 업으로 삼았고 부친은 새벽 세시가 되면 기상하여 산에 오르는 좀 특이한 분이다. 이런 조상들의 새벽 기상의 유전자를 물려받은 탓인지 나도 새벽 네시면 자동적으로 눈이 떠지는 새벽 체질이 되고 말았다.

'요가'는 80년대 감옥에서 익힌 것이다. 비좁은 감방에서 생존하기 위해 불가피하게 선택한 운동인데 나와서도 건강을 지키기 위해 거르지 않고 계속했다.

'일기'는 모래같이 버석이는 일상을 체로 일어 금싸라기를 모으는 작업이다. 아무리 무익한 하루라 하더라도 한 줄이라도 작가일기를 쓰지 않은 날이 없다. J를 처음 만난 날인 7월 30일자 내 일기장을 찾아 읽어보았다. 그날의 J는 내 일기장에서 좀더 자세하게 등장하고 있었다.

작가일기—7월 30일 내리고 싶지 않은 비가 억지로 추적이는 듯하다
대구 작가 콜로퀴엄에 참석하기 위해 부산역에서 무궁화 열차를 탔다. 기차가 막 출발하려는데 아가씨 세 명이 올라오더니 의자를 돌려 서로 다리를 꼬고 앉아 수다를 떨기 시작했다. 창측에 혼자 앉아 있던 나는 갑자기 뻘쭘해졌다. 여자 셋만 모이면 놋양푼도 남아나지 않는다는데 무사하게 대구까지 갈 수 있을까? 나는 팔짱을 긴채 흘러가는 풍경을 바라보기도 하고 화장실에 가서 긴 시간을 보내며 빨리 동대구역이 나타나기만을 바랐다.

아무리 더운 여름이라지만 아가씨들의 옷차림이 민망스러울 정도였다. 한 명은 선글라스를 긴데다 민소매 티를 입고 있었고 내 옆에 앉은 여자는 배꼽티에 핫미니를 입어 헐벗은 느낌을 주었다. 나와

마주 앉은 여자는 회색 여름 정장 차림이었으나 빗물에 후줄근히 젖어 정신 나간 여자처럼 보였다. 선글라스와 배꼽티는 남자들의 게걸스런 욕망과 위선을 싸잡아 비난하며 깔깔거리고 있었다. 타블로이드 신문을 펴들고 십자말풀이에 열중하고 있던 회색 정장이 느닷없이 말했다.

─다른 건 다 맞추었는데 딱 한 개가 막히네. 복숭아꽃이 활짝 피었다는 한자는 뭐야? 복숭아꽃이 도화잖아. 그런데 활짝 핀 건 뭐라고 하는 거지?

그러자 깔깔거리던 두 여자가, 어디 봐, 뭔데? 하고 말했다.

─도화만개 아냐?

─나도 도화만개라고 생각했는데 뒤에 나오는 '가로말' 하고 도무지 이어지지가 않아. 그러면 개싸심이 되고 말거든. 개싸심이 몸을 비틀면서 비비적거리는 짓은 아니잖아.

─그럼, 도화 뭐지?

─글쎄, 모르겠네. 아, 뭘까?

─미스 진, 넌 늘 골치 아픈 일만 만들어 하려고 하고. 골치 아픈 그 짓을 왜 해? 애, 복숭아꽃이고 뭐고 다 집어치우고 시원한 바다 얘기나 해.

─난 이걸 풀어야 돼.

꿔다 놓은 보릿자루처럼 앉아 있던 내가 그녀들의 대화에 끼어들었다.

─도화만개가 아니라 도화만발이라고 해봐요. 그러면 발싸심이 되어 말이 통하잖아요.

—야, 정말 그렇네. 아저씨 명도네.

—아냐, 아저씨는 보아하니 딱 교수 스타일이야.

아가씨들이 떠들어댔다.

—내가 그렇게 따분한 사람으로 보여요?

—와, 교수를 따분한 사람이래. 이 아저씨, 정말 멋있다.

이렇게 우스꽝스럽게 얘기가 시작되었다. 음료수와 맥주를 사서 마시고 오징어를 질근질근 씹으면서 서로 농담과 소설 얘기와 전화번호까지 주고받았다.

난 사람을 처음 만나면 그 사람의 얼굴을 잊어버리지 않기 위해 비슷한 얼굴을 떠올리는 버릇이 있다. 선글라스는 중성적인 이미지의 탤런트 K양을 닮았고 배꼽티는 가슴에 볼륨이 있고 섹시한 J 같다. 이런 식으로 이미지를 짜맞추다 보면 아무리 독특한 얼굴이라도 비슷한 얼굴이 한두 명은 떠오르게 마련이다. 그런데 마주 앉은 내 앞의 여자는 분명 누굴 닮은 듯한데 도무지 유사한 연상이 떠오르지 않았다. 그녀의 얼굴은 그녀만의 고유한 것인가.

동대구역에서 내릴 때, 그녀는 차창에 얼굴을 내밀고 손을 두어 번 흔드는 게 아닌가? 기이한 일이다. 오늘 작가 콜로퀴엄에서 강의를 할 때도, 돌아오는 기차 안에서도 자꾸만 그녀의 얼굴이 어른거렸고 간혹 정신이 나간 듯 그녀가 중얼거린 소리도 들렸다.

—소설가 아저씨, 난 젊지만요. 제 삶을 쓰면요, 소설책 열 권은 될 거예요.

4

7월 31일 화 맑음

미나 언니와 미스 염은 K역에서 내렸으나 미사리로 오지 않고 인근의 직지사로 갔다. 버스가 도시 외곽을 벗어나자 매미 소리 천지였다. 푸른 산과 푸른 논들, 눈맛이 시원하다.

고향은 얼마나 변했을까. 엄마는 여전히 얄밉도록 아리따우실까?

이곳을 마지막으로 찾은 때가 언제였나. 뱃속의 아이를 떼고서 잠시 쉬러 왔을 때였다. 밭머리마다 노란 장다리꽃이 무리 지어 어지럼증을 일으키며 피어 있었다. 여공들이 고용주와 대항해 자신의 권익을 주장하고 있을 때 난 사장의 아이를 임신해 쫓겨다니는 신세였다, 노조 대의원이었던 내가.

동구 밖을 들어서니 영출이 인사를 한다. 어린 시절 나를 가장 많이 놀리던, 입심 좋고 되바라진 영출은 군의원이나 하다못해 부동산 중개인이라도 되어 있을 줄 알았는데 딸딸거리는 경운기를 몰고 나타나 쑥스러운 표정으로 말을 건넨다.

—향이 너, 부산에서 옷가게 하며 돈 많이 번다며?

알은체하며 지나가는 마을 사람들도 나를 아래위로 한번씩 훑어본다. 내가 부산의 고급 옷가게에서 유명 패션디자이너로 일하고 있다는 소문이 미사리에 퍼진 모양이다. 하지만 착하고 정직한 눈동자들, 그 투명한 눈빛 앞에서 나의 신분이 탄로날 것만 같아 서둘러 우리집으로 발걸음을 옮겼다.

내 귀에는 아직도 동네 악동들이 막대기를 흔들면서 놀려대던 말이 희미하게 울려온다.

'향이는 술집 아이, 야시 야시 새끼야시. 술 한잔 따르고 노래를 불러라.'

아주 어린 시절엔 악동들이 놀려대는 말이 무슨 말인지도 몰랐다. 그러나 시간이 흐르면서 내가 떳떳치 못한 엄마의 딸이라는 걸 알게 되었다.

그래, 난 술집을 하는 울 엄마 때문에 놀림을 받는 거야.

우리집은 마을 한복판을 통과하는 지방도로에 접한 술집이었다. 술집이라곤 하지만 진열대에는 과자와 약과 문방구도 있는 전형적인 시골 가게였다.

조용한 마을에 너무 이쁜 술집 여자가 들어온 게 탈이었다. 사시사철 땡볕에 나가 노동하느라 허리는 굵어지고 얼굴에 주근깨가 늘어가는 아낙네들에게는 거울 앞에서 화장을 고치고 자기들 신랑에게 술을 따르며 아양을 떨어대는 엄마가 못마땅했을 것이다.

초고추장을 맛볼 때도 집게손가락으로 쿡 찍어먹는 시골 아낙네들과는 달리 새끼손가락으로 살풋 찍어 아, 신음 소리를 내며 맛을 음미하는 엄마가 마을 사람들의 말밥에 오를 것은 뻔한 일이었다.

─아이고, 저 백아시 걸음걸이 좀 보래이. 백제 궁뎅이를 좌우로 살랑살랑 흔들면서 걸어가는 거 아이가.

─함은, 영판 꼬리를 감춘 구미호라 카이. 오늘은 어느 영감 꾸시러 가는 긴가?

하지만 엄마는 마을 사람들의 놀림거리가 되는 것을 아는지 모르는지 여전히 마을 장정들 노인들과 음탕한 수작을 주고받으며 술을 팔았다. 난 그런 엄마가 너무 싫어 미련 없이 고향을 떠났던 것이다.

엄마의 술집은 새로 난 도로에 밀려 상권을 잃고 퇴락해 있었다. 하지만 엄마는 생각보다 정정해 보였다. 누웠던 자리에서 일어나 선물한 옷가지를 일일이 걸쳐보며 말했다.

—그래, 옷가게는 잘 되는가부지?

엄마로선 그렇게 생각할 만도 하다. 매달 만만치 않은 생활비를 꼬박꼬박 올려보내는데다 틈틈이 건어물과 한약재를 택배로 부쳐보냈으니까.

저녁에 안서방이 찾아왔다. 전에는 미워 보이기만 하던 절름발이 안서방이 의외로 살갑게 느껴진다. 한때 난 그가 내 아버지인 줄 알고 얼마나 절망했던가. 요즘 안서방이 엄마를 읍내 병원에 데려가고 데려오고 한단다. 얼마나 고마운지.

밤에 달빛을 밟고 복숭아나무 그늘이 내린 미사리 개울로 갔다. 한여름밤 엄마와 함께 미사리 개울에서 멱을 감으면 뼛속까지 시원했다. 난 미사리 개울에서 살이 얼얼하도록 오래오래 멱을 감았다. 골반에 쌓인 더러운 찌꺼기가 죄다 빠져나가는 듯했다. 먹물같이 짙은 고향의 밤을 맞아 오랜만에 마음의 평온을 얻었다.

작가일기—8월 2일 목 장마전선이 물러가다

오늘에야 대구행 열차 안에서 만났던 J의 이미지를 찾아냈다. 다빈치의 모나리자. J의 얼굴에서 쉽게 모나리자를 떠올릴 수 없었던 것은 그녀의 가장 매력적인 포인트인 수려한 눈썹이 모나리자에게는 없었기 때문이다.

모나리자의 신비스런 미소에 끝내 눈썹을 그려넣지 못했던 다 빈치. 눈썹의 명징이 여인의 신비로운 미소를 감쇄하는 걸 두려워했기 때문일까? 다 빈치의 모델이 된 은행가 부인은 하루빨리 자신의 초상화를 보고 싶었지만 다 빈치는 삼 년이 지나도록 완성하지 못했다.

하루는 부인이 다 빈치를 찾아와 말했다.

—선생님, 남편을 따라서 석 달쯤 여행을 떠납니다.

—그럼, 여행을 다녀와서 다시 그리죠.

그러나 모나리자 그림에 눈썹은 끝내 그려넣지 못했다. 부인이 여행중에 병을 얻어 죽고 말았기 때문이다.

만약 다 빈치가 가늘면서 짙푸른 기운이 도는 J의 아름다운 눈썹을 보았다면 어땠을까? 화룡점미(畵龍點眉)라고나 할까, 미완성의 그림에 눈썹을 그려넣어 죽은 모나리자를 환생시키지는 않았을까?

8월 30일 금 비

핸드폰이 울린다. 선생님의 목소리다. 술에 흠뻑 취한, 혀 꼬부라진 소리로 송도 '달빛 속의 집'으로 막무가내로 나오라고 한다.

—이 달에 세 번이나 만났잖아요. 그렇게 자주 만날 수 없어요.

그런데 뜻밖에 선생님은 또렷한 목소리로 말했다.

—J, 난 당신이 어딨는지 다 알고 있어. 하지만 당신을 포기하지 않을 거야.

—예?

난 그 말의 의미를 알아차리자 머리가 휑뎅그렁해지고 관절에 힘이 빠지면서 수화기를 힘없이 떨구었다. 간신히 정신을 수습해 정맥 주사를 놓고 몽롱한 기분으로 걸어나가 207호실을 난리버꾸통으로 만들었다. 곤히 낮잠 자던 아가씨들이 몰려와 미나 언니와 나의 싸움을 간신히 뜯어말렸다.

언니의 심정도 알 만하다. 내가 언니의 충고를 무시하고 틈만 나면 소설가 선생을 만나러 바깥 나들이를 나가거나 휴대폰을 끼고 살았으니……

약에서 깬 나에게 언니는 자기의 경험담을 들려주었다.

─미스 진, 여기 오기 전 결혼하자며 나에게 목을 매던 약사가 있었지. 내가 자기의 이상형이라나 뭐라나. 어느 날 나의 과거를 묻기에 솔직히 어려운 시절 다방에 나가 잠시 아르바이트한 적이 있다고 고백해버린 거야. 그때만 해도 사랑은 모든 것을 초월한다고 철석같이 믿었으니까 두려움이라곤 없었지. 그 뒤 며칠간 그 사람 소식이 없는 거야. 무슨 일이 있나 싶어 약국을 찾아갔더니 그 자식, 아예 약국을 다른 데로 옮겨버렸더라구. 너도 쓸데없는 일에 상처받지 말고 현실을 직시해.

하지만 이제 내가 할 일이란 선생님과, 그리고 세상의 모든 것과 결별하는 일뿐이다. 난 다시 무의미한 섹스와 절대적 고독에 탐닉할 것이다. 나를 태워 먼 여행을 떠나게 하는 약기운이 서서히 올라온다.

8월 30일에 쓴 나의 일기장을 들추어보았다. 나에겐 평범하게 흘러가는 일상이 타인에게 이렇게 잔인하게 진행될 수 있다는 데 놀랐다. 그녀와 나는 같은 일을 겪었지만 마치 다른 층위의 시간을 살았던 것 같다.

작가일기—8월 30일 금 흐리고 비

오늘 저녁 지역신문인 K신문 기자를 만나 술을 마셨다. 술을 마시자 감정이 복받쳐올라 나의 기막힌 사연을 털어놓았다. 기자는 얘기가 너무 드라마틱하다며 J와의 만남을 소설로 써 연재하면 어떻겠냐고 말했다. 육 개월마다 연재가 끝나는데 마침 육 개월이 다 되어가니 시기도 좋지 않냐는 것이다.

지난번 연재소설은 소재와 주제가 너무 무거워 우스갯소리로 소설란을 읽는 독자가 단 세 명이었단다. 원고를 받는 문화부 기자, 활자를 교정하는 교열부 기자, 인터넷 신문에 올리는 직원, 이렇게 합해서 셋.

—김형, 신문윤리위에 제소되어도 우리가 책임질 테니 최대한 진하게 써봐요. 가능하면 Y동에 잠입해서라도 생생한 글을 선보여야 합니다.

난 그의 말에 고무되어 말했다.

—아마도 J가 날 도와줄 겁니다.

가난한 작가에게 한 달에 삼백이면 적은 돈이 아닌데다 연재가 끝나면 단행본으로 출간할 수 있으니 신문연재야말로 작가에겐 꿩 먹고 알 먹는 최고의 기회이다.

하지만 J에게 아무리 전화를 걸어도 응답이 없다. 결국 Y동을 찾아가서 한번 부닥쳐볼밖에.

10월 1일 토 맑음

'오동동 밤에 그리던 님이 찾아와서 달을 보고 술을 한잔한다'는 오늘 뗀 화투점은 신기하리만큼 딱이다.

공습!

미나 언니의 신호로 우리들은 각자 제자리에 줄지어 앉는다.

중절모를 깊이 눌러쓴 신사가 탐조등 같은 욕망의 눈빛으로 우리를 쭈욱 훑어본다. 유리 진열장인 미스방에 앉아 있는 우리들은 겉으론 모두 조용하고 태연한 모습이다. 마치 호수 위에 평화롭게 떠 있는 물오리 같다. 하지만 물오리가 물위에 그림처럼 떠 있기 위해 물밑으로 물갈퀴질을 부지런히 해댄다는 사실을 알고나 있는지?

오늘밤 팔리기 위해 여자로서 할 수 있는 최대한의 요염과 매력을 길어올리며 물갈퀴질을 해대고 있다.

309호는 텔레파시를 보내어 염력으로 손님을 끌어들인단다. 그 때문인지 몰라도 간택을 남들보다 일찍, 자주 받는 편이다.

103호는 터질 듯한 풍만한 가슴을 절반 이상 드러내며 손님을 유인한다. 슬쩍 가슴을 받쳐올리며 혀끝으로 입술을 핥으면 성급한 손님은 침을 꿀꺽이며 손가락을 그녀에게 내리꽂는다.

미스 염은 때로는 펑크 족 같은 헤어스타일로, 어떤 때는 물색 좋은 한복으로 기분에 따라 자신의 스타일을 바꾼다. 염은 이런 삶에 만족 내지는 체념하고 있는 듯하다. 그녀의 통장에 적립된 예금액이 카페나 레스토랑을 차려도 충분한데 여길 빠져나갈 생각을 않고 있으니.

미나 언니는 별로 꾸밈새가 없다. 민소매 티에 담배를 꼬나물고 있다가 손님에게 도넛을 구워내 날리는 게 고작이다. 마음이 있으면 한번 덤벼보라는 시비조인데 망나니 같은 녀석들이 방아쇠를 당긴다.

그 중절모 신사는 몸이 훤히 드러나는 시스루 차림으로 앉아 있는 미스 고를 슈아내어 데리고 갔다.

공습 해제!

미나 언니가 소리치며 방석 밑에 어지럽게 밀어넣었던 화투장을 다시 꺼냈다. 뽑히지 않은 밤꽃들이 삼삼오오 둘러앉아 화투와 카드를 들고 투덜거린다.

—제에미랄, 남자들 눈탱갈이란, 젖통이라도 쪼끔 비조야 헥헥거리는 기라. 미스 고, 고 야시 같은 게 언제 그런 잠자리 날개 같은 옷을 해입었노? 아예 홀딱 벗고 앉았삐지.

—그것도 제 깜냥이지. 언니는 이제 폐계가 되어 홀딱 벗으면 더 안 팔릴 거야.

—뭐라 카노? 이래 뵈도 벗으모 한 몸매 한다 아이가. 얼굴보다 몸이 훨씬 젊다니까.

모두들 화투판으로 떠들썩한데 나는 유리창 밖을 두리번거리며 온다고 한 선생님을 찾았다.

거리를 기웃거리는 행인 한 명이 나카이 아줌마들에게 잡혀 있었다. 바로 선생님이었다. 옆집 천마관 나카이 아줌마에게 붙잡혀 지금까지 곤욕을 치르다 겨우 여기로 들어올 수 있었단다.

난 미안한 마음에 말했다.

—예전 같으면 이렇게까지 힛빠리를 하지 않았어요. 요즘 경기가 하도 불황이다 보니까……

선생님이 방으로 올라오자마자 카드업자 L씨가 들어왔다. 선생님이 카드로 옷 대금 명목으로 내 화대를 지불했다. 그러고 보면 내가 엄마에게 옷가게 한다고 한 게 거짓은 아니다.

방 안을 빙 둘러보더니 책과 컴퓨터를 보고는 말했다.

—J는 혹시 아르바이트 여대생 아냐? 낮에는 수업하고 밤에는 일하고.

난 '여기는 소설책과는 달라요' 하고 말하려다 그냥 헤식게 웃고 말았다.

우린 마음이 싱게멩게해서 제대로 앉아 바라볼 수 없었다. 참을 수 없었던지 선생님이 내 손을 잡고 침대로 끌었다.

—선생님은 오늘밤 날 가질 수 있어요. 하지만 그것으로 우리 관계는 끝이에요.

선생님은 내 말을 듣고 고민하는 것 같았다. 한동안 술잔을 만지작거리며 망설이더니 "그럼, 옷장 속이라도 보고 갈까?"라고 엉뚱한 말을 했다. 난 꺼림칙했지만 옷장 문을 열어 보여주었다. 계절별로 다 갖추지는 못했지만 여섯 자 옷장에 옷들을 차곡차곡 걸어놓았다. 옷장을 본 뒤에 욕실이 딸린 화장실에도 들어가보고 냉장고와 CD플레이어, 오디오와 비디오도 꼼꼼히 살펴본다. 역시 소설가 선생님은 관찰이 남다르다 싶었다. 선생님은 침대에 걸터앉아 엉덩이로 꿀렁거리며 말했다.

—아가씨들이 비싸게 장만한 살림 때문에라도 도망을 못 가겠군.

난 미나 언니와 미스 염을 내 방에 불러 선생님과 함께 고스톱을 쳤다. 미나 언니는 여전히 선생님을 믿을 수 없다는 눈초리였다. 언니는 괜히 화가 났는지 가난한 소설가에게 쓰리고에 피박을 두 번이나 씌웠다. 난 선생님의 돈이 내 돈이나 된 듯 돈이 나갈 때마다 '언니, 너무해!' 하고 눈을 흘겼다. 참으로 오래간만에 약 없이도 평화롭게 지새운 밤이었다.

그녀의 일기는 건너뛰어 있었다. 난 나와 관련이 있는 날짜를 중심으로 읽어나갔다. 도대체 그녀는 나를 어떻게 생각했기에 유골 단지와 일기를 맡겼단 말인가. 10월 1일 시간과 장소가 같은 데서 똑같은 일을 경험하면서도 이렇게 생각이 다를 수 있을까? 느낌의 차이일 뿐 그렇다고 내가 그녀를 기만하거나 거짓말을 하고 있다는 생각은 들지 않는다. 날씨조차도 다르게 적혀 있지 않은가.

작가일기—10월 1일 토 흐림
J의 휴대폰이 계속 꺼져 있어 무작정 달동네로 찾아갈까 생각하던 참인데 희한하게도 J에게서 먼저 전화가 왔다.
—선생님, 견딜 수가 없었어요. 포기하지 않을 거라는 말 진심이죠?
—그럼, 그리로 가도 돼?
—오세요. 이제 숨길 게 뭐 있겠어요.
난 가겠다고 했지만 발걸음은 선뜻 떨어지지 않았다. 그런데 그녀의 말 한마디가 잊혀지지 않아 택시를 잡아탔다.
—하나코의 친구들처럼 온다고 해놓고 안 오는 건 아니겠지요?

J는 최윤의 「하나코는 없다」를 읽었나보다. 여자 주인공 하나코를 은근히 골리고 집단 따돌림하던 남자친구들은 마지막까지 하나코를 기만한다. 그런 친구들에게 하나코는 말한다.

—나를 그렇게도 몰라요?

나는 하나코의 친구들처럼 속물이 되기 싫었다. 자갈치시장에서 내려 포장마차에서 소주를 한잔하고 Y동 밤거리에 올라가 백합관을 찾았다.

—아자씨, 우리집으로 들어와요. 반반한 걸로 이찌루로다 빼줄 테니까. 관상을 보아하니까 아자씬 여복이 참 많게도 생겼다. 그래도 아자씨는 이쁜이가 아니면 절대로 상대하지 않는 짯짯한 성격이야. 우리 관 아가씨와 딱 맞는 궁합이라니까.

—여긴 쥑이주는 왕기술뿐이라예. 우리 아가씨들이 열여덟 가지 테쿠닉으로 쥑이버릴 텐게, 사장님 고마 이리로 들어가입시더.

—뭐 열여덟 가지 테크닉? 용×산에서 용×질하고 자빠졌네. 우린 서른여섯 가지 테크노 비법으로 얼반 죽여준다니까.

내가 J가 있는 백합관으로 발걸음을 옮기자 날 먼저 잡은 아줌마가 열통이 터지는지 나의 뒤통수에 대고 욕을 퍼부었다.

—씨불네랄, 빠구리하다가 ×이나 뿌러졌삐라.

사람의 원초적 본능과 육담이 생생하게 살아 있는 거리이다. 솔직히 말하면 이 달동네가 나에게 처음은 아니다. 군대에 가기 전에 친구들과 한 번 왔다. 왜 그랬는지 모르지만 당시 우리들은 입영전야에 동정을 떼야 한다는 이상한 강박관념에 사로잡혀 있었다.

우린 남포동에서 삼류영화를 한 프로 떼고 의기투합해 이 골목으로 진군했다. 비싼 이 거리에서 퉁겨나 똥골동네라는 윗동네에서 스무 살의 동정을 털리던 악몽 같았던 첫경험을 아직도 잊지 못한다.

더운 여름, 우리 셋을 낚아챈 건 눈자위가 새카맣고, 코에 물혹이 잡힌, 야윈 창녀였다. 그녀는 한여름밤 비좁은 꿀림방에서 무성의하게 다리를 벌린 채 껌을 짝짝 씹고 있었다. 난 마법에 걸린 듯 그녀의 배 위에 엎어져 삼 분도 못 되어 동정을 잃었다. 정신없이 일어서려는 나에게 그녀는 다리를 들어 허리에 감아 흔들며 말했다.

—헤이, 삼분면, 이건 서비스야.

던져준 휴지로 닦고 바지를 입고 나오는데 허무하기 짝이 없었다. 꿈꾸어오던 성적 상상과는 너무도 다른 수치스런 첫경험이었다.

경험이 많은 것처럼 얘기한 P, K도 알고 보니 나와 같은 초짜들이었다. 희한한 일은 세 명 모두 백원짜리 동전까지 몽땅 털리고 나온 것이다. 집으로 돌아갈 차비조차 없어 우리는 가장 가까운 K의 집까지 걷고 또 걸었다. 살이 찜찜하다며 어기적거리며 걷던 P는 다음 날 전송 나온 역사 화장실에서 고름 섞인 오줌을 누었다. 급성 임질에 걸렸던 것이다.

최근 일본 경제의 불황으로 이 골목이 예전 같진 않지만 화려한 네온사인 간판, 집집마다 은은하게 비치는 원색의 샹들리에 불빛, 유리관 속에 앉아 있는 아가씨들의 화려한 모습에서 여전히 옛날 번성했던 홍등가의 운치를 느낄 수 있다.

아가씨들은 우아한 옷에 고운 화장을 하고 따뜻한 유리관 안에 앉아 있었다. 전통 깨끼 한복, 깔끔한 회색 양장, 보풀보풀한 하얀 플란넬 셔츠에다 검은 진을 입은 아가씨들이 세련된 미소를 흘리며 진열창 밖을 바라보고 있다. 샹들리에 조명이 불그스름하여 정육점 진열장을 들여다보는 것같이 그로테스크하기도 했다.

유리관 안에 J가 앉아 있다. 짙은 화장에도 불구하고 몰라보리만큼 수척해졌다. 도톰한 아랫입술이 약간 육감적인 것 외에는 이런 곳과는 도무지 어울리지 않은 여린 얼굴의 J, 그녀가 나를 보았는지 반갑게 손을 흔든다.

함께 206호실로 올라갔다.

방은 일곱 평으로 널찍하였고 침대에는 아라비아 공주의 침실에서나 볼 수 있는 비단 휘장이 드리워져 있었다.

— 생각보다 방이 고급스럽군.

난 방바닥에 놓인 긴 탁자 앞에 앉으며 시큰둥하게 말했다.

그녀는 냉장고에서 피로회복제 드링크 한 병을 꺼내 탁자 위에 놓고, 기다리세요. 목욕 좀 하고 올게요. 기다리는 동안 TV를 보시고 싶으면 보세요 하고 욕실로 들어갔다. 취재가 목적이니 만큼 섹스는 하고 싶지 않았다.

달세를 내는 임대 형식의 하숙방이란다. 욕실이 딸린 일곱 평의 방에는 킹사이즈 침대, 여섯 자짜리 흑단목 옷장과 25인치 TV와 오디오 한 세트, 대형 냉장고와 인형이 들어 있는 장식장이 가지런히 놓여 있다. 삼시 세 때를 시켜 먹기 때문에 취사설비만 없는 원룸 시스템으로 혼자서 생활하기에 큰 불편함이 없어 보였다. 방 한구석에 놓인 뚜껑이 달린 독일식 책상과 컴퓨터 한 대, 백여 권의 책이 꽂혀 있는 책장이 206호실에서만 찾아볼 수 있는 특별한 물품이라고 한다.

그때 열차에서 만난 사람들은? 하니까, 그럼, 함께 고스톱 칠래요? 하더니 옆방의 채미나와 염보미를 불러왔다.

우리는 서로 구면이었지만 고돌이는 인정사정 없었다. 그녀들은 화투패를 속속들이 읽고 있는지 지갑을 다 털리고 나왔다. 새벽에 206호실에서 나오는데 J가 지갑에 십만원을 넣어주며 말했다.

—또 오실 거죠?

—그럼, 이 원수를 갚으러 다시 와야지. 내가 마신 잭다니엘, 금 잘 그어놔.

집에 들어와 그녀들에게 들은 이야기를 복원해 정리했다. 이미 신문연재는 시작되어 벌써 5회째 들어갔다. 카드를 그은 게 컸다. 하지만 어쩌랴. 현장 취재를 위해 당분간 얼마간의 출혈은 감수해야겠다.

5

1월 22일 수 맑음

하루의 일진은 몇 번이라도 바뀌는지, 아침엔 기분이 휴지통에 처박힌 콘돔 같더니 저녁엔 하늘을 날아갈 것만 같다. 정화위원 K씨가 날 사무실로 불렀다.

이층 사무실로 가니 책상 위에는 경상도 지역신문인 K신문이 놓여 있었다.

—미스 진, 이 연재소설의 작가를 알고 있나?

그러더니 다짜고짜로 신문을 나에게 집어던지는 게 아닌가? 평소에 나에게 친오빠처럼 다심하게 굴던 그라서 얼마나 놀랐는지 모른다.

  —앞으로 이런 엉터리 삼류작가를 네 방에 들여놓을 때는 각오하라고. 평화롭게 잘 사는 동네를 왜 흔들어 평지풍파를 일으키려는 거야. 만약 미스 진이 거절하지 않으면 우리가 몽둥이로 두들겨 쫓아내겠어, 내 말 명심해!

  믿었던 선생님에게 심한 배신감을 느낀다. 선생님은 그냥 소설책을 쓰기 위해 자료조사를 한다고 하지 않았는가. 그런데 신문에 우리 이야기를 연재하다니.

  선생님이 내 방에 들어오자마자 책상에 앉아 바쁘게 뭘 적고 있다. 가만히 뒷모습을 지켜보니 부아가 더 치밀어올랐다. 냉장고에서 양주를 꺼내 마시며 마음을 진정시키려 했지만 생각은 더 헝클어져 그 동안 끊었던 약을 다시 먹었다. 처음엔 마음이 진정되는가 싶더니 이상한 필이 잡혀 기분이 엉뚱한 곳으로 빠졌다.

  깨어나 보니 나는 선생님의 품안에서 흐느끼고 있었다.

  —제발, 날 가지세요. 괴로워 죽겠어요.

  그러나 선생님은 조용히 내 눈과 눈썹을 어루만지며 나를 달랬다.

  —J, 이래선 안 되잖아.

  선생님은 끝내 나와의 첫 약속을 지켜주었다.

  아, 지금까지 서 푼어치 이 육체를 누가 탐하지 않았단 말인가. 난 선생님의 따뜻한 말에 그만 누구에게도 허락하지 않았던 완강한 나의 처녀지, 입술을 열어주고 말았다. 돈으로 거래되는 섹스에선 맛

볼 수 없는 황홀한 전율이 전신을 타고 흐르며 눈물샘을 뒤흔들었다. 아, 선생님 사랑해요. 당신은 날 몽땅 가졌어요. 몸도 마음도 내 영혼까지……

자고 일어나니 그이는 없고 내 가슴에 딱지로 접은 쪽지가 꽂혀 있었다.

모나리자, 미안해, 널 힘들게 해서. 하지만 너의 자는 모습이 평온해서 보기 좋아.

언젠가 네 눈썹을 그릴 날이 오겠지. 지금은 모나리자 그림처럼 미완성의 아름다움으로 만족할게.

—너의 다빈치가

난 어쩔 수 없이 솟아나는 기쁨에 바보처럼 헐헐 웃기만 했다, 내 생애 최고의 날에.

작가일기—1월 22일 수 맑고 추움
오늘 그녀의 방에서 예기치 못한 충돌이 있었다.
—선생님, 당신은 나에게 어떤 존재지요?
그녀의 독일식 책상에서 글을 쓰고 있는 나에게 술냄새를 풍기며 물었다.
당신은 나의 모나리자지라는 대답과 동시에 베개가 날아왔다.
—웃기는 소리 집어치워요. 당신은 비열하게도 날 이용하고 있어.

122

언니도 미스 염도 나카이 아줌마도 정화위원들도 다들 그렇게 말한 다구. 누굴 바보로 아세요? 나도 산전수전 쓴맛 단맛 다 겪은 년이에 요. 잔머리나 굴리는 당신의 머리 꼭대기 위에 올라가 있다구요.

―J, 정말 왜 이러는 거야. 제발 정신 차려.

그러자 그녀는 더욱 발광하며 자기 옷을 갈기갈기 찢으며 몽땅 벗 어젖혔다. 옆방의 채미나가 뛰어와 그녀를 간신히 제지했다.

오늘 난 얌전하기만 하던 그녀 속에 잠재된 하이드 씨를 처음으로 본 것 같다. 잠시 207호실로 대피해 있는 동안 채미나가 J를 진정시 키고 들어왔다.

―이해하시겠죠? 여기에 갇혀 살다보면 누구나 한 번씩은 돌아 버리죠. 지금 J에겐 그 어떤 안정제보다 당신의 사랑과 믿음이 절대 적으로 필요해요.

내가 다시 그녀의 방에 들어갔을 때 그녀는 어깨를 들썩이며 울더 니 나에게 안겨왔다.

―아간 미안했어요, 선생님. 이제 날 가질 거죠? 우린 서로 좋아 하는 사이잖아요.

그러나 난 그녀를 미완성의 아름다움으로 두고 싶었다. 하지만 채 미나의 말이 떠올라 그녀의 입술에 부드럽게 키스해주려고 하니 뜻 밖에도 그녀가 완강하게 거부한다.

―입술은 안 돼요. 화장이 지워지잖아요.

―이해가 안 돼. 몸은 가지라고 하면서 입술은 안 된다니.

술값 옷값에는 돈을 펑펑 쓰면서 정작 콩나물 반찬 값에는 인색하 게 구는 것과 뭐가 다른가.

─그래요, 나 같은 여자에게 입술 따위야 아무것도 아니죠. 하지만 입술은 나에겐 가장 소중한 부위예요. 이래 뵈도 입술만은 처녀거든요.

조크라고 생각지는 않았지만 나도 모르게 쿡쿡 웃음이 나왔다. 미국의 어느 포르노 여배우가 포르노를 찍기 전에 항문만은 '체리'라고 자랑했다나 어쨌다나, 결국 그마저도 촬영하면서 잃어버렸다지.

어쩌면 J의 마지막 자존심, 남루한 몸에 남겨놓은 마지막 성역은 지켜줘야 하지 않을까 생각했다. 난 거절당한 머쓱함을 접어넣고 담배를 찾았다. 순간 J가 날 끌어당기며 목구멍 깊이 혀를 들이밀었다. 호수 같은 눈물을 글썽이며…… 여기 아가씨들이 대체로 한두 가지 정신질환을 앓고 있지만 J는 사소한 일에도 일희일비하는 조울증 증세가 엿보인다. J에게 기면증도 있는가, 울다가 눈물이 채 마르기도 전에 순식간에 잠들어버린 그녀의 머리맡에 미안하다는 쪽지를 남긴 채 방을 빠져나왔다.

6

난 그 당시 삼 개월에 걸쳐 J의 방 206호실에 머무르면서 은폐된 비밀의 화원을 구석구석 취재했다. 신문사가 구독자로부터 연재소설이 실린 지면만 없어진다는 항의 전화를 받을 정도로 내 연재소설은 생생한 취재로 인해 구독자들의 시선을 끄는 데 성공했다.

믿을 수 없겠지만 지난 삼 개월 동안 J의 206호실로 출근하다시피

한 나였지만 J와 단 한 번의 성적 접촉도 없었다. J가 그것을 심각하게 받아들인다는 걸 느꼈기 때문이다. 심각한 일에는 책임이 따르게 마련이다. 수렁에 빠져 허우적거리는 그녀를 위로해주고 싶었으나 수렁에서 건져주겠다는 주제넘은 생각은 갖지 않았다. 그녀도 나를 빨리 잊고 싶다고 했다. 그건 진심일 것이다. 달동네 아가씨들은 빨리빨리 손님을 좋아한다. 빨리 지불하고, 빨리 사정하고, 빨리 나가는 그런 손님 말이다. 하룻밤을 잤다고 자기 물건이라도 된 양 행세하는 사내가 제일 질색이라지 않은가.

백합관에서 철수하고 난 뒤에도 J와 난 가끔씩 통화도 하고 송도 바닷가를 함께 거닐기도 했다. 그러나 다른 신문에 역사소설을 연재하면서 도서관으로, 경주로 자료를 찾으러 뛰어다니느라 자연히 만남이 소원해지다 나의 결혼과 함께 완전히 연락이 끊겼다.

그리고 어제 출판기념회 때 채미나가 죽은 J의 일기장을 들고 나타난 것이다. 그녀의 일기와 나의 작가일기를 날짜별로 대조해 읽어보면 그녀가 나에게 수차례 SOS 신호를 보냈다는 사실을 알 수 있다. 하지만 사람들은 둔감하기 때문에 미세한 신호들을 모르고 지나간다. 채미나와 미스 염이 나에게 화를 내는 것은 뒷감당도 못 할 거면서 왜 마음 여린 J를 들쑤셔놓아 죽음에까지 이르게 했냐는 것이다. 난 그건 소통의 오해라고 말하고 싶었지만 자기 변명 같아 침묵하고 말았다.

하지만 한 가지 이상한 것은 J의 일기장에서 죽기 하루 전에 쓴 일기가 찢겨져나간 것이다. 그녀가 쓰다가 찢었는지도 모르지만 마지막 일기에는 그녀의 죽음을 직접적으로 해명하는 데스사인이 암시

되어 있을 텐데, 찢겨져나간 자리가 아쉬웠다.

우리는 K역에서 내려 택시를 타고 삼십 분을 더 들어가 J의 고향인 미사리에 들어갔다. J의 어머니가 살았다는 술집은 벌써 퇴락해서 폐가가 되어 있었다. 우리는 술집을 지나 미사리 개울을 따라 조금 올라갔다. 술집에서 그리 멀지 않은 곳에 그녀의 일기장에 쓴 것처럼 담홍색 복사꽃이 만발한 개울이 나타났다.

바람이 불기를 기다렸으나 한 자락 움직임조차 없었다. 유골 단지에서 꺼낸 뼛가루를 씨를 뿌리듯 개울에 휘이휘이 뿌리자 채미나와 미스 염이 흐느끼기 시작했다. 난 문득 신라승 월명사가 지은 「제망매가」 한 구절이 눈물처럼 솟구쳐올라 고어체로 하늘을 향해 소리쳐 불렀다.

生死 길흔 이에 이샤매 머뭇거리고
나는 가는다 말ㅅ도 몯다 니르고 가는닛고.

소낙비라도 복사꽃을 흔드는 바람이라도 찾아주었으면, 나비나 잠자리 한 마리라도 날아와 비극적인 삶을 마감한 한 처녀의 귀천을 맞아주었으면 했지만 눈물 같은 복사꽃만 만발해 있었다.

돌아오는 열차간에서 무거운 침묵을 뚫고 채미나가 말했다.

"선생님, 바쁜데 시간을 내주어 고마웠어요. 아까 노래를 목메어 부를 때는 얼마나 눈물이 솟던지. 아마 미스 진도 선생님 덕분에 저승길을 훨씬 가벼운 발걸음으로 걸어갔을 겁니다. 그리고 이건 미스 진의 일기장에서 내가 찢은 거예요. 글을 읽고 화가 나서 찢었다가 마음이 바뀌었어요. ……아무래도 선생님이 읽어야 될 내용인 것 같아서 없애진 않았어요."

난 찢어낸 종이를 받아 눈에 익은 그녀의 글씨체를 읽어나갔다.

2001년 6월 4일 월 맑음

선생님, 전 엄마 곁으로 가요.

엄마와 함께 달빛으로 멱감던 복사꽃 여울로 가요. 약기운이 나를 태워가려고 서서히 올라오나봅니다.

전 선생님을 만나 행복했어요. 선생님도 저 때문에 행복했나요? 만약 미나 언니와 미스 염이 선생님을 죽도록 원망하고 증오하더라도 곧이듣지 마세요. 전 선생님을 만나 진짜 행복했으니까요.

사람은 오해 속에서 살다 오해가 풀리면 죽나봐요. 어릴 때 내가 가장 듣기 싫었던 말이 뭔지 아세요? '술집 아이'였어요.

하지만 지금 생각하면 술집 아이는 얼마나 듣기 좋은 말이었던가요. 막걸리가 든 노란 주전자를 들고 논으로 들로 배달 나가고 돈 대신 고추자루를 주면 매운 기침을 하며 이고 오고.

그땐 그런 잔심부름이 가장 수치스런 일이라 생각했지만 말이죠.

지금 생각하면 울 엄마는 얼마나 착하고 훌륭한 분이셨는지. 하지만 그땐 술집 엄마가 죽기보다 더 싫었지요.

동네 남정네들이 무 배추며 나락 판 돈을 들고 와 집적거리고 술도가 사장은 날더러 자꾸만 아빠라 부르라고 그러고. 우리 초등학교 선생님도 울 엄마를 좋아한 것 같아요. 선생님이 타고 다니던, 은빛 바큇살이 번쩍이는 자전거가 종종 우리 가게 앞에 세워져 있었으니까.

우리집에 들락거리는 사람들 중에 제일 싫은 사람이 독가촌 절름발이 안서방이었어요. 6·25 때 의용군으로 갔다가 포로가 되어 풀려나온 사람이라죠. 노골적으로 빨갱이라 부르는 치들도 있었어요. 장가도 못 가고 농사도 못 짓고 마을의 허드렛일이나 하면서 간신히 입에 풀칠을 하는 그런 위인인데 우리집 문지방이 닳도록 드나드는 겁니다. 삐걱이는 가게 문짝을 뜯어고치고 장독을 옮기고 가게 벽을 새로 도배하기도 했으니까요.

하지만 안서방이 우리집에 오는 게 정말 싫었어요. 아이들이 날 절름발이 안서방의 자식이라고 놀려댔기 때문이었죠.

—에에에, 향이는 절름발이, 깨금발이 자식이래요.

아, 술도가 사장님의 딸이었으면 얼마나 좋을까, 차라리 선생님의 딸이었으면.

그날은 복사꽃이 환하게 핀 달밤이었죠. 내가 자다가 일어나게 된 것은 나쁜 꿈 때문인지 오줌보가 마려워서인지, 다시 잠자리에 누워 자지 않고 왜 달그림자에 숨어 엄마 뒤를 밟았는지 지금도 알 수 없는 일입니다. 하지만 복숭아나무 뒤에 숨어서 지켜본 광경은 지금도 영화처럼 선명합니다. 복사꽃이 활짝 핀 달빛 아래서 울 엄마와 안서방이 함께 꾀벗고서 얼씨구절씨구 절름절름 춤을 추는 거예요. 난 숨을 죽이며 두 사람이 만드는 해괴한 들놀음을 한 장면도 놓치지 않고 다 봤죠. 아, 그때의 부끄러운 마음이란! 아이들이 날 절름발이 자식이라 놀려대는 게 하나도 틀리지 않아, 난 이 더럽고 부끄러운 곳에서 도망갈 거야. 난 엄마처럼 절대로, 절대로 그렇게는 살지 않을 거야.

선생님, 그런데 지금 나는 매일 짐승 같은 남자들과 몸을 섞으며 사는 창녀랍니다. 일본인이 돈을 내면 일본인과 자고 미국인이 돈을 주면 미국인과도 자고. 몸 속으로 스멀스멀 스며드는 타인의 체취와 씻어도 씻어도 끈적이며 들러붙는 분비물들.

그런데도 선생님은 절 모나리자라고 하셨죠? 정말 제가 그렇게 보였나요? 아직도 전 믿어지지가 않아요. 얘기가 도대체 어디로 흘러가고 있는 거죠? 이제 약기운이 나를 데리러 저 어두운 계단에서 올라오는군요.

선생님과 마지막 헤어진 곳이 남포동 다 빈치라는 커피숍이었나요? 그때 제가 낸 도자기 문제 풀어봤어요? 깨어진 도자기를 복원시키기 위해선 과거로 시간여행을 해야 해요. 지금 약기운이 과거로 여행하는 타임머신에 나를 태우는군요. 이제 시간을 뒤로 돌려보죠. 보세요, 깨어져 사방으로 흩어진 도자기 파편들이 서서히 올라붙잖아요. 선생님, 저길 보세요. 일 초만 시간을 뒤로 돌렸는데 산산이 깨어진 도자기가 완벽하게 복원되어 진열대 위에 올려져 있잖아요.

이제 하얀 도자기를 지나 좀더 과거 시간으로 가렵니다. 그래요, 현재 시간은 너무 지저분해요. 온갖 비겁하고 비생산적인 성들이 하수구를 통해 흘러내리죠. 그에 비하면 차라리 Y동은 솔직하고 깨끗한 편이죠.

엄마를 원망하며 가출한 것에서 돌이켜 다시 시골 술집으로 되돌아가고 있습니다. 술집에서, 복사꽃 그늘 아래서 어머니가 나눈 행위들은 결코 더럽고 부끄러운 게 아니었군요. 대지에 뿌리박힌, 너무나 건강하고 생산적인 성이었습니다. 저기, 달빛 아래 반짝이는 개울이 보이네요. 선생님, 제가 죽거든 화장을 해 복사꽃 그늘이 드리우는 미사리 개울에 뿌려주세요.

가루를 부드럽게 만질 때 선생님은 절 느낄 수 있겠죠. 그냥 뿌리지 말고 흩어지는 바람에 날려주세요. 그러면 제 영혼은 깃털처럼 가볍게 하늘에 올라갈 수 있을 거예요. 참, 제 유골을 가지고 그곳으로 갈 때는 기차를 꼭 타야 해요. 미나 언니하고 미스 염도 함께 갈 거예요. 제가 쓴 일기장, 선생님이 읽고 있겠죠. 읽은 뒤 꼭 태워주세요. 글도 영혼처럼 아름다운 것만 불 속에서 살아남겠죠. 어질머리가 오는군요. 이제 약기운이 나를 더 먼 곳으로 데려가려나봅니다. 선생님, 안녕.

그제야 나는 그녀가 고향이

함안인 박수향인 것을 알았다.

무의식이 억압한

오랜 망각의 지층을 뚫고

기억이 떠올랐다.

폭설

스치듯 짧게 만났지만

난 그 사랑의 기쁨을 잊지 못한다.

지리한 장마 같은 삶 속에서

간혹 무의식의 세계에서

짜릿하고도 행복하게 번개처럼 스치는 여인.

나의 첫사랑 여인이 분명했다.

1

　셋째 아이를 가졌어요.

　아내의 말이 아직도 이해되지 않는다. 가난한 작가에게 셋쨋것이
라니……

　비가 내리는 남해고속도로를 매화관광버스를 타고 달린다. 이번
겨울이 예년의 추위를 회복한 혹한이라고 하고 지금 중부 산간지방
에는 눈이 내린다지만 눈 구경에 관한 한 남부지방은 아프리카나
다름없다. 겨울 가뭄이라는데 낙동강을 건너자 뿌리던 비마저 멈추
고 만다.

　도대체 어떻게 감당하란 말인가. 지금 앞좌석에서 나란히 앉아 차
창에 매달려 있는 저 두 딸을 기르기도 벅차지 않은가. 견주지 않으
려 해도 우리 애들의 옷과 신발이 다른 애들에 비해 남루해 보이는

건 어쩔 수 없다. 이슬로 배를 채우고 사는 작가에게 가난이야 한낱 남루에 지나지 않아야 한다. 미당의 말대로 저 눈부신 햇빛 속에 갈 맷빛의 등성이를 드러내는 산을 바라볼 일이다. 하지만 그렇다고 우리 딸애가 입은 저 남루의 때가 벗어지는 건 아니다.

삶이 바위처럼 무겁게 느껴진 것은 언제부터인가. 십 년 전 직장을 집어치우고 소설가로 전업을 결심할 때만 해도 세상이 별로 두렵지 않았다. 글을 쓰는 것만으로도 얼마든지 잘살 수 있을 것 같았다. 그러나 몇 권의 책이 기본 부수도 빠지지 않는 참담한 시련을 겪은 끝에 작가로서의 생계가 걱정되기 시작했다. 전업주부인 아내가 독서지도사로 나서기 시작한 때가 그즈음이었을 것이다.

지금 우리집 가계는 마이너스 통장에 의존해 있다. 마이너스 몇백을 넘어가자 삶마저 마이너스 인생처럼 느껴졌다.

그런데 겁도 없이 셋째애를 낳겠다니!

차가 김해터널을 지나 진영휴게소로 들어갔다. 도로가 편도 사차선으로 확장되면서 뒤로 물러앉은 휴게소는 새로 짓고 있는 중이었다. 곳곳에 부려놓은 모래와 쳐놓은 줄을 넘어 화장실에 가야 했다. 어린 두 딸을 여자화장실에 밀어넣어놓고 남자화장실로 들어가 재빨리 오줌보를 비우니 답답한 속이 좀 트이는 듯했다.

화장실을 나와 담배 한 대를 물고 애들을 기다리고 있는데 앞차에 탄 일행이라며 말을 걸어오는 사람이 있었다.

"저 대나무 장식이 멋지지 않습니까?"

휴게실 화장실 앞은 청대나무와 피튜니아 조화로 예쁘게 조경되어 있었다.

덩치가 큰 그는 몸을 구부려 자판기 커피를 빼 한 잔을 권한다.

"글쎄요, 운치가 있긴 하지만 왠지 일본풍의 냄새가 나네요."

그것도 화장실 앞에 꾸미다니, 라는 말은 하지 않았다.

"소설가죠?"

그는 명함을 내밀며 케이블을 수입해 파는 장사꾼이라고 밝혔다. 동남무역 대표 정무학.

"어떻게 제가 글을 쓴다는 걸 아십니까?"

"제 아내가 당신의 팬입니다. 당신의 소설책은 죄다 읽어봤다더군요. 하지만 저는 한 권도 읽지 못했습니다. 앞부분을 좀 보았습니다만 좀 무겁더군요. 제 취향이 아니더라구요. 전 아무래도 책을 들면 단숨에 읽히는, 경쾌하고 속도감 있는 시드니 셸던이나 딘 쿤츠 쪽이죠. 국산소설이나 영화는 왜 그리 따분한지 모르겠어요."

난 그제야 정무학이란 이름을 가진 사람의 얼굴을 똑바로 보았다. 큰 덩치에 눈매가 익살스런 듯하면서도 날카롭고 얼굴의 살집에 높은 광대뼈가 묻혀 있는 상이었다. 두툼한 겨울 등산복을 입었지만 유도나 레슬링으로 몸을 단련한 근육질의 사내처럼 보였다. 초면에 이런 말을 예사로 해 작가의 자존심을 긁어놓는 사람들을 여럿 만나보았다. 무슨 문화비평가처럼 행세하면서 가난하고 의기소침한 작가의 자존심을 팍팍 긁어댄다. 여행을 즐기려면 이런 비틀린 성격의 사람은 피하는 게 상책이다.

화장실에서 아이들이 나오기를 기다리는데 회색 등산모를 쓴 여자가 "동원이 아빠! 차 떠나요. 빨리 가요" 하고 부른다. 그녀의 옆에는 동원이로 불리는 대여섯 살짜리 아이가 호두과자 봉지를 들고 있었다.

"당신의 팬이 부르는군요. 그럼, 소설가님, 합천에 가서 봅시다."

왠지 그 말이 순수하거나 유머스럽지가 않고 빈정대는 느낌이 들어 불쾌했다.

난 신의 계시인 양 문득 혼자 떠나는 여행은 좋아하지만, 이렇게 단체로 시끌벅적하게 떠나는 여행은 좋아하지 않는다. 물론 한때는 동창회나 무슨 단체의 모임에 부지런히 나가보기도 했다. 그러나 술 한잔 살 능력도 없고 삶이 위축되다보니 자연 동창회나 친목모임과도 멀어지게 되었다. 억지로 가야 할 모임이 있으면 그냥 있는 둥 없는 둥 껴묻어 가서 조용히 풍경을 바라보며 술이나 한잔하다 돌아오면 그만이다.

이제 차가 떠난다고 회장과 총무가 소리를 지른다. 나는 딸애들을 보자 담배를 버리고 휴게실 의자에서 일어났다. 나의 팬이라는 여인이 힐끔 뒤돌아본다. 회색 등산모를 깊숙이 쓴 모습이어서 얼굴 전체의 윤곽은 보지 못했으나 아, 하는 느낌을 주는 여자였다.

나의 팬이라? 어디서 보았더라?

2

약간은 우울한 얼굴을 하고 있는 그녀가 누구인지 아무리 생각해도 떠오르지 않았다. 멍하게 차창 밖만을 바라보고 있는 나에게 총무 엄마가 귤과 음료수를 가지고 와 아이들에게 주며 말을 건넸다.

"민지 엄마가 셋째아이를 낳는다면서요?"

"예."

난 쑥스럽게 말했다.

"얼마나 좋아요. 키울 능력만 있으면 많이 낳을수록 좋죠. 셋째애가 머리가 좋고 똑똑하대요."

"키울 능력이 없는 게 문제죠."

"무슨 소리예요? 우리 지역을 대표하는 작가가 무슨 걱정이에요?"

이런 말을 들을 때마다 그저 허허로운 웃음만이 나올 뿐이다. 우리 지역을 대표하는 작가? 난 그렇지도 못할뿐더러 그렇다 쳐도 그게 밥 먹여주는가? 작가란 허울만 번듯했지 극빈 계층으로 몰락한 지 오래다. 어떤 작가는 생활고를 비관하다 바다에 투신했다고 한다. 남의 일이 아니다. 요즘은 마이너스 통장으로도 모자라 몇 개의 카드를 들고 이것에서 빼서 저것을 메워가고 하는 식으로 살림을 꾸려간다. 법정 최저생계비에도 훨씬 못 미치는 돈으로 생활한 지 오래다. 그런데도 지역을 대표하는 작가라니. 없는 돈에 신경 쓰면 그나마 글마저 되지 않기에 가정경제와 자녀교육 등 모든 것을 아내에게 일임해버리고 나는 점점 무능의 악순환으로 빠져들어갔다. 우스꽝스러운 것은 누구보다도 우리 형편을 잘 아는 아내가 셋쨋것을 낳는다는 점이다. 아내도 나처럼 현실을 몰라도 한참을 몰랐다. 그러기에 결혼해서 지금까지 아옹다옹 살아온 게 아닐까.

버스는 마산을 지나고 있었다. 총무 엄마는 동화 읽는 어른 모임인 '얼레와 연'의 성격에 관해 수다를 떨다 아이들이 심심한가봐요, 아이들에게 노래나 시켜야겠어요라며 자리에서 일어났다.

"그런데 혹시 앞차에 탄 정무학씨 부부를 아세요?"

"아뇨. 아까 휴게실에서 인사를 하는데 잘 기억이 나지 않더군요."

"이상하다. 그분들은 민지 엄마 아빠를 잘 안다고 그러던데……"

총무 엄마는 고개를 갸웃하며 운전석으로 갔다.

노래방 비디오가 틀어지고 총무 엄마가 마이크를 돌리며 아이들에게 노래를 시키기 시작했다. 아이들의 동요를 듣겠다는 나의 기대는 곧 깨어졌다. 아이들은 반주에 맞춰 비좁은 공간에서 춤까지 추며 서태지 god 조성모의 최신가요를 능숙하게 불렀고 유명 국악인 밑에서 가야금 병창을 배웠다는 누구네 집 딸은 〈꽃타령〉〈닐니리야〉〈군밤타령〉 등을 구성지게 불러 인기를 한 몸에 받았다. 꿔다 놓은 보릿자루 같은 우리 아이들이 한심했다. 과외수업 등 사교육비가 일년에 몇조원이라는데 우리 아이들은 그 흔한 미술학원 피아노학원조차도 못 보내고 있었다. 처음엔 똑똑하고 성격도 명랑하던 아이들이 학년이 올라갈수록 기가 꺾이고 공부도 시원치 않았다. 그게 다 뒷받침을 못 한 아비의 탓이라는 자책감이 들었다.

아내가 셋째애를 가졌다고 말한 것은 임신 오 개월이 지나서였다. 난 그만큼 아내에 대해 무심했다. 배가 부른 것도 잠자리를 기피하는 것도 몰랐다. 배가 부른 것은 중년에 접어든 여자의 뱃살이라 생각했고 잠자리를 기피하는 건 권태기가 다시 찾아왔거니 생각했다.

아내가 셋째애를 갖기로 덜컥 결심한 때는 언제일까? 떠오르는 일이 있었다. 어느 날 병원을 하는 삼촌의 전화가 걸려왔다. 같은 부산에 살아도 별로 내왕이 없고 명절 때 시골에서 한번 보는 정도였다.

그래, 요즘 글 좀 쓰나? 글 가지고 생활비는 되나? 등등 상투적인 안부를 묻다가 셋쨋것을 봤으니 밥 먹으러 오라는 것이었다.

셋쨋것을 봤다니, 난 그게 무슨 말인지 몰라 순간적으로 온갖 상상을 다 했다. 영화를 봤다는 것인지 아니면 무슨 물건을 샀다는 것인지 당최 알 수 없었다.

"네 숙모가 셋째아이를 낳았다."

충격이었다. 나이 오십에 셋째애를 보다니. 아들딸 둘이 있는데도 뭔가 모자란 듯한 생각에 쉰둥이를 낳은 것이다. 노년에 아이를 본게 쑥스러워 셋쨋것이라는 묘한 말을 사용했는데 그 말이 이상하게도 익살스러우면서도 귀여운 어감이 들었다.

이후 셋쨋것이 한동안 우리 집안의 유행어가 되다시피 했는데 아내는 그 일 이후에 셋쨋것을 갖겠다는 결심을 굳힌 듯하다.

그러나 병원 삼촌은 경제적 능력이나 있어서 그렇다지만 마이너스 인생을 살아가는 가난한 작가에게 딸 둘도 가랑이가 찢어질 판인데 언감생심 셋쨋것이라니.

아내의 셋째애에 대한 욕망은 처가 쪽 아들 콤플렉스가 원인이었다. 나는 제사를 물려받을 장남도 아닌데다가 우리 집안은 아예 고추밭이라 불러도 좋을 만큼 남자들 천지다. 아버지는 오형제 중 맏이고 나는 사형제 중 차남이다. 아래에는 조카 여덟 중 여섯이 아들이다. 딸들은 본가에 가면 할아버지 할머니의 귀염을 독차지한다.

"아가, 딸이 아들보다 훨씬 낫다. 저 무능한 녀석 봐라. 평생 골칫덩어리 아이가."

아버지는 날 가리키며 끌탕을 치곤 한다. 아내가 시댁 눈치 때문에 아들을 봐야겠다고 결심한 건 결코 아니라는 뜻이다.

한데 처가는 완전한 조개무지다. 장인어른은 이대 독자이고 장모님은 딸 여섯 자매 중 셋째인데 시집와서 딸만 다섯을 두었다. 가문과 족보를 따지는 안동 김씨 집안에 시집간 장모님이 시어머니의 구박을 얼마나 받았을까 능히 짐작이 간다. 한이 맺힌 다섯 딸 중 맏이인 아내는 딸에 질린 듯했다. 장인어른 혼자 여섯 여자를 감당하고 지켜야 했다. 아들만의 세계와 딸만의 세계는 분명 차이점이 있는 듯했다. 밤에 바스락거리는 소리만 나도 도둑놈인가 하여 여섯 여자가 키 작은 장인어른 뒤에 숨어 벌벌 떨었다는 둥, 장인어른의 고함 소리만 나면 모두들 이불을 뒤집어쓰고 숨을 죽이고 있었다는 둥 무슨 별나라 이야기를 듣는 듯했다.

그런 환경에서 자란 아내가 든든한 아들에 남다른 욕심을 가질 만도 했다. 하지만 처제들은 딸을 낳고도 기고만장하지 않은가. 아들 딸 가리지 않는 신세대 주부들의 가치관 때문이었다. 아내는 맏이라서 좀 보수적인가, 유독 아들에 대한 집착을 보이더니 결국 셋쨋것을 덜컥 임신한 것이다. 아내의 눈치를 보아하니 산부인과와 조산원을 돌아다니며 아들이라는 언질을 받은 모양이었다.

나로서는 이해가 가지 않는다. 아무리 제 먹을 복은 제가 가지고 태어난다고 하지만 우리의 형편에 셋쨋것이라니.

"걱정 마세요. 없는 집의 딸 다섯도 다 대학 나오고 잘만 컸어요."

아내는 큰소리친다. 하긴 장인어른이 없는 살림에 택시 운전을 하면서 다섯 딸을 다 대학까지 보냈으니 아내가 자신감을 가질 만도 하다.

"설마 한들 두 손으로 한 입을 먹여살릴 수 없겠어요? 어깨를 좀

펴보라구요."

어깨를 펴보라구? 나를 비롯해 내 주위의 전업작가들 어깨는 왜 다들 구부정한지…… 하루 종일 컴퓨터와 원고지 앞에 앉아 있어서 그런 것인가. 내가 보건대 삶에 찌들어 그런 게 아닌가 싶다. 삶에 대한 자신감을 가지지 못하고 현실이 짓누르는 중력을 이기지 못해 짜부라진 모습으로 살아간다.

구부정한 어깨의 각도만큼 현실에 짓눌려 있다. 걸음걸이도 당당하지 못하고 왠지 흐느적거리는 듯하다. 겨울잠을 자는 곰처럼 자기의 동굴에 갇혀 있되, 동굴 밖으로 나오면 세상에서 가장 게으르고 힘없는 짐승인 나무늘보가 된다.

"요즘 당신 슬럼프죠? 바람도 쐴 겸 아이들하고 자연학교에 갔다 오세요."

요즘이 아니라 늘 슬럼프다. 삶 자체가 슬럼프다. 출산을 앞둔 아내의 남산만한 배가 무거운 바위처럼 내 가슴을 짓누른다.

3

아내는 '얼레와 연이'라는 동화 읽는 어른 모임의 회원이다. 독서지도사를 하면서 이 모임에 들더니 아이들의 책읽기에 관심을 보이는 극성스런 엄마가 되었다. 작년 여름인가 한 번 이 모임에 아이들과 함께 부부동반으로 참여한 적이 있었다. 창녕 우포늪에 가는데 아빠가 필요하다고 해서 강제로 따라갔다가 톡톡히 망신을 당하고 돌아왔다. 대부분의 남편들은 아내의 계나 동창회 모임에 끌려나오는 것을 대단히 창피하고 불출 같은 짓이라고 생각한다.

'남자가 무슨 할 일이 없어서 마누라 꽁무니를 따라다니나그래.'

특히 나같이 숫기나 말이 없고 글 쓰는 것 외에는 아무런 능력도 없는 사람은 그런 자리에서 꿰다 놓은 보릿자루이다.

우포늪에 나온 남정네들도 나처럼 코뚜레에 꿰어온 그런 별볼일 없는 사람들인 줄 알았는데 의외로 사회적으로 매우 당당한 인사들이 많았다. 기자에다 기업체 사장, 공무원 등 사회적으로 인정받는 사람들이었다. 이들은 아이들을 위해 웃통을 벗고 늪 속에 들어가서 물자라나 소금쟁이를 잡아주기도 하고 아내를 대신해 준비한 재료들을 꺼내 밥과 요리와 설거지까지 척척 하는데다 얼레와 연을 위해 찬조금까지 넉넉하게 내는 게 아닌가.

그런 성공한 아버지들의 모습에 주눅이 든 나는 옆에서 멀뚱히 구경만 하다가 발을 헛디뎌 늪에 빠지는 망신을 당하고 말았다.

돌아오는 차편에서 아내들이 남편 품평회를 한 모양이었다. 그곳에서 나는 가장 멋없고 썰렁하고 무능한 가장으로 낙인찍혔다고 한다. 아내는 옛 기억을 떠올려 마구 불평을 해대며 이번 모임을 만회의 기회로 삼으라고 주문했다.

안 가면 좋으련만 딸애들까지 가자고 극성이니 꾸역꾸역 자리에서 일어나 배낭을 메고 나와 관광버스에 몸을 실었던 것이다.

1박 2일간의 합천 자연학교.

나 혼자만 공중에 붕 뜬 느낌이었다. 그러나 1박 2일만 견디면 되니까 하는 생각에 심리적 부담은 별로 느끼지 않았다.

지난번 우포늪 여행에 비해 사람들이 배나 늘어서 그런지 이번 여행은 짜임새가 없고 중구난방으로 진행되는 것 같았다. 실무를 맡은 임원 엄마들도 자기네 아이들 뒤치다꺼리하느라고 정신이 없는 듯했다. 모두들 삼삼오오 고만고만한 아들딸들을 데려왔는데 버스 두 대가 꽉 찼다. 어른 아이 합쳐서 모두 팔십 명이 넘는다고 했다. 처음 출발할 때 오지 않은 한 가족을 기다리느라 출발 예정시간보다 삼십 분이나 늦어졌는데 알고 보니 그 가족은 이미 와서 뒤차에 타고 있었던 것이다. 차에 타고 있는 사람을 반시간이나 기다린 정신이라니.

그런데 아빠들의 수는 오히려 지난번보다 줄어 일곱 명이란다. 우포늪의 그 극성맞은 남정네들의 얼굴이 보이지 않았다. 우포늪에서 나와 몇 마디라도 마음이 통하는 이야기를 나누었던, 중학교 영어교사인 박선생을 찾았으나 앞차에 탔는지 보이지 않았다. 눈에 띄는 서너 사람도 한결같이 낯설었다.

그러나 마누라 없이 자식들만 데리고 온 용감한 아빠는 나밖에 없는 듯했다. 그 사실만으로도 지난번 품평회 때의 나쁜 이미지를 씻어버리고 나는 엄마들의 관심의 표적이 되었다.

"아이고, 민지 아빠, 대단하세요. 딸 둘을 데리고 가시다니 얼마나 가정적이에요."

글쎄, 내가 가정적인가? 마음은 늘 찌든 가정을 떠나 자유를 꿈꾸고 있지 않았던가.

다시 기억을 더듬어보았다. 본 듯한 사람이 기억이 잘 나지 않을 때는 항상 80년대를 더듬어본다. 그때 참으로 많은 사람들과 만나고 스치며 지나갔다.

하지만 기억이 나지 않았다. 누구였더라?

나는 무심히 흘러가는 풍경을 바라보며 차창에 그녀의 얼굴을 떠올리려고 노력했다. 떠오르는 얼굴의 모자를 벗겨보았다. 이마 위로 흘러내린 머리카락까지 옆으로 거두어보았다. 외워두었던 한자나 영어 단어가 떠오를 듯 떠오를 듯하면서도 도무지 떠오르지 않는 것처럼, 이미지가 떠오르지 않았다. 대합실이나 커피숍 같은 데서 그냥 지나친 여자인가. 나의 팬이라고 했으니 독서토론회나 팬 사인회 같은 데서 한번 마주친 여자인가.

차창으로 함안이라는 이정표가 비치는 순간 번개같이 그녀의 얼굴이 떠올랐다.

아, 함안처녀!

그제야 나는 그녀가 고향이 함안인 박수향인 것을 알았다. 무의식이 억압한 오랜 망각의 지층을 뚫고 기억이 떠올랐다. 스치듯 짧게 만났지만 난 그 사랑의 기쁨을 잊지 못한다. 지리한 장마 같은 삶 속에서 간혹 무의식의 세계에서 짜릿하고도 행복하게 번개처럼 스치는 여인, 나의 첫사랑 여인이 분명했다.

혹독하고 엄혹한 시절 난 일 년째 수배중인 대학생이었다. 경찰과 군인의 모습만 봐도 가슴이 섬뜩하고 버스 검문이라도 있으면 온몸이 경직되어 숨이 멎을 지경이었다.

오늘처럼 버스를 탔다. 좌석은 지금보다 한두 자리 앞이었을 것이다. 나의 옆자리에 그녀가 타고 있었다. 꽃분홍 스웨터와 청바지가 잘 어울리는 여자였다. 백랍처럼 창백한 얼굴로 멀미가 난다면서 차창에 있는 나와 자리를 바꾸자고 했다. 난 자리를 바꾸고 나서 그녀에게 멀미를 멎게 해주겠다며 손을 내밀어보라고 했다. 어려서부터 멀미라면 진저리를 칠 정도로 많이 했다. 그러나 멀미가 날 때 엄지 손가락과 집게손가락 사이의 움푹한 곳인 합곡혈을 눌러주면 희한하게도 멀미가 진정되었다. 난 머뭇거리는 그녀의 손을 잡고서 합곡혈을 세게 눌러주었다. 아프다고 얼굴을 찡그린 그녀의 옆모습이 그렇게 아름다워 보일 수가 없었다.

긴 수배생활 끝에 심신은 지칠 대로 지쳐 있었고 영혼은 밤새처럼 외로웠다. 처음 한 달간 구멍가게 하는 친구 집에서 묵었다. 처음엔 저녁이면 친구와 같이 장기 바둑도 두고 TV도 보며 그럭저럭 지냈으나 몇 주가 지났을 때 우연히 친구 어머니가 친구에게 하는 말을 엿듣게 되었다.

"쟈는 속도 편한갑다. 밥을 우예 그리 많이 묵노."

난 미안한 맘으로 짐 보따리를 꾸렸다. 이렇게 몇 군데를 눈칫밥으로 전전했다. 다른 수배자들은 신출귀몰이니 홍길동이니 하는데 나 같은 경우는 세상천지에 어디 숨을 곳이라곤 없었다. 마지막으로 노가다 일거리가 많다는 K시의 공단 지역으로 가려고 시외버스를 탔다가 그녀를 만났다.

나의 지압 덕분인지 그녀는 멀미를 멈췄고 백랍처럼 하얀 얼굴에 혈색이 돌아왔다.

"좀 괜찮아요?"

"많이 좋아졌어요."

고마워하는 표정이 역력했다.

"아가씨는 어디까지 가세요?"

"K시에 갑니다."

"아, 집이 그곳인가보죠?"

"아녜요. 집은 함안이에요. 방학이라 친척집에 다니러 갑니다."

방학? 그제야 난 함안 처녀가 옷은 블루진에 꽃분홍 스웨터를 입었지만 머리가 단발이라는 걸 알았다.

"그럼, 여고생인가보지?"

"이제 곧 졸업이니까 저도 성인이에요. 오빠라고 불러도 돼요?"

멀미의 혼수상태에서 깨어난 그녀는 생각보다 당돌했다.

"함안차사 얘기 알아요?"

"함안차사가 아니라 함흥차사잖아?"

"오빠도 별수 없네요. 함안차사라고 이야기하면 열이면 열 사람 모두가 함흥차사 아닌가라고 말하죠. 사람들은 자기가 아는 상식밖에 생각하지를 못하는가봐요."

"아, 그래도 난 열린 생각을 한다고 하는데 말이야. 그래 그 함안차사 얘기는 어떤 거지?"

그녀가 들려준 얘기는 기억에 가물거린다. 함안의 한 사람이 대역죄를 지어 조정에서 차사를 내려보내 죄를 다스리게 하였다. 이 죄인에게는 천하절색인 딸이 하나 있는데 가무와 문장에 능하고 구변이 청산유수이어서 그녀의 치마폭에 놀아나지 않는 남자가 없었다. 그 딸은 차사가 내려올 때마다 수청을 자청하여 미색과 가무로 갖은 아양을 떨어 차사들로 하여금 주색에 빠지게 하니 차사는 딸의 아비를 치죄치 않고 차일피일하거나 병을 빙자하여 조정으로 돌아

146

가지 않으니 함흥차사와 같이 한 번 가면 다시 돌아오지 않는다 하여 함안차사란 말이 생겨났다던가.

함안차사 얘기를 들으며 그녀의 보드라운 손을 만지작거린 기억이 아련하게 떠오른다. K시에 도착해서 그녀와 식사를 같이 했는지 차를 마셨는지 지금은 기억나지 않는다. 다만 떠오르는 것은 헤어질 때 그녀가 한 말이다.

"우리집은 함안에서 파인애플 농장을 해요. 시간 나면 한번 놀러 오세요."

4

창가에 기대어 함안차사와 함안처녀를 생각하며 설핏 졸다보니 어느새 합천이었다. 버스는 수려한 겨울산으로 둘러싸인 폐교 운동장에 섰고 난 먼발치에서 앞차에서 내리는 사람 중에서 그녀를 찾았다. 덩치가 큰 사내 옆에 남자아이 하나와 그녀가 버스의 옆 트렁크에서 배낭을 꺼내 짊어졌다. 함안처녀가 분명했다. 이십 년 세월이 흘렀어도 아름다운 옛 얼굴과 몸매의 흔적이 여전히 남아 있었다. 문득 아련한 그리움과 추억, 시원한 시골 공기가 가슴에 밀려들었다. 나는 뒤이어 내리는 박선생 가족을 발견하고 반갑게 인사를 했다.

"우포늪에서 뵙고 여기서 또 뵙는군요."

"그렇군요. 아이들 어머니가 출산을 앞두고 있다면서요."

"예, 그게 그렇게 되었습니다."

우리들은 지정된 교실과 방으로 들어가 짐을 풀었다. 여자들은 초등학교 교실에서 자고 남자 일곱 명은 옛 교장관사에서 함께 잔다고 했다. 아빠들은 교실에 비해 방이 따뜻해서 좋다고들 했다. 박선생하고 함께 자는 건 좋지만 정무학과도 한 방에서 자야지 않은가. 뭔가 찜찜하고 껄끄럽다.

짐을 풀고 난 뒤에 운동장 뒤뜰에 모여서 썰매를 만들었다. 나는 두 딸과 함께 나무와 철사와 못을 받았으나 망치가 없었다. 망치는 두 자루뿐인데 수십 명이 망치를 찾으니 차례가 돌아올 리 없었다. 망치가 없자 너도나도 큰 차돌을 주워와 못질을 하기 시작했다. 자연으로 돌아가라. 어린 시절로 돌아가라. 그게 자연학교가 노린 점인지도 모른다. 아이들보다 어른들이 더 열심이었다.

뚝딱뚝딱 썰매 두 개를 만드는 데 그리 오랜 시간이 걸리지 않았다. 썰매를 만들고 있는데 누군가 나에게 곁눈질을 한다는 느낌이 들어 고개를 돌렸다. 아들과 함께 돌로 뚝딱거리던 회색 등산모의 그녀가 슬쩍 나를 쳐다보고 있는 게 아닌가? 정무학은 호주머니에 손을 찌른 채 주위를 어슬렁거리고 있었다. 그나 나나 그리 가정적인 사람은 아닌 듯했다.

자연학교 교장선생이 손 마이크를 만들어 고함을 질렀다.

"자, 이제 다 만들었으면 논으로 가서 썰매를 탑시다."

사람들은 삼삼오오 떼를 지어 금성산 자락 무논으로 갔다. 물을 가두어 얼려놓은 무논은 날씨가 풀려 설얼어 있었다. 얼음이 꺼진다고 어른들은 출입이 금지되었다. 아이들은 서툰 솜씨로 썰매를 지치느라 정신이 없었고 어른들은 준비한 사진기로 사진을 찍느라 여념이 없었다.

운동신경이 있고 대담한 작은딸 은지가 오히려 큰딸 민지보다 썰매를 더 잘 탔다. 하긴 아내는 작은딸을 아예 바지를 입히고 머리도 단발로 깎아 선머슴애처럼 키웠다. 그것도 성에 안 차 셋쨋것을 낳으려는 것이다.

논둑에 서서 구경을 하던 어른들이 어린 시절의 추억을 참지 못하고 무논으로 들어가 아이들의 썰매를 뺏어 탔다. 어른의 출입을 통제하던 사무장도 그냥 놔두었다. 아이들도 웬만큼 탔으니 괜찮다는 식이다. 그녀도 썰매를 타고 있었다. 그녀는 남들보다 더 화려한 차림이었다. 고급 등산모에 검은 가죽부츠, 옷도 백화점 명품 코너에서 골랐는지 다른 엄마들에 비해 고급스러웠다. 목걸이와 반지와 시계도 햇빛에 번쩍였다. 정씨도 다른 아빠들에 비해 때깔이 나는 옷을 입고 있었다. 골프웨어인 울시 점퍼에 값비싼 면바지였다. 정씨의 무역사업이 잘되는 모양이었다.

아이와 어른들이 뒤엉켜 썰매를 타다가 그녀와 내가 서로 마주 오면서 눈이 맞닥뜨렸다. 간신히 서로를 피했으나 나는 얼음 구멍에 빠져 운동화를 적셨다. 구덩이에서 빠져나온 나는 질척거리는 걸음으로 논둑을 걸어가며 옛날을 떠올렸다.

K시에서 알맞춤한 일자리는 쉽게 구해지지 않았다. 모래 등짐을 메고 고층으로 올라가는 노가다는 다리가 후들거려 한 달 하다 그만두었다. 다행히 농공단지의 한 중소기업에 취직되었다. 드릴 전용기로 철판에 나사구멍을 뚫는 일이었는데 그다지 많은 근육노동과

숙련을 요하지 않는 일이어서 장기적으로 정착하려고 했다. 그런데 농공단지 내 위장취업자를 단속한다는 소문이 떠돌았다. 도둑이 제 발 저린다고 난 석 달을 못 넘기고 다시 허겁지겁 보따리를 싸지 않으면 안 되었다.

부초처럼 정처없이 떠돌아다니느니 자수하자고 마음먹은 적도 있었지만 그 동안 죽을고생을 하며 피해다닌 시간이 아까웠다. 등잔 밑이 어둡다고 외지에서 떠돌아다니느니 차라리 부산으로 돌아가는 게 더 안전할 것 같았다.

K시에서 부산으로 다시 돌아가는 길에 함안을 지나면서 문득 함안차사와 함안처녀가 생각났다. 함안에서 파인애플 농장을 한다고 했지? 그녀가 한번 생각나자 난 몹시도, 정말 몹시도 그녀를 만나보고 싶었다. 꽃분홍 스웨터가 어울리는 아름다운 얼굴과 보드라운 손이 잊혀지질 않았다. 함안의 파인애플 농장이랬지? 먼발치에서라도 그녀를 한번 보고 부산으로 가리라.

그녀가 가르쳐준 대로 함안의 국도변 산골짜기에 있는 대일 파인애플 농장을 찾기는 그리 어렵지 않았다. 비닐하우스 주위를 배회하다가 용기를 내어 농장 안으로 들어갔다. 그녀는 보이지 않고 가지를 다듬던 주인 내외가 무슨 일이냐고 물었다. 엉겁결에 일자리를 찾아왔는데 없겠느냐고 물었다. 그러자 주인은 일손을 구하던 차에 마침 잘 되었다고 하는 게 아닌가.

이게 웬 횡재수인가. 님도 보고 뽕도 딴다는 말이 바로 이런 경우를 두고 한 말이 아닌가. 그러나 그녀는 농장에 없었다. 뒤에 안 사실이지만 대학에 합격하여 서울로 유학 간 것이다.

난 비닐하우스 근처의 작고 허름한 농가에 묵으면서 농장일을 했다. 나 자신을 노출하지 않기 위해 되도록 말 없는 사람으로 행세했고 맡은 일은 착실하게 했다. 새벽 시골 교회 종소리가 울리면 일어나서 마당을 쓸기 시작해서 난로의 온도 조절이라든가 한 가지에 하나만 열리는 파인애플 나무의 순을 잘 다듬는 일 등을 했다.

부모 없는 고아로 자라나 고등학교를 졸업하고 온갖 직장을 전전하다 시골로 들어온 것으로 되어 있기 때문에 주인집의 의심은 별로 사지 않았다. 국회의원 선거가 있다며 동직원이 주민등록을 조사하러 왔을 때 가슴이 섬뜩했던 기억이 아직도 생생하다. 여기에 잠시 다니러 온 사람이라는 임기응변으로 위기를 모면하긴 했지만 그 생각을 하면 지금도 가슴이 철렁하다.

내 인생에서 그토록 착실하게 산 적이 있을까. 요즘에도 글이고 뭐고 다 때려치우고 시골에 들어가 농사짓고 살았으면 할 때가 한두 번이 아니다. 6월항쟁으로 수배가 해제되고 다시 대학으로 돌아오지 않았더라면 내 인생은 어떻게 되었을까. 난 어쩌면 영원히 함안에 묻혀 살았을는지도 모른다.

그녀와 말 한마디 나누고 싶어도 좀처럼 기회가 주어지지 않는다. 덩치 큰 정씨가 그림자처럼 붙어다니고 있었다. 합천 자연학교의 프로그램은 다양했다. 연 만들기, 대나무 잘라 필통 만들기 등 아이들은 물론 어른들까지 흥미롭게 하는 프로그램이었다. 운동장에서 짚으로 손수 새끼를 꼬아 만든 둥근 새끼공을 차는 놀이도 환상적이었다. 넓은 운동장에 개떼처럼 모여 공을 차는데 동심으로 돌아간 듯했다.

사람이 윷가락이 되어 노는 윷놀이도 재미있었다. 아이들이 하나 둘 셋 넷 하면 어른 네 사람이 한꺼번에 쓰러져 뒹굴다 멈춘다. 엎드리면 모, 뒤집어지면 윷이 된다. 어른들이 차례로 윷가락이 되는데 난 우연히 그녀와 함께 윷말이 되었다. 둘은 동시에 나란히 엎어졌는데 그녀가 엎드린 채 슬쩍 말했다.

"그이가 우리 관계를 묻더라도 절대 말하면 안 돼요."

도대체 무슨 말인가? 나의 머리는 갑자기 혼란스러워졌다. 그 정무학이라는 자는 뭔가를 캐기 위해서 이 모임에 왔단 말인가. 우리 관계를 묻더라도 절대 말하면 안 돼요. 나와 그녀의 관계는 무엇이었단 말인가.

5

저녁식사를 하고 난 뒤 설거지는 일곱 명 아빠 몫이었다. 팔십여 명 분의 설거지를 하는데 등골이 빠지고 허리가 휘었다. 닦아도 헹궈도 끝이 없는 설거지, 그런데 뜻밖에 정무학이 솥단지를 닦다 말고 "아, 처자도 없이 부산에 남아서 밤새 자유를 구가하고 있는 남편들은 얼마나 행복할까"고 독백하는 게 아닌가. 그렇다면 일부러 시간을 내어 여기 온 게 아니란 말인가. 난 정씨의 말이 뭘 의미하는지 알 수가 없었다.

밤이 어두워지자 달집을 만들고 불씨와 나무를 깡통에 넣고 돌리는 쥐불놀이를 했다. 아름다운 유년의 추억이 불처럼 활활 타올랐다. 쥐불의 불씨로 짚단으로 크게 만들어놓은 달집을 태웠다. 달집 앞에서 사람들을 향해 '~하세요' 하고 한 가지씩 소원을 빌어주는 순서가 있었다. 모두들 건강하세요, 행복하세요를 외치는데 나의 딸들은 '지혜롭게 사세요!' 하고 말하는 게 기특했다. 지난 크리스마스 때 일이다. 큰딸에게 산타에게 무슨 선물을 받고 싶냐고 물었더니 지혜라고 말하는 게 아닌가. 솔로몬이 하나님께 지혜를 구하니 그 외의 것까지 다 받았다고 말하면서. 그럼 지혜 다음으로 받고 싶은 것은 뭔데? 라고 물으니 비싼 로봇 강아지 푸치라고 말해 난 그럼 지혜만 받는 게 좋겠다고 말해주었다.

달집의 불이 밤하늘을 타고 올라가 중천에 떠 있는 반달과 잘 어울렸다. 그런데 달빛이 부유스름하고 달무리가 지더니 비가 올 것 같았다. 비가 오면 어떡하나? 내일 새벽 산에 칡을 캐러 가야 한다는데 걱정이 되었다.

나와 정씨와 아빠들은 교장 관사에서 묵었다. 두 딸애는 총무 엄마가 데리고 가서 자기 딸과 함께 어울려 잠을 재웠다. 회에서 소주를 준비해 와서 술잔을 돌리긴 했지만 남자들은 서로 할말이 없었다. 한 명이 나서서 노래도 부르고 또 한 명은 유머하며 흥을 돋우려 했지만 썰렁한 분위기는 여전했다. 그러나 술이 몇 순배 돌고 직장 이야기가 나오니까 한숨과 욕설이 난무하면서 분위기가 뜨기 시작했다. S그룹에 다니는 사람은 회사가 일본으로 넘어가서 곧 구조조정이 있을 거라고 했고 한 아빠는 부도가 나 노조에서 회사를 인수했는데 회사 대표가 되었다고 했다.

"그래봤잡니다. 실질적인 주식은 오너가 다 가지고 있어서 우리 노조원들이 뼈빠지게 일해 살려놓으면 오너가 다시 찾아간단 말입니다."

술이 한잔 들어간 박선생은 솔직하게 영어 가르치는 게 겁난다고 고백했다.

"우리 시절엔 네이티브에게 영어를 배운 사람이 있습니까? 그런데 지금은 초등학생 때부터 외국인 강사가 가르치는 학원에서 영어를 배우고 올라온단 말입니다. 고등학생이 되면 CNN뉴스 듣고 네이티브 뺨치게 회화하는 학생들이 많아요. 그런 아이들 앞에서 구닥다리 발음으로 가르치면 원숭이꼴이 되고 말죠. 그래서 난 국어로 전공을 바꾸어 야간 교육대학원에 다니고 있어요. 대학원을 마치면 국어 선생이 될 작정입니다."

서로가 사는 게 어렵다고 얘기를 한 끝에 제일 속 편한 게 소설가라는 결론이 나왔다. 허참, 나는 또 허허로운 웃음으로 대답을 대신할 수밖에 없었다.

밤이 깊어지자 사람들은 하나둘 곯아떨어졌다. 여행길이 피곤했나보다. 박선생은 진작에 구석에서 코를 골며 자고 있고 술이 세다는 노조 대표도 나가떨어졌다. 이상하게도 정무학과 나 둘만이 남아 안주로 귤을 까먹으면서 소주를 마시고 있었다. 나도 자고 싶었지만 박수향에 대한 여러 가지 궁금증이 일었다. 취기 탓이겠지만 정씨와 이야기하다보면 박수향에 대한 무슨 정보라도 얻을 수 있지 않을까라는 대담한 생각이 들었다.

"사실 난 작가 선생 때문에 체면이 많이 깎였쉬다."

"무슨 말인지요?"

"아, 혼자서 아이 둘을 데려오는 아빠도 있는데 당신은 오랜만에 가족과 함께 지내는 것이 그렇게 못마땅하냐고 말입니다. 설거지할 때 내가 불평한 말이 그새 마누라 귀에 들어간 모양입니다."

그새 정씨 말이 여자들의 입방아에 오르게 된 건가? 하긴 정씨는 늘 뚱한 얼굴로 어슬렁거리다 일이 있으면 불평이나 해대며 게으름을 피웠다. 장작 난롯가에 자리를 차지하고 머리만 꾸벅이는 덩치 큰 정씨를 보고 우리 아이들은 피카츄에 나오는 잠만보라고 불렀다.

그러나 직장 이야기만 나오면 그는 신바람을 내었다. 케이블을 수입하고 있는데 사업이 잘되어 지금 에쿠스를 굴리고 있다며 자랑했다.

"인터넷 시대가 활짝 열린 덕분이오."

아직은 수요에 비해 공급이 딸린다며 물건이 없어서 못 판다고 말했다.

"행복하시겠어요."

"행복하냐구? 젠장, 돈이면 다요? 이혼 직전이요. 솔직히 말하면 나눠줄 재산이 아까워서 이혼을 못 해. 이제 한국도 미국법이 들어와서 이혼하면 남자들이 쫄딱 망하도록 만들어놓았단 말이오. 그래서 그냥 적당히 얹혀사는 거지. 아, 솔직히 말해 요즘, 유부남치고 애인 없는 사람은 간첩이라고 하지 않아요? 모르긴 하지만 글줄깨나 쓴다는 작가들도 그 관계가 꽤나 복잡할 거구만."

"글쎄요. 그것도 경제적인 능력이 있어야 하는 것 아닙니까?"

"아니지. 그건 돈이 없어도 잘만 한단 말이야. 개나 원숭이를 보라고."

정씨는 발음이 꼬부라지기 시작했다. 빈 술병들이 방바닥에 나뒹굴고 있었다.

"술이 다 떨어졌구만. 우리 한잔 더 합시다. 이거 이런 데 와서 잠자는 사람들 통 이해를 못 하겠단 말이야."

"아니, 이제 그만 마시죠. 이 밤중에 어디서 술을 산단 말입니까?"

"딱 한잔만 더 합시다. 소설가 양반한테 드릴 말씀도 있고 말이오."

"이 밤중에 무슨 할말이 있다고 그럽니까?"

"자, 나가서 말하죠."

그는 신발을 꿰어신었다. 농구화가 항공모함만했다. 하늘이 부옇더니 눈보라가 조금씩 흩날리기 시작했다.

"이런 제기랄, 눈발이 날리는구만."

그는 중얼거리며 농구화를 꿰고 목 뒤에 달린 모자를 올려 덮어썼다.

"당신이 마누라에게 편지를 보낸 적이 있소?"

나는 등골이 오싹했다.

"예?"

"내 마누라한테 편지를 쓴 적이 있느냐 이 말이오."

"젊은 날에 누구나 편지 한두 통은 쓰지 않습니까? 전 별로 기억이 나지 않습니다."

"하도 많은 여자에게 써서 박수향이한테 쓴 건 기억이 잘 나지 않는다 이 말이오?"

그때 보낸 나의 편지를 그녀가 간직하고 있었단 말인가. 그리고 그것을 정무학이 읽었단 말인가.

윷놀이할 때 한 그녀의 말이 생각났다.

"그이가 우리 관계를 묻더라도 절대 말하면 안 돼요."

나는 그녀에게 열몇 통의 편지를 띄웠다. 기억은 까무룩하지만 젊은 피가 끓던 시절에 쓴 글이라 뜨겁고 격정적인 내용일 것이다.

"난 따분한 리얼리즘 소설을 쓰는 당신이 그런 신파조의 편지를 보냈으리라곤 도무지 상상이 되지 않았소이다."

그는 손 마디를 우두둑 소리나게 꺾으며 말했다. 항공모함 같은 신발도 손가락 마디를 순식간에 우두둑 꺾는 것도 나를 질리게 만들었다.

"젊을 때엔 아무에게나 덤비는 법이죠. 나무를 껴안고 사랑을 나눈 녀석도 있었습니다. 아가씨처럼 생긴 버드나무였죠. 하지만 박수향씨와는 플라토닉한 감정이 있었을 뿐 금도를 넘은 적은 없었습니다."

더이상 부인하기보다 시인하는 편이 나을 듯싶었다.

"결국 소설가 양반이 인정하시누만. 그럼 난 당신이 핥은 사탕을 먹은 꼴이 되고."

"무슨 그런 말씀을!"

"나 같은 사람은 감쪽같이 새콤달콤한 새 사탕으로 알고 깨물었지. 안 그래?"

그의 눈빛은 밤에 플래시 불빛을 받은 고양잇과의 눈처럼 반질반질하게 빛났다. 이 사람은 덩치에 걸맞지 않게 의처증을 가진 남자인가? 눈동자가 형광물질을 발라놓은 것처럼 번쩍였다. 발걸음이 조마조마하다. 나는 계속 눈길에 미끄러졌다. 밑창이 닳은 랜드로바 신발이 눈길에 적응을 하지 못한다. 그때마다 그는 나의 팔과 어깨를 메어치듯이 잡아일으키며 말했다.

"이 사람이, 똑바로 걸어! 발뒤꿈치에 힘을 주고 허리를 꼿꼿이 펴. 왜 이리 꼭두각시 인형처럼 제멋대로 놀아."

우리는 술을 사서 다시 방으로 돌아왔다. 그는 톱을 들고 와서 십년생 통대나무를 비스듬히 자르기 시작했다. 이 대나무는 오후에 아이들에게 잘라주어 연필꽂이를 만들던 대나무였다. 그는 연필꽂이보다 더 길고 날카롭게 잘라내었다.

청대에 푸른빛이 번쩍였다.

"훌륭한 술잔이 됐군. 우리 죽통주나 한잔합시다."

그는 대나무에 술을 가득 따르고는 내 앞으로 한 잔을 주욱 내밀었다. 날카로운 대나무잔 끝이 내 숨통을 겨누어오자 기분이 섬뜩했다. 뒷골이 서늘하고 목이 후끈했다. 동학군이 들고일어난 죽창 끝이 바로 이 모습이었을 테지. 난 대나무의 날카로운 면에 입을 대어 술을 마셨다. 방금 자른 대나무 향기가 풍기는 술맛, 긴장 속에 마시는 술맛이 묘했다. 단숨에 술잔을 비운 나는 대나무잔 가득 술을 따라 정씨에게 건네주었다.

"원래 죽통주는 대통 속 마디에 구멍을 뚫어 그 속에다 술을 빚어 넣어 숙성시킨 술이오만 이 맛도 꽤 괜찮지 않아요?"

"괜찮군요."

"그런데 당신, 내 아내를 알고 있소?"

"젊은 시절 잠시 만난 적이 있긴 합니다만 아무런……"

"아무런 뭐요?"

"아무런 감정도 없었습니다."

"감정이 없었다?"

그는 죽통주를 단숨에 비우며 말했다.

"예, 이십 년 전의 일이라 그때 무슨 일이 일어났는지조차 먹먹합니다."

"당신은 감정을 속이고 있어. 그때 일을 죄다 기억하면서 모른 체한단 말이야. 당신이 썩 기분좋은 사람은 아니지만 나도 사내요. 용렬하게 지나간 일을 헤집어서 흔들리는 가정을 더 흔들고 싶진 않아요. 솔직히 말해 미주알고주알 따지자면 당신이나 나나 우리 사내들의 뒤가 더 구린 게 아니겠소. 나도 사랑한 여자를 세어보니 하나둘셋넷 젠장, 열 손가락으로도 모자란단 말이오."

손가락을 접어보는 그의 동작이 기묘하다. 나도 술김에 손가락을 펴들었으나 아무리 꼽아보아도 두 개를 넘지 못한다.

정씨는 죽통에 술을 따르곤 다시 나에게 술을 권했다. 그의 언변은 뱀장어가 메기 잔등 넘어가듯 매끄러웠다. 협박성의 발언을 하다가도 말끝을 눙치며 어르는 말투가 예사가 아니었다.

"그래요. 열 여자 마다하는 사내란 없죠. 난 당신의 아내와 딱 한 번 만났습니다."

"딱 한 번 만났다? 그게 무슨 말이오?"

"감정을 가지고는 딱 한 번 만났다는 말입니다."

여름방학 때 함안으로 내려온 그녀는 자기 집 농장에서 일하고 있는 나의 모습을 보고는 깜짝 놀라는 눈치였다.

어? 뭐, 이런 사람이 다 있어? 하는 반응이었다.

그러나 이내 모르는 체하고 파인애플 농장에 일체 모습을 보이지 않았다. 난 설레는 맘으로 그녀의 집 주위를 배회했지만 끝내 그녀를 볼 수 없었다.

　　여름방학이 다 끝나가는 8월의 마지막 밤이었을 것이다. 그녀가 초라한 농가의 방으로 들어온 것은.

　　"별도 밝고 잠도 안 오고…… 파인애플 하나 가지러 왔어요."

　　"파인애플을?"

　　"목이 말라요. 갈증이 솟구칠 때는 파인애플을 먹어두지 않으면 안 돼요. 서울에서 한밤중에 소증이 나 파인애플을 구하러 슈퍼마켓과 동대문시장을 다 헤매고 다닌 적도 있어요."

　　우리는 비닐하우스에 들어가 잘 익은 놈으로 하나를 따서 칼로 깎았다. 나는 칼로 파인애플 과육을 깎아 그녀에게 내밀며 이상하게도 가슴이 설레었다. 별이 얼마나 밝게 빛나던지 비닐하우스 위에도 점점이 비쳤다. 난 비닐하우스 위에 뜬 별을 바라보며 젊은 시절의 고뇌를 솔직하게 이야기한 듯하다. 그녀는 내가 수배중인 운동권 대학생이라는 말을 듣고 또 한 번 놀라는 모습이었다.

　　"왜 대학생들이 정부건물에 방화를 하고 분신을 하는지 이해를 못 하겠어요."

　　그녀는 도무지 납득할 수 없다는 표정이었다. 하긴 그녀처럼 고생을 모르고 온실에서만 자란 학생에게는 이해가 되지 않을 것이다. 농산물 수입이 없었던 그 당시 파인애플 재배는 고소득이 보장되는 그야말로 금 따는 사업이었다. 그녀의 손목에는 당시 일반인들도 갖기 힘들었던 전자 손목시계가 째깍거리고 있었다.

파인애플을 깎아 다시 그녀에게 내밀었다.

"가난한 운동권 대학생과 부르주아 딸. 우린 아무런 인연도 아니죠?"

과육을 받아먹으며 그녀는 나에게 안겼다.

그때를 생각하면 아직도 파인애플 과육의 달고 상큼하고 쌉싸름한 맛이 난다.

우린 아무런 인연이 아니죠.

파인애플 비닐하우스에 별이 비치던 8월의 마지막 밤이었다.

"원래 좀 감상적인 데가 있는 여자였어요. 난 시국에 대해 별로 이야길 하지 않았고 부모님이 그렇게 반대하는데도 운동권 여대생이 되었다더군요."

"맞아, 감상적인 구석이 있어. 원색에도 아주 약하고. 푸른 바다를 보거나 노랗게 물든 은행나무를 보면 눈물이 난다나, 글쎄."

그녀가 심한 멀미를 하는 걸 지압으로 멎게 해주었고 파인애플 비닐하우스에서 첫사랑을 맺은 뒤 학교로 되돌아온 나는 그녀에게 수많은 편지를 보냈다. 어두운 시절에 서로를 위로하는 의사소통은 편지밖에 없었다. 물론 그녀 부모의 반대로 우리의 사랑은 이룰 수 없었다. 그녀가 유학을 떠난다는 소식을 들은 뒤로 그녀와 아무런 연락을 취할 수 없었다.

아무리 필름이 끊길 정도로 취해 있어도 정무학에게 나와 그녀의 관계를 밝힐 만큼 어리석지는 않았다. 더욱이 윷가락이 되어 엎어졌을 때 그녀가 숨죽여 부탁한 말도 있지 않은가?

수배중 우연히 그녀의 파인애플 농장에서 일하게 되면서 그녀를 좋아했으나 그녀 부모의 강력한 반대로 나의 뜻을 이룰 수 없었다는 정도로 말했다.

"당신의 감정을 속이고 있다는 건 알아. 하지만 그게 무슨 잘못인가. 자자, 술이나 드세."

정씨와 나는 죽통에 술을 부어 권커니 잣거니 하다 만취되어 누가 먼저랄 것도 없이 나란히 쓰러져 잠이 들었다.

6

뭔가 목이 졸리는 듯한 답답함 속에서 나도 모르게 벌떡 일어났다. 옆자리에 정씨가 없었다. 난 어떤 느낌에 이끌려 밖으로 뛰어나갔다. 밖에는 함박눈이 펑펑 내리고 있었다. 난생 처음 보는 폭설이었다. 머리와 얼굴과 발목에 감기는 눈을 맞으며 그녀가 자는 숙소인 학교 교실로 가보았다. 아니나 다를까 숙소 앞에는 두 개의 발자국이 나 있었다. 발자국은 산으로 이어져 있었다. 수향과 정씨의 것임에 틀림없었다. 난 공포를 느끼며 죽창으로 변한 대나무를 움켜쥐고는 발자국을 따라가보았다. 발자국은 뒷산 저수지로 이어져 있었다. 눈이 쌓이고 쌓여 어떤 곳에서는 무릎까지 푹푹 빠졌다. 둑을 넘어 산으로 들어가니 짐승의 울음소리 같은 게 들려왔다.

정씨는 폭설 한가운데서 그녀에게 손찌검을 해대고 있었다.

"더러운 년! 그 멍청한 놈이 다 털어놓았어. 그래도 인정하지 않을 텐가!"

162

왕소나무 뒤 눈밭에 엎드려 지켜보던 나는 정씨가 조금만 더 심하게 폭행을 하면 죽창을 들고 덤빌 참이었다. 내가 뛰어들려고 막대기를 움찔거리고 있는데 느닷없이 정씨가 그녀를 눈밭에 쓰러뜨리고 옷을 벗겼다. 그녀의 허연 궁둥이가 눈빛에 드러났다. 그리고 그는 성난 짐승처럼 엉덩이 뒤에서 그녀를 범하기 시작했다. 그러한 기묘한 섹스는 상상조차 할 수 없었다. 그녀는 그를 받아들이며 기이한 신음 소리를 내었다. 눈발은 눈밭에 엎드리고 있는 나를 묻을 듯 두껍게 내리고 있었다.

어떻게 방으로 돌아와 잠들었는지도 모르겠다. 아이들의 소란스러움 속에서 눈을 떴다. 밤새 눈이 내리고 내려 천지가 새하얗게 변했다. 세수를 하고 식당으로 내려가니 이미 아침식사는 끝난 뒤였고 운동장 마당에는 눈벽돌로 쌓아올린 눈집이 두 채나 있었다. 아이들은 발탄강아지처럼 뛰어다니며 눈사람을 만들고 눈싸움하고 난리들이었으나 어른들은 식당 난롯가에 모여 귀가를 걱정하며 웅성거리고 있었다. 강설량이 17센티미터가 넘는 폭설이었다. 주말을 이용해 1박 2일 예정으로 온 자연학교인데 폭설로 모든 교통은 두절되고 고립무원의 지경에 이르러 월요일까지 직장에 돌아갈 수 없게 된 것이다.

이곳은 국도와 한참 떨어진 외진 산골이라 빠른 제설작업도 기대할 수 없었다. 원래 점심 전에 들어오기로 한 관광버스는 다음날도 기약할 수 없다는 통보가 왔다.

점심은 라면으로 때웠으나 모두들 배가 고프다고 불평했다. 가져온 귤과 빵과 과자가 동이 난데다 자연학교에서 비축하고 있던 밤과 고구마마저 난롯불에 다 구워먹어 남은 것이라곤 소주 몇 병밖에 없었다.

모두들 귀가를 걱정하고 있는데 기적처럼 폭설을 뚫고 갤로퍼 한 대가 들어왔다. 차바퀴에 체인을 감고 거북처럼 느릿느릿 운동장으로 들어왔다. 관광버스 회사에서 갤로퍼 한 대를 섭외해서 우선 급한 사람 여섯 명만 태워서 부산으로 간다는 것이다. 합천 읍내에서 여기로 들어오는데 평소 삼십 분이면 될 걸 무려 네 시간을 운전해 왔다며 불평이 대단했다.

갤로퍼가 난파선에서 만난 구조선인 양 서로 타고 가겠다고들 아우성이었다. 특히 직장을 가진 엄마들이 월요일 출근 못 하면 목이 잘린다며 더 야단스럽게 굴었다. 교사, 구청 공무원, 회사원 등도 마찬가지였다.

정씨는 아무 말이 없다가 뒤늦게 가야겠다고 나섰다.

"아니, 정사장님이야 오너인데 천천히 가도 되지 않습니까."

직장이 있는 급한 사람과 부부 중 한 사람만 탈 수 있다고 기준을 정하던 회장 엄마가 말했다.

"오늘밤 중요한 계약 건이 있어서 꼭 가야 합니다. 아주 중요해요."

케이블을 실은 배가 오늘밤 부두에 도착한다는 것이다. 그는 일하러 가는 것과 아내와 남는 것을 저울질해보다 결국 급한 사업 쪽을 택한 모양이었다.

여섯 명을 태우려 했지만 실제로는 어른 아이 합쳐서 열한 명을 빽빽하게 태우고 갤로퍼는 떠났다. 남자 다섯 명에 여자 다섯 명 아이가 하나였다. 임원진이 덩치가 큰 정씨는 두 사람 몫이라며 웬만

하면 남도록 권했으나 그는 결심을 굳힌 듯 차에 올라탔다.

차에 올라타기 전 정씨가 나에게 말했다.

"소설가 양반, 살판났구만! 그래 우리가 뭐랬수, 소설가가 제일 속 편한 직업이라 하지 않았소?"

그가 떠나자 나는 가슴에 걸렸던 것이 내려가면서 큰 해방감을 느꼈다. 작가란 직업이 이토록 매력 있어 보인 때가 오늘이 처음이었다.

남은 사람들은 뜻하지 않은 폭설로 좀더 머물게 된 걸 신의 은총으로 생각하며 신나게 눈밭을 뒹굴거나 장작 난로에 둘러앉아 젖은 신과 양말을 말리며 노변잡담을 나누고 있었다. 예기치 못한 폭설에 갇혀 산골짜기 폐교에서 하룻밤을 더 묵는다는 사실이 우리의 가슴을 설레게 했다. 폭설로 남게 된 나는 수향과의 운명의 끈 같은 걸 느끼게 되었다. 수향의 아들 동원이와 우리 두 딸아이는 그새 함께 어울려 열심히 눈벽돌을 찍어 눈집을 만들고 있었다.

"정사장이 떠났군."

난 아이들이 노는 것을 바라보는 수향에게 말을 건넸다.

"그 사람은 이익이 생긴다면 마누라도 팔 사람이죠."

난 처음으로 그녀의 얼굴을 정면으로 바라보았다. 목과 눈가에 잔주름이 보였지만 옛 모습이 고스란히 남아 있어 여전히 아름다웠다.

"그래도 수향씨를 꽤 사랑하는 것 같은데……"

"그게 사랑이에요? 작가면서도 사람의 감정을 그렇게 몰라요?"

"……"

수향의 얼굴을 찬찬히 들여다보는데 갑자기 간밤 폭설 속에서의 광란의 장면이 떠올라 그녀의 모습이 비현실적으로 느껴졌다.

몇몇 엄마들이 금성산 중턱에 있는 청강사 바위 구경을 간다고 교문을 나서고 있었다.

청강사 경내에 들어앉은 바위가 그렇게 잘생겼다나 어쨌다나. 우리 둘은 청강사를 가긴 가되 엄마들과 멀찍이 떨어져 출발했다.

수향은 어제와는 달리 꽤 명랑한 표정에다 수다스러워졌다.

"이런 풍성한 눈은 처음이에요. 저 산과 들에 쌓인 눈을 보세요. 정말 아름답지 않아요? 난 정말 눈 없는 부산이 갑갑해 죽겠어요. 겨울이면 강원도로 설악산으로 가보지만 세월이 약아서 눈도 쌓이지 않아요."

세월이 약아서 눈도 쌓이지 않아요? 난 마음속으로 그녀의 말을 따라하며 눈길을 걷고 있었다.

"일 년 내내 눈 속에 푹푹 파묻혀 사는 알프스나 히말라야 같은 데서 살았으면 좋겠어요. 미국 유학 갔을 때 여름방학이면 알래스카에 갔지요. 개 썰매를 타고 이글루를 방문하고 얼마나 좋았는지 몰라요. 미국에서 제일 크고 자원이 풍부한 주가 알래스카란 걸 알고 있어요? 그런데 그러한 곳을 러시아가 단돈 칠백오십만 달러에 미국에 팔아넘기고 말았어요. 팔만 평을 일 달러에 판 셈이요. 그런데 미국에서는 이게 웬 떡이냐 하고 금방 샀겠어요? 미국 의회 의원 절대 다수가 반대를 했죠. 그런데 당시의 재무장관이 반대하는 의원들을 설득시켰죠. 여러분, 눈 속에 감추어진 무한한 보물이 보이지 않습니까? 그래요, 눈 속에 감추어진 무한한 보물을 봐야 해요. 지금 앵커리지에서 훼어뱅크에 이르는 하이웨이가 있는데, 그 이름이 윌리엄 시워드 하이웨이예요. 윌리엄 시워드라는 사람이 누구겠어요? 바로 눈 속의 보물을 사자고 했던 당시의 재무장관, 바로 그 사람이죠."

눈 속의 보물이라?

청강사로 가는 길 오른쪽에 빙어횟집이 있었다. 횟집 간판을 보더니 물었다.

"배고프죠? 빙어회 먹어봤어요?"

아무 말도 않자 그녀가 내 소매를 끌며 횟집으로 발길을 돌렸다.

초라한 겉보기와는 달리 횟집 안은 넓고 현대식 시설을 갖춘데다 방바닥이 따뜻했다. 폭설로 손님을 기대하지 않았던 주인이 우리를 보자 먼 곳에서 친구가 온 듯 반갑게 맞았다. 주인은 살아 있는 빙어를 뚝배기에 가득 담아내오며 말했다.

"겨울빙어라잖아요. 오늘처럼 눈 내릴 때 먹는 빙어 맛이 최고죠."

그녀는 빙어를 쪽자로 건져서 초고추장 단지에 집어넣었다. 초고추장에서 퍼덕이는 빙어를 젓가락으로 건져내 깻잎에 싸서 먹는 것이다. 엽기적 취미 같았으나 그렇게 빙어를 먹어보니 그 맛이 일품이었다. 상큼하고 고소한 맛이 군대 시절 민통선 냇가에서 잡은 은어를 고추장에 찍어 먹던 맛이 연상되었다.

그녀는 빙어를 깻잎에 싸서 나에게 건네주며 지난날들을 주절주절 이야기하기 시작했다. 가난한 나의 삶만이 고단한 게 아니라 부유하게 사는 그녀 삶도 신산하고 고통스러웠던 듯했다.

"남편은 아무리 밀어도 꿈쩍도 하지 않는 바위 같아요. 가슴을 짓누르는 존재죠. 우리집이 망하지만 않았더라도 난 진작 이혼했을 거예요. 값싼 수입 농산물이 물밀듯이 들어오는데도 아버지는 고집스레 열대과일에 매달렸죠. 하긴 농장의 덩치가 너무 커져 새로운 사업으로 전환한다는 것도 힘들었겠죠. 남편은 부모님의 중매로 만났어요. 시댁이 온천개발로 돈을 번 집안이죠. 서로 사랑하는 마음 없이 만난 우리 부부는 처음부터 삐걱거렸어요. 그런데 이상한 것은 자기는 그렇게 바람을 피우면서 내가 어떤 남자에게 관심을 보이면 화를 내는 거예요. 아주 모순되고 집요한 성격을 갖고 있어요. 정말 웃겨요, 마치 옛날의 제왕이나 된 것처럼 군다니까요. 남편이 어느 날 당신과 주고받은 몇 통의 편지를 발견했어요. 화가 난 거죠. 우리 집 책장엔 당신이 쓴 책이란 책은 다 꽂혀 있고, 자존심은 구겨지고 그래서 남편이 여기까지 쫓아온 거죠. 아마, 자기 기준에 당신이 별 볼일 없이 느껴지니까 일자리로 달려간 걸 거예요. 하지만 나에겐 당신이 소중해요."

자연히 서로의 손을 잡았다. 처음 만나 버스에서 지압을 해줄 때의 그 느낌이 되살아나는 듯했다. 8월의 여름밤 비닐하우스에서 비치던 별을 보며 먹던 파인애플 향이 그녀의 몸에서 다시 풍겨나고 있었다. 잔잔한 가슴에 언제부턴가 생활 속에서 잃어버린 사랑의 기쁨이 초고추장에서 튀는 빙어처럼 맹렬하게 파닥이기 시작했다.

청강사 가는 길은 미끄러웠다. 횟집을 나온 우리가 트랙터가 지나간 바퀴 자국을 밟으며 청강사 쪽으로 걸어가고 있는데, 청강사를 구경한 엄마들이 벌써 내려오고 있었다.

"어떻게 할까요? 돌아갈까요?"

"왜?"

"당신이 자꾸만 눈치를 보는 것 같아서."

"내가 눈치를 보았다고? 눈치 볼 게 뭐 있는데."

"하긴 뭐, 우린 아무런 사이도 아니니까."

우리는 금성산으로 발걸음을 옮겼다.

"두 사람 어디 갔다 오는 길입니까? 이거 불륜 아입니꺼?"

총무 엄마가 아이 엄마에게 이르겠다는 듯 말한다.

"마음대로 생각하세요."

나는 그저 허허롭게 웃고 만다. 끝도 없는 밤나무 과수원과 개 짖는 소리가 요란한 축사를 지나 마침내 청강사에 다다랐다. 말 그대로 경내에 우뚝 솟아 있는 검고 웅장한 큰바위의 위용이 대단했다. 그 기묘하게 생긴 큰바위를 중심으로 대웅전과 관음전과 요사채가 따개비처럼 다닥다닥 붙어 있었다. 바위를 돌아 자그마한 굴로 들어가니 칠성각이 나오기도 하는 신기한 구조의 절이었다.

"이렇게 재미있는 모양의 절도 처음이에요."

그녀가 감탄하며 말한다.

바위 앞 요사채 마루에 앉아 있는 노스님에게 바위의 내력을 물어보았다. 노스님은 우리를 보고 말한다.

"옛날 이 산중에 절터를 닦고 있을 때 뒷산에서 이 검은 바위가 굴러내려왔지. 이 크고 흉측한 바위를 보고 다들 깨어버리자고 말했다지. 하지만 한 스님이 반대했다고 해. 부처님이 몸소 우리 절을 찾아오신 것인데 소중히 모셔야 않겠느냐고. 이 돌 속에 부처님이 계신다고 말이야. 결국 그 스님의 주장대로 이 돌을 그대로 둔 채로 절을 지었지. 이 장엄한 바위를 한번 보라구. 잘만 살펴도 능히 성불할 게야."

그리고선 노스님은 무슨 선문답처럼 한마디를 내뱉고는 절방으로 들어갔다.

중생들은 왜들 모를까. 우리 삶에 뛰어든 무거운 바위들도 잘만 살피면 부처요 관세음보살인 것을……

서서히 땅거미가 몰려오고 있었다. 우리는 바위에서 솟아나오는 석간수를 마시고 청강사를 내려왔다. 학교에 돌아오니 아이들은 그 동안 비닐장판을 뜯어 학교 뒷산 언덕에서 신나게 눈썰매를 타고 있었다. 멈추었던 눈이 다시 내리기 시작했다. 라디오에선 십삼 년 만에 내린 이번 폭설로 전국의 교통망이 두절되었으며 사슴과 노루가 마을로 내려오고 있다고 전하고 있었다.

우리의 남루와 청강사 바위를 다 덮으려면 얼마나 더 눈이 내려야 할까. 눈 속에 덮인 모든 것을 보물로 만들기 위해서는 얼마나 더 많은 눈이 쌓여야 할까? 사람들이 교문 밖으로 나와 웅성거리고 있었다. 폭설을 뚫고 바퀴에 체인을 감은 갤로퍼 한 대가 또 들어오고 있었다.

평양의 아내가

두 아이를 가슴에 품은

달이 되어 찾아와

지켜보고 있었다.

지금 내가 무엇 하고 있는 것일까.

미귀(未歸)

나란 존재란 과연 무엇일까.

산다는 것, 운명이란 어떤 것일까.

가족과 민중과 민족은 무엇이며

역사란 또 무엇인가.

아, 이렇게 벌레처럼 꼬물거리고

살아 있다는 게 무얼 의미하는 것일까.

1

　분단이 시작된 이래 모든 열차는 단 한 번도 목적지에 도착한 적
이 없다. 그러나 이제 열차는 목적지에 닿으려고 한다. 어릴 땐 기적
소리만 들어도 가슴이 설렜다. 레일 위를 걸어 학교를 다녔고, 열차
를 뒤따라 침목 위를 달렸다. 산모퉁이를 돌아 사라지는 열차를 보
면 내 마음은 빨려들어가는 열차 꼬리를 붙잡고 먼 곳으로 떠나고
있었다. 열차를 타고 빨간 지붕이 있는 마을과 푸른 강을 지나 미지
의 세계로 떠났다. 인생의 미로를 달리면서 많은 사람을 만나고 많
은 풍경을 보았으나 끝내 목적지는 보이지 않았다. 그러나 이제 열
차는 목적지에 가 닿으려고 한다. 철커덕거리는 기차바퀴 소리를 들
으며 기적의 꿈을 꾼 것이 눈앞의 현실로 다가오고 있다. 끊어져 녹
슨 레일 위로 열차가 달린다. 두 동강 난 신경과 핏줄과 뼈마디가

이어져 거대한 식물인간이 침상에서 일어나고 있다. 차창 밖에는 하염없이 비가 내린다. 이제 마지막 종착역을 남겨두고 들판 위로 열차가 달리는데 왜 이리 눈물이 나는 걸까. 왜 자꾸만 하염없이 눈물만 흐르는 것일까.

2

철커덕철커덕.

기차바퀴 소리가 들리고 물에 젖은 풍경이 서서히 움직인다. 부산발 서울행 무궁화열차는 희부옇게 내리는 빗속을 달리기 시작했다. 차창에 부딪히는 빗방울이 사선을 긋고 있었다.

김길만은 강물이 불어난 낙동강을 보다가 절반으로 접힌 신문 갑지를 펼치고 읽었던 기사를 또 읽는다.

'내일 비전향 장기수들 판문점을 통해 평양으로 송환, 오늘 전국의 장기수들 서울에 집결 예정.'

기차바퀴 소리가 커지더니 터널 속으로 들어간다. 차창에 비친 자신의 몰골을 본다. 유리창에 세월의 비바람에 마모되고 풍화된 얼굴이 음화처럼 드러난다. 유령 같은 얼굴에 자기도 흠칫 놀란다. 이게 나란 말인가. 두피 위에 쓰러져 있는 마른 건초들, 얼굴 골격을 덮고 있는 가죽에는 미세한 잔주름이 거미줄처럼 얽혀 있다. 산 사람의 증거를 깊은 눈동자에서 간신히 발견한다. 응시된 두 눈만이 형광물질을 바른 듯 어둔 차창에 반짝거린다. 고양잇과의 눈에 플래시를 비추었을 때나 나타나는 기괴한 눈빛이다. 나란 존재가 두렵다. 아니, 나를 직시하는 걸 두려워하고 있다. 기차가 터널을 빠져나오자 다시 하얀 비낱이 차창을 때리고는 길게 쓰러진다.

비에 젖은 산야가 뒤로 빠르게 흘러가고 기차는 북행을 계속한다. 6·15 남북정상회담의 성과가 서서히 가시화되고 있었다. 이산가족이 서울과 평양에서 눈물로 상봉하고, 고위급 군사회담과 각종 경제회담도 순조롭게 진행되고 있었다. 이제 곧 경의선이 이어진다니 부산에서 이대로 철의 실크로드를 타고 서울과 평양을 거쳐 중국과 러시아, 유럽으로 갈 수 있을 날도 머지않은 것 같다.

김길만은 회한이 어린 눈으로 남조선의 산하를 지그시 응시한다. 삼십 년 전 남조선으로 내려온 뒤 내내 저 산하대지는 나에게 돌아누워 있었다. 저 혼자 비 내리고 눈 내리고 바람 불고 햇볕 났다. 남명의 시조가 생각난다.

삼동에 베옷 입고 암혈에 눈비 맞아
구름 낀 볕뉘도 쬔 적이 없건마는,
서산에 해 진다 하니 눈물겨워 하노라

차창에서 눈길을 거두어 복도 건너 대각선으로 시선을 돌렸다. 엄마 아빠와 딸 아들이 한 가족인 그들은 의자를 돌려 서로 마주 보며 끝말잇기를 하고 있었다.

기러기 기차 차표 표범 범인 인기 기러기 기러기 기러기 기차 차표 표범 범인 인기 기러기 기러기 기러기를 몇 번이고 반복하고 있는 게 재미있게 들렸다.

"아빠, 서울에는 왜 가?"

끝말잇기에 못 끼어든 작은애가 딴청을 부리고 있다.

"기러기, 할아버지 회갑잔치에 간다고 했잖아."

"회갑잔치가 뭐야?"

궁금한 게 한창 많은 나이다. 딸애가 저만할 때 헤어져야 했다. 떠나올 때 네 살이었으니 지금은 서른네 살이다. 눈매가 해맑고 콧날이 오똑한 게 제 엄마를 닮아 아주 예뻤다. 지금쯤 한 지아비의 지어미가 되어 아이 두셋은 낳아 기르고 있을 테지. 그 밑엣놈은 머리뼈도 제대로 굳어지지 않은 한 살배기 젖먹이 갓난애였다. 밀가루 반죽처럼 형체조차 갖춰지지 않은 물렁한 녀석이었지만 얼굴은 돌에 새긴 조각처럼 명확하게 기억하고 있었다. 북녘에 두고 온 가족을 생각할 때마다 달곰쌉싸름한 젖비린내가 나는 그놈의 얼굴이 제일 먼저 눈에 밟혔다. 그가 남조선에서 산 지도 햇수로 벌써 삼십일 년째니 이제 그놈의 나이도 서른하나다. 길을 가다 무심코 되돌아보니 삼십 년이다. 그중에서 이십 년은 고스란히 쇠창살에 갇혀 살았으니 인생이란 참으로 짧고 허무하다.

두부모처럼 몰랑몰랑했던 녀석이 거뭇거뭇한 수염을 깎고 넥타이를 매고 출근길에 담배를 한 대 물고 있는 모습을 상상해본다. 상상이 되지 않는다. 아인슈타인은 상대성 원리를 쉽게 설명하기 위해 달리는 열차를 즐겨 예로 들었다. 광속으로 달리는 열차 안에서 보는 바깥의 시간과 바깥에서 보는 열차 안의 시간은 서로 다르게 흐른다는 것이다. 그래, 우리는 남조선과 북조선, 서로 다른 시간의 층

위에서 딴 세상을 살았다. 북조선을 떠나기 전날 밤 딸애와 아들놈은 세상 모르게 자고 있었다.

"애들을 깨울까요?"

아내는 새근거리며 자고 있는 두 아이를 보며 말했다.

"놔둬. 갔다와서 보지 뭐. 당신이나 이리 와. 당신 살내음 맡은 지가 얼마 만이야."

그는 고된 훈련으로 깡마른 얼굴을 젖이 불어 뭉실한 아내의 젖가슴에 묻었다.

북조선에서 잘나가던 부서인 철도부 공안원으로 있던 어느 날 불시에 중앙당으로 소환되어 남파 공작원이 되었을 때 그는 기쁨으로 받아들였다. 당의 부름을 받아 남조선 혁명에 나서는 걸 최대의 영광으로 생각해오지 않았던가. 수령의 무류성(無謬性)을 믿고 당의 명령에 무조건 따르기만 하면 되었다. 그 결과에 대해서는 생각하지 않도록 훈련받았다.

그는 육 개월 동안 남파 공작과 침투 훈련을 받느라 가족과 격리되어 있다 남조선으로 떠나기 직전 단 하루 말미를 얻어 집에 온 것이었다.

단내와 유향이 풍기는 아내의 젖가슴에 얼굴을 부비며 숨막힐 듯이 애무하던 장면은 뇌리에 스틸 사진처럼 정착되어 있다. 신새벽 먼길을 떠나기 직전 밑엣놈과 경쟁이라도 하듯 철철 흐르던 아내의 풍성한 젖을 빨아먹었지. 아직도 그에게 아내는 여전히 나이 서른의, 귀밑머리와 발뒤꿈치가 곱디고운 여인으로 머물러 있다.

남조선에 내려와서 영화나 TV로 예쁘고 섹시하다는 영화배우와 탤런트를 많이 봤지만 물 좋은 강계 태생의 미인인 아내 근방에도 못 미치는 것 같았다. 기억이란 그렇게 윤색되고 미화되는 것인지도 모른다. 여기에 내려와서 개나 닭이나 소를 봐도 어릴 때 고향에서 본 것보다 죄다 작고 보잘것없어 보였다. 영덕대게조차 압록강 꽃게에 비하면 형편없이 작았고 알이 굵다는 강원도의 감자와 옥수수도 양강도의 감자와 옥수수에 비하면 볼품없이 작아 보였다. 놓친 고기가 가장 큰 월척이라 했던가. 그에게는 갈 수 없는 고향보다 아름다운 마을은 이 세상 어디에도 없었다.

기차가 밀양역에 정차하자 사람들이 왁자지껄 올라왔다. 일행인 듯한 중년 신사 두 사람이 차표와 좌석번호를 대조해보며 두리번거리더니 김길만의 옆 좌석과 복도 건너편 빈 좌석에 앉는다. 둘은 고개를 복도로 내밀고 뭐라고 구시렁거리더니 자리가 불편한지 그에게 미안하지만 자리를 좀 바꿔앉을 수 없겠느냐고 물었다. 창측이 편하고 좋았지만 그들의 요청대로 복도 건너 내측 좌석으로 옮겨앉았다. 회갑연에 가는 가족들의 바로 뒷좌석이었다.

옆자리에는 눈매가 날카로워 보이는 가죽점퍼가 앉아 있었다. 그가 앉자 가죽점퍼는 읽고 있던 『이코노미스트』지에서 눈길을 떼고 가볍게 목례를 했다. 번뜩, 순간적으로 마주친 호동그란 눈동자에서 갑자기 등골이 으스스하며 변의가 느껴졌다. 이십 년 동안 감방 스파이홀에서 냉혹하게 꿰뚫어보던 시선과 닮아 있었다. 석방된 후에도 보안 관찰자로 묶인 그를 십 년간 따라다니던, 그 기분 나쁘고 심장이 멎는 듯한 눈길이었다. 감시의 눈길과 수없이 마주치다보면 평범한 사람의 눈빛과 감시의 눈초리를 쉽게 구별할 수 있다. 감시의 눈초리는 아무리 부드럽게 반죽해도 비수처럼 상대방을 찌르고 존재를 비하시킨다. 감시의 시선과 마주치면 자신은 한없이 초라해지고 과연 나 같은 놈이 살 가치가 있는 놈일까, 하는 열등감과 수치심에 사로잡힌다. 오늘도 예외가 아니군. 옆자리의 가죽점퍼는 형사인가 끄나풀인가. 서울까지의 기차여행은 피로하고 고단한 여행이 될 것 같았다. 그는 슬며시 자리에서 일어나 화장실로 갔다. 흔들리는 좁은 화장실에서 손잡이를 잡고 조그만 변기구멍에 앉아 일을 보는 동안 0.75평의 감방 화장실에 앉아 있는 듯한 착각이 들었다.

비전향 장기수들을 구금하던 특별사동의 독방 삥끼통에는 변기 대신 지름 5센티미터 크기의 구멍만 하나 뻥 뚫려 있었다. 처음엔 그 작은 파이프 구멍이 삥끼통인 줄 모르고 변의가 느껴지자 패통을 쳤다.

"왜 불러?"

"저, 화장실에 가야 하는데 문 좀 따주세요."

"뭐? 문 좀 따달라고? 인마, 거기 있잖아."

"예?"

"뒤에 구멍을 뚫어놓았잖아. 거기다 싸."

"예? 이 작은 구멍에다 어떻게 변을 보란 겁니까?"

"이 새끼 또라이 아냐? 인마, 다들 거기에 잘만 보는데 니만 지랄이야, 지랄은. 니 똥구멍엔 금테 둘렀냐?"

억지로 앉기는 했지만 작은 파이프 구멍에 적응하기란 무척이나 힘들었다. 소변을 볼 때야 문제가 없었다. 사내들이란 어렸을 때부터 오줌줄기로 개구리와 개미 행렬에 정확한 사격을 가해왔지 않았던가. 그러나 큰 걸 볼 때는 조준하기가 용이하지 않았다. 항문의 위치와 각도, 괄약근의 힘을 종합해서 정확하게 발사하지 않으면 낙하물이 빗나가 구멍 언저리에 황금칠갑을 하고 만다. 게다가 나오는 구멍이 다르고 시간이 다른 대소변을 한 구멍에 밀어넣기란 여간 어려운 일이 아니었다. 처음엔 똥은 똥대로 오줌은 오줌대로 나와 콩팥칠팔 튀어나갔으나 수많은 낙하 훈련과 조준 사격 끝에 파이프 구멍에 적응할 수 있게 되었다. 방법은 대소변이 나올 때마다 구멍에 맞춰 엉덩이를 앞뒤로 까딱까딱 움직이는 것인데 나중에는 아주 숙달되어 책을 읽으면서도 까딱까딱 눈을 감고도 까딱까딱 뒤처리를 하는 묘기의 수준까지 올랐다.

물론 특사의 뺑끼통이 처음부터 그렇게 요상스레 생겨먹은 것은 아니었다. 육연우라는 한 장기수가 뺑끼통 구멍에 머리를 처박고 자살한 사건이 있고 난 뒤부터 입구가 큰 푸세식 뺑끼통을 메워 작은 파이프 구멍으로 만들었던 것이다.

논리에 의한 설득이 아니라 테러와 고문으로 전향 공작을 하던 암울한 시기가 있었다. 교회사(敎誨士)란 특이한 직업을 가진 자들이 있다. 이들은 전국을 통틀어 백 명이 안 되는 특수직 종사자인데 비전향 좌익사범과 공안수들에게 자유민주주의 체제의 수월성(秀越性)을 인식시키고 그 공감대를 넓혀 전향을 시키도록 특별히 훈련받은 자들이다. 그들은 철학과 심리학과 상담학을 기본적으로 연수받고 임직된 전문가들이다. 인간의 사상을 뒤바꾸는 일은 많은 시간과 인내력을 필요로 하는 고차원적인 작업이다. 더구나 북에서 세뇌된 사상범의 경우는 장기간에 걸친 철저한 연구와 대처가 필요하다. 도덕적 우위에 서서 끊임없이 그들을 설득하고 그것으로도 되지 않으면 사랑을 베풀어 감동을 시켜서라도 전향시켜야 한다. 그럼에도 불구하고 교회사들은 손쉬운 방법을 택했다. 폭력과 고문 등에 의한 강압적인 방법으로 그들을 굴복시키려 한 것이다. 그것도 감옥에서 같이 징역을 살고 있는 살인범 강도강간범 조폭 등 흉악범들의 손을 빌려 그들에게 테러를 가하는 부도덕한 이이제이(以夷制夷)의 방법을 취했다. 흉악범들 중에서도 가장 잔인한 성격의 죄수들을 선발해서 교회사들이 손수 그들의 팔뚝에 '떡공이'라고 쓴 완장을 채워주고는 비전향 장기수들을 전향시키라는 명령을 내렸다. 폭력에 굶주려 있던 흉악범들에게 그들을 맘껏 두들기고 족치라는, 광주학살과 같은 '화려한 휴가'를 준 것이다.

힘없고 들피진 장기수들은 떡공이들의 좋은 먹잇감이었다. 떡공이들은 우리에 갇힌 맹수처럼 장기수들에게 달려들었다. 곤봉으로 때리고 연탄집게로 지지고 심지어 바늘로 온몸을 쑤시는 등 온갖 잔인한 방법으로 테러를 가했다. 떡공이들의 테러에 여러 뭇이 죽어나갔고 전향 공작이 끝났을 때는 천여 명의 비전향 장기수들이 백여 명으로 줄어 있었다. 한겨울에 발가벗겨놓아 얼어죽은 동사자도 생겼고 친하게 지내던 동지가 맞아죽자 따라서 자살하는 순사자도 나왔다.

인민군 특수부대 정찰대 출신인 육연우는 행동이 다듬어지지 않고 거칠었다. 단식을 할 때는 아예 밥그릇을 식구통 밖으로 내던졌고 담당들과 면담할 때도 제 성격을 못 이겨 목소리가 한 옥타브씩 올라갔다. 그런 그를 떡공이들은 입에 고자좆(방성구 防聲具)을 물리고 발가벗겨 무릎을 꿇리고 쇠좆매로 다스렸다. 온몸이 가짓빛으

로 물든 채 의식을 잃자 떡공이들이 축 늘어진 그의 손을 잡고 전향
서에 지장을 찍고는 방으로 돌려보냈다. 육연우는 방으로 돌아와서
분함을 참지 못하고 밤새 꺽꺽 울기만 하더니 다음날 새벽 똥냄새
가 올라오는 뼹끼통에 머리를 처박은 채 죽은 시체로 발견되었다.

육연우는 조선시대 열녀에게서 볼 수 있는 그런 죽음을 택했다.
남편이 죽자 따라 죽고 총각에게 팔이 잡혔다 해서 칼로 팔을 베어
버린 그런 열녀처럼 자신의 사상적 절개를 지켰다. 그의 죽음을 가
지고 가치판단을 하는 것은 조선시대의 열녀를 현대적 관점에서 보
는 것만큼 어리석은 일일 것이다. 시대가 다르고 신념의 체계가 달
랐다. 그는 붉은 신호등이 켜지자 횡단보도를 건너는 것으로 생각해
길을 건넜고 똥차는 푸른 신호등을 보고 힘껏 달렸다. 그가 달려오
는 똥차에 받혀 죽은 것은 신호체계의 차이 때문이지 그의 잘못도
똥차의 잘못도 아닌 것이다.

교도소 행정이란 것이 항상 소도 잃고 외양간도 잃는 식이다. 누
가 팬티의 고무줄을 모아 목을 매어 죽었다고 하면 재소자들이 입
고 있는 모든 팬티의 고무줄을 다 빼버린다. 마약사범 하나가 마약
액에 적신 사모포를 차입하다 발각된 사건이 있었다. 그 뒤로 죄수
에겐 일체 사모포 차입이 금지되어 추운 겨울을 관모포 한 장으로
덜덜 떨며 났다.

특사의 뼹끼통이 파이프 구멍으로 대체된 것도 육연우가 푸세식
뼹끼통 구멍에 머리를 처박고 죽었기 때문이다. 파이프 구멍에야 누
가 머리를 처박고 죽겠는가. 까딱까딱, 그는 열차 화장실 변기에 엉
덩이를 까딱거리며 용변을 본다. 언제부턴가 엉덩이를 까딱이며 변

을 보는 것은 원통하게 죽어간 육씨의 혼령을 추모하는 기묘한 제의가 되었다.

담배를 한 대 태우는 것이 뻥끼통 귀신이 된 그의 영혼을 달래는 향불이 될 수 있을까. 그는 향을 태우는 심정으로 담배를 몇 번 빨고는 구멍에 던지고 물을 내렸다.

화장실에 갔다오면서 앞자리의 가족들을 보았다. 끝말잇기 놀이도 3·6·9게임도 끝나고 모두들 조용하다. 아빠는 잡지를 읽고 있고 엄마는 스킬 자수를 하고 딸애는 동화책을 읽고 어린 아들은 피카츄 인형을 베고 자고 있었다.

그가 자기 자리로 돌아와보니 옆자리의 가죽점퍼는 빵모자를 쓴 채 차창에 기대어 자고 있었다. 아마 자는 척하고 있으리라. 그도 고개를 복도 건너편 차창으로 돌리고 눈을 감고 잠을 청했다. 그러나 옆자리의 가죽점퍼 때문인지 눈알이 슴벅거리며 통 잠을 이룰 수 없었다. 눈을 뜬 것보다 눈알이 더 말똥거렸다. 적과의 동침이 이런 것일까?

그런데 열차가 동대구역 플랫폼으로 미끄러져들어가자 가죽점퍼는 하품을 하며 일어나 빵모자를 고쳐 쓰고는 황급히 열차에서 내렸다. 그렇다면 가죽점퍼는 서울까지 동행하는 형사가 아니었단 말인가. 분명 감시의 시선이었는데…… 어쩌면 그의 신경이 예민해진 탓일지도 몰랐다.

대신 피에로처럼 코끝이 뭉툭하게 솟아올라 익살스럽게 보이는 노인이 올라와 그의 옆자리에 앉았다. 방금 내린 가죽점퍼를 괜하게 의심한 걸까. 감시의 눈길에 부대끼다보면 신경이 날카롭고 예민해져 아무나 닥치는 대로 의심하게 된다. 거리에 나서면 버릇처럼 미행하는 사람은 없나 뒤돌아보고 집으로 찾아오는 우체부나 수도검침원조차도 끄나풀로 의심하게 된다. 방금 올라온 노인네야 무슨 문제가 있으랴. 하지만 노인조차도 불편하게 느껴져 어색한 기분이 들었다.

열차가 동대구역을 출발하자 긴 여행에 무료해진 딸과 잠에서 깨어난 아들이 의자 사이의 경계선을 두고 서로 다투기 시작했다.

"한솔이 너, 이 선을 넘어오면 안 돼."

"아이씨, 누나가 먼저 요 선을 넘어왔잖아."

"얘는 무슨 소리야. 니가 먼저 이 선을 넘어왔잖아. 봐, 또 넘어오잖아. 이제 진짜 여기로 넘어오면 안 돼, 알았지? 절대로 안 돼!"

그래, 선을 넘으면 안 된다. 하지만 난 넘지 말아야 할 선을 넘고 말았어.

아이들의 자리다툼은 고통스런 옛 기억의 녹슨 방아쇠를 당긴다. 탕탕, 금단의 선을 넘었던 날의 총성이 고통스런 옛 기억의 잔해를 헤집기 시작한다.

그날은 폭우가 쏟아졌다. 그림자 셋이 임진강 상류인 철원의 역곡천을 넘고 있었다. 마가을 그믐밤 휴전선을 감고 흐르던 역곡천은 밤새 내린 폭우로 도도탕탕하게 흘렀고 물살은 얼음처럼 차가웠다. 거친 물길을 헤치고 휴전선을 넘을 때 등골이 서늘했던 느낌을 잊을 수 없다.

구렁이강이라 불리는 역곡천. 북녘 땅 봉래호에서 발원한 이 임진강 지류는 남녘 땅 백마고지로 흘러들었다 머리를 틀어 북쪽으로 올라가고 다시 왼고개를 틀어 남쪽으로 흘렀다가 다시 북쪽으로 올라가 임진강 본류에 합류한다. 남북을 무려 네 번이나 오르내리며 철책을 농락하는 이 강은 임진강보다도 더 분단의 비원이 서린 월경천(越境川)이다. 견고하고 완강한 철책을 구렁이 담 넘듯이 이리저리 넘어가는 걸 보고 있노라면 막힌 것이 뚫리는 듯한 통쾌한 느낌마저 든다. 이 강은 적경으로 흘러내리는 물줄기 때문에 남북의 공작원들이 자주 애용하는 비밀루트다. 많은 간첩과 특무들이 이 강을 넘어 적진으로 침투했고 넘다 죽기도 했다.

남파되던 날 대남 연락 부부장이 그들의 무사귀환을 이 하천에 빗대어 말한 걸 그는 아직도 기억하고 있다.

"동지들, 철책을 기민하게 치고 빠지는 이 역곡천처럼 주어진 임무를 성공적으로 완수하고 무사히 귀환하길 바라오."

그러나 세 명의 조원들은 철책을 역곡천처럼 기민하게 넘지 못했다. 폭우를 헤치며 불어난 하천을 간신히 건너 남쪽 땅에 발을 올려놓자마자 기다리고나 있었다는 듯 조명탄과 크레모어가 터지고 콩 볶는 듯한 총소리가 들렸다. 미처 응사할 틈도 없었다. 옆에서 펑 하는 소리에 의식을 잃고 쓰러졌는데 깨어나 보니 남조선 ○○사단 의무대 병실이었다. 온몸이 수류탄을 맞아 벌집이 되었다. 그러나 그의 명줄이 질긴 탓인지 파편이 박힌 곳은 용케도 치명적인 급소는 피했다.

엑스레이를 찍어 엉덩이와 옆구리 등짝에 박혀 있는 파편들을 제거하는 수술을 받았지만 단 하나, 목덜미에 박힌 파편만은 적출하지 못했다. 무리하게 적출하면 할 수는 있지만 자칫하면 경추 속의 척수를 건드려 전신마비가 될 수도 있다는 것이었다.

목덜미에 박힌 이 파편은 교도소 검문대인 체크 게이트를 지날 때마다 삐익 소리를 내어 자신의 존재를 알리곤 했다. 체크 게이트는 재소자들이 은닉하고 있는 칼이나 쇠톱 따위의 위험한 쇠붙이를 적발해내는 문인데 교도관은 그의 몸에서 나는 삑삑거리는 경보음만을 믿고 무조건 그의 알몸을 수색하곤 했다. 이놈의 파편 때문에 팬티까지 꾀벗고 알몸 검신을 받은 적이 부지기수였다.

목덜미에 박힌 수류탄 파편은, 석방되고 난 뒤에는 소리낼 일이 없어졌지만 몸의 컨디션이 좋지 않을 때 한 번씩 내이(內耳)에서 삐익 하고 기분 나쁘게 울렸다. 그때마다 온몸이 마치 전기에 감전된 듯 찌릿찌릿해지며 격심한 통증이 뒤따랐다.

그럴 때마다 수류탄을 맞은 역곡천 강안과 죽은 두 동지의 얼굴이 떠올랐다. 어느 날 침대에 누워 있는데 보안사 군인이 몇 장의 사진을 들고 왔다. 온몸이 벌집이 된데다 강물에 얼굴이 불어터져 형체를 알아볼 수 없는 두 구의 시체를 찍은 사진이었다. 그는 사체들이 함께 월경한 동지라고 확인해주었다. 한동안 두 동지를 죽게 하고 비겁하게 나 혼자만 살아남았다는 강박관념이 뇌리에 맹독처럼 퍼진 적이 있었다.

나도 그때 죽어버렸어야 하는 건데……

살아남은 자의 비겁함이 목덜미에 박힌 파편처럼 두고두고 그의 내면 깊은 곳에서 마음을 아프게 했다. 그때마다 그는 명상과 단전 호흡으로 마음의 평정을 찾으려고 했다. 삼십 년 동안 원죄적 아픔을 주었던 목덜미의 쇠붙이 파편을 지금 캐내어보면 아름다운 진주로 변해 있지 않을까?

열차가 김천역을 지나자 그의 자리를 양보받아 같이 앉은 두 사람이 신문을 펴들고 떠들기 시작했다.

"디제이, 이거 완전히 김정일이한테 놀아난 거 아이가. 와, 숭악한 빨개이들을 한두 명도 아이고 떼거지로 이북으로 보내는 거고 말이다."

"와, 아인가. 남북정상회담 할라꼬 북에다 자꾸만 돈을 퍼주더니 이젠 빨개이까지도 돌리보내고 자빠졌네. 마, 이건 국기를 뒤흔드는 큰 사건인기라. 죽도록 고생해서 빨개이를 잡아놓으면 디제이는 막가파식으로 다 놓아준다 이 말이라. 노벨상 위원회에서 빨리 땡기가지고 노벨상 안 주나? 디제이가 그걸 빨리 받아버려야 대통령이 우리 경제에도 관심을 가져서 나라 꼴이 제자리로 돌아올 낀데 말이다."

남한 사람들은 서너 명만 모였다 하면 고스톱 아니면 정치 이야기로 밤을 지새운다. 밤새워 입에 게거품을 물고 정치인을 욕하고 썩은 정치의 개선에 대해 말하는 걸 보면 이 세상에 남한 국민처럼 정치적인 국민은 없는 것 같다. 그러나 정작 한 표를 던져야 할 선거때는 모두 산으로 바다로 놀러 나가버리니 정말 기이하기 짝이 없는 백성이다.

두 남정네는 입에 거품을 물고 디제이를 비난했지만 열차 승객 중누구 하나 동감을 표명하거나 제지하는 사람이 없었다. 얼음처럼 차가운 무관심이다. 둘은 얘깃거리가 바닥이 났는지 경상도 공장을 뜯어 전라도로 가져간다는 등 천박하고 유치한 유언비어까지 주워섬 겼다. 그가 듣기에도 도가 심하다 싶었는데 옆자리에 앉은 코주부 늙은이가 참견을 했다.

"거, 젊은 양반들, 좀 조용조용 이야기 아이 하겠소? 이 열차간을 둘이서 독으로 전세 냈음둥? 거참, 예절을 알 만한 사람들이 더 떠 들고 있네, 그랴."

노인네가 두 사람의 잘못을 지적해도 열차간의 승객들은 가타부 타 말이 없었다. 여전히 열차간은 깊은 정적과 무관심을 싣고 달리 고 있을 뿐이었다. 두 남정네는 코주부 노인을 힐끔 쳐다본 뒤 볼륨 을 조금 낮춰서 구시렁거리고 있었다.

그제야 그는 옆자리의 코주부 영감을 주목하고 바라보았다. 깡마 른 얼굴에 낀 동그란 안경이 뭉툭하게 솟아오른 코를 더 도드라져 보이게 했다.

"헛헛, 요즘 젊은이들은 통 예의가 있어야지 말이야."

노인의 말은 표준어로 돌아왔지만 툽상스런 함경도 악센트는 여 전했다.

"근데 말씀을 들어보니 고향이 위쪽 같습니다만."

그가 말을 붙였다.

"난 고향이 함경도인 실향민이오. 이번에 이북 오도민사무소에 가서 이산가족 상봉 신청을 했는데 아직까지 가타부타 아무런 기별 이 없소이다. 태어난 곳은 함북 성진이오. 지금은 김책시로 바뀌었 다고 그럽디다만. 댁은 고향이 어디오?"

"제 고향은 평북 용천입니다."

188

"평북 용천이라…… 거기라면 압록강 하구에 있는 곳 아니오? 우리 둘 다 이북하고도 북쪽 끝입니다그려. 허어, 이거 인연이올시다."

자신보다 대여섯 살 윗길로 보이는 노인은 지루한 기차여행에서 좋은 말동무를 만났다는 듯 너털웃음을 지으며 반가워했다.

노인은 깡마른 외모와는 달리 성격이 쾌활하고 다변이었다. 카트를 밀고 지나가는 판매원을 불러 맥주 세 병과 조미한 오징어포를 사서 그에게 술을 권했다.

"자, 한잔 받으시오."

노인은 종이컵에 맥주를 붓고는 말했다.

"아니, 제가 먼저 한잔 따라드리죠."

"그러시려오? 캬, 술맛 좋다. 기차여행에는 비가 그만이지. 여기다가 맥주 한잔, 이만큼 낭만적인 여행이 또 어디 있겠소."

기차여행과 비는 잘 어울린다는 생각을 해본다. 아내를 만난 것도 비 오는 날 만포선 열차간에서였다. 철도부 공안원이었던 그는 차표 없이 무임승차하는 사람이나 열차 내 질서를 어지럽히는 사람, 주민증과 여행증 없이 무단여행하는 자들을 단속하는 업무를 맡고 있었다. 열차와 열차 사이를 잇는 칸막이칸이나 화장실은 무임승차자 무단여행자들의 소굴이었다.

그날도 오늘처럼 열차 차창에 빗물이 사선으로 흐르고 있었다. 칸막이칸 구석에서 머리에 비냄새를 풍기며 겁먹은 얼굴로 서 있는 아리따운 녀자 동무를 검문했다. 녀자 동무는 대담하게도 차표도 여행증도 하나 없이 도둑열차를 집어탄 것이다.

"아니, 동무! 도대체 무슨 배짱으로 이 열차에 탄 거이가?"

"평양 이모집에 찾아가려고 탔습네다."

"차표도 여행증도 없이 누구 맘대로 평양에 간다는 기야?"

"병아리도 삐양삐양 하고 운다는데 평양이 보고 싶어 무작정 탔습네다."

"메야, 이거이 정말 골치 아픈 해방처녀로군."

무작정 평양이 보고 싶어 도둑열차를 탔다는 맹랑한 처녀를 어떡할 것인가. 규정에 따르면 그런 처녀는 붙잡아 사회안전부로 넘겨주어야 함에도 불구하고 그는 차표와 여행증명서를 만들어 평양역까지 무사히 가게 해주었다. 비를 맞은 녀자 동무의 몸에서 나던 맑은 박하향과 산채 향기 같은 묘한 비냄새가 그를 사로잡았던 것이다.

동그란 무테안경을 낀 노인은 술을 자작한 뒤 그가 시키지도 않았는데 스스로 고향 이야기를 술술 하기 시작했다.

"내 고향 마을은 아름다운 바닷가 갯마을이었소. 어느 집에서건 문을 열기만 하면 푸른 바다가 가슴 가득히 안기는 정말 멋진 곳이었지요. 우리 같은 실향민들에게 어느 고향인들 아름답지 않겠소만 정말 눈에 삼삼한 마을이라오."

노인은 맥주를 한잔 마실 때마다 차창을 물끄러미 바라보곤 했다. 빗물에 젖은 풍경을 안주로 삼는 것은 아닐까, 아니면 고향 바다를 보고 있는 것일까.

"고향 바다는 춤추는 물이라 해서 이름이 무수탄(舞水灘)이었소. 무수탄, 상상이 가오? 무수탄 수평선 위로 해와 달이 차르르차르르 떠오르는 광경은 정말 일품이지요. 백사장 모래는 또 얼마나 맑은지, 하루 종일 뒹굴어도 옷에 먼지 하나 묻지 않는 곳이라오. 원산의 명사십리(鳴沙十里)에 울 명(鳴)자가 들어간 것은, 원산의 백사장이 우리 고향의 백사장에 와보고 자기 모습과는 달리 얼마나 모래펄이 길고 모래가 깨끗하던지 분해서 울었다는 것에 연유한다는 전설도 있소이다. 이제 남북정상회담으로 뭔가 고향 갈 희망은 보이는데 그 때까지 이놈의 몸이 따라줄는지 의문이오……"

노인은 제격 맥주 한 병을 비운 뒤 차창가의 빗물보다 더 물기가 많은 향수에 흠뻑 젖은 듯했다.

"댁의 고향이 평북 용천이라 했소?"

"예."

"이번에 이산가족 상봉 신청 했소?"

"아직 하지 않았습니다."

"왜 북에 남아 있는 친척이 없소?"

"그건 아닙니다만……"

"평북 용천이면 신의주 근처잖소."

"예, 경의선이 이어지기만 하면 부산에서 기차로 한 번에 갈 수 있는 곳이죠."

일제시대엔 부산에서 신의주까지 단 한 번의 승차로 갈 수 있었다. 아, 지금은 일제시대보다도 나은 게 없단 말인가.

항상 기억 속에는 고향집의 푸른 소나무가 몇 그루 서 있다. 소나무의 솔잎은 세월이 흐를수록 앨범의 사진처럼 빛이 바래어지기는 커녕 점점 더 푸르러만 간다. 그러나 지금까지 고향을 아무에게나 함부로 말하고 싶지 않았다. 휴전선 이북에 대해선 말을 아꼈다. 말 한마디로 졸경을 치르는 사회가 아닌가. 또한 마음속에 고이 간직하는 고향이 가장 아름다운 고향이라 믿은 탓도 있었다. 그런데 오늘은 같은 실향민을 만난 탓인가, 취기가 돈 탓인가, 이상하게도 코주부 늙은이에게 고향 얘기를 하고 싶었다. 왜 이런가. 지금 꼭 북행열차를 타고 고향집 대문으로 들어가는 기분이다.

"그림 같은 집이었습니다. 집 뒤에는 크고 아름다운 소나무숲이 있었습니다. 그 솔숲에 늘 하얀 왁새가 집을 짓고 머물러 있어 마을 사람들은 우리집을 왁새당이라고 불렀지요."

"왁새당이라, 정말 멋진 이름이오. 왁새는 학을 가리키는 거 아니오?"

"정확하게 말하면 학이 아닌 황새를 왁새라 합니다. 우리집이 왁새당인데다 내가 다리가 길어 애들이 날더러 왁새라 불렀지요."

학은 늪이나 물가에 둥지를 트는 물새이고 소나무 위에 둥지를 트는 건 관학(鸛鶴)이라 불리는 황새이다. 흔히 소나무와 함께 그리는 학은 실제로는 학이 아니라 황새인 것이다.

"집 앞에는 백년 묵은 왕소나무가 세 그루 있었는데 해마다 왁새가 둥지를 틀고 살았습니다. 그러면 형들이 그 높은 나무에 용감하게 올라가서 왁새 둥지 속의 알을 집어내어 아래로 던지는 겁니다. 왁새알을 잘못 받아 떨어져 깨지면 얼마나 아까운지 모릅니다."

"왁새알의 크기는 얼마나 되오?"

코주부 노인은 궁금증을 이기지 못하고 물었다.

"보통 어린애 머리통만합니다. 그걸 푹 삶아서 소금에 찍어먹으면 맛이 기가 막힙니다. 지금도 왁새알의 맛을 잊을 수가 없습니다."

"햐, 고 정말 군침이 도는구만."

노인은 침을 꼴딱거리며 입맛을 다셨다.

"우리 고향엔 왁새알보다 더 진귀한 것도 있었어요. 그 왕소나무에서 왁새알처럼 또하나 떨어지는 게 있었는데 그게 바로 장어지요."

"장어? 아니 나무에서 웬 장어가 떨어진단 말이오? 연목구어(緣木求魚)라는 고사성어도 있지 않소. 내 나이 칠십 평생에 소나무에서 장어가 떨어진다는 말은 처음 들어보오."

하지만 그의 고향에선 소나무에서 바다장어를 비롯해 물고기가 떨어지는 건 흔한 일이었다. 지금도 오염되지 않은 그의 고향 마을 솔숲에서는 장어가 떨어지고 있을 것이다.

"어떻게 장어가 나무에서 떨어지냐구요? 왁새가 미련도 해요. 오십 리를 날아가 바다에서 그걸 물어다 오는 겁니다. 제 새낄 먹이려고 가져와서 새끼 주둥아리에 들이미는데 새끼가 받아먹질 못하니까 장어가 나무 밑으로 툭 떨어지는 겁니다. 소나무 밑에는 하늘에서 떨어진 장어들이 뱀처럼 꿈틀거리는데 아, 그걸 주워 불에 구워 먹는 맛이란 둘이 먹다 둘 다 죽어도 모를 거요, 허허허."

"캬, 고거 말만 들어도 거저 최고의 안줏거리요."

노인은 장어구이가 눈앞에 보이는 듯 입맛을 짝짝 다시며 냉큼 맥주잔을 꺾는다.

그도 맥주잔을 꺾으며 고향이 새삼 얼마나 아름답고 풍성한 곳인가를 깨닫는다. 이제 왁새당이 있는 고향 마을로 돌아가리라. 푸른 솔숲은 왁새떼들로 하얗게 뒤덮이고 들녘에는 하얀 옷을 입은 농부들이 비단처럼 물결치는 오곡백과를 추수하는 그 아름다운 낙원의 땅으로.

4

"그래, 댁은 지금 뭣 하면서 살고 있소?"

노인은 지나가는 이동식 홍익매점 판매원을 불러 맥주 두 병을 더 시키며 물었다.

이런 질문을 받을 때마다 적이 곤혹스럽다. 나이 육십이 넘어 취로사업 다닌다고 차마 말할 수는 없는 노릇 아닌가. 직업에는 귀천이 없다지만 직업을 밝히는 순간 대하는 태도가 눈앞에서 확 달라진다는 걸 뼈저리게 느껴왔다.

식당에 갈 때마다 자신에게 유난히 자상하고 친절하게 대해주던 주인 아주머니가 있었다. 된장찌개를 시키면 그에게만 꽃게를 넣어 끓여주고 다른 사람보다 반찬을 한 가지 더 내어주던 아주머니였다.

어느 날 아주머니가 "아저씨는 무슨 일 하세요? 보아하니 인텔리 같은데요" 하기에 무심코 "지금 취로사업 나가고 있습니다"라고 솔직하게 대답했다. 그러자 아주머니의 얼굴에 핏기가 가시고 해쓱해지더니 손으로 이마를 짚으며 카운터로 돌아갔다. 과부인 주인 아주머니는 주변머리 없는 그의 대답에 적잖은 충격을 받은 것 같았고 그 뒤로 음식을 내오는 데 전처럼 특별 서비스는 없었다.

'지금 당신은 뭣 하면서 살고 있소?'라는 질문이 떨어지면 하루 벌어 하루 먹고사는 자신의 모습이 한없이 초라하게 느껴진다. 이런 질문에 미리 준비해놓은 답변이 있다.

"왕년에 벌어놓은 것을 조금씩 까먹으며 지내고 있습니다. 큰돈은 못 벌었지만 노후생활을 할 만큼은 됩니다."

"북에선 뭘 했소?"

코주부 영감이 갑자기 염소처럼 깐깐하게 느껴졌다. 시키지도 않은 고향 얘길 제 입으로 술술 해놓고는 이젠 당연히 들을 권리가 있다는 듯 북에서 뭘 했는지 이야기하란다.

'북조선에 있을 때는 난 잘나가는 철도부 공안원이었소. 저기 여객 전무라며 근사한 제복을 입고 차표를 검사하러 돌아다니는 사람과 비슷한 일을 했었소.'

처음 보는 사람에게 차마 이렇게 말할 수는 없었다.

"6·25가 나던 해에는 중학교에 다니고 있었지요."

"그런데 어떻게 그 먼 용천땅에서 월남했소?"

"그때는 이미 온 가족이 평양으로 이사를 왔습니다."

"아, 그랬군요. 그럼, 가족이 다함께 월남을 한 거로군. 의지가지없는 타향에서 정말 고생이 많았겠소이다."

의지가지없는 타향에서 정말 고생이 많았겠다고? 두말하면 잔소리 아닌가. 남조선 감옥에서 이십 년을 살고 출소한 뒤 당장 입에 풀칠하기 위해 안 해본 것이 없었다. 무의 무탁 무연고자인 그는 출소하자마자 감옥이나 진배없는 갱생보호소에 수감되었다. 일 년 뒤 갱생보호위원의 추천으로 월 오십만원의 보수를 받기로 하고 시골농장으로 들어간 것까지는 좋았다. 마침내 남조선 땅에서 처음으로 국가기관에 의탁하지 않고 혼자 자력갱생하며 살 수 있는 기회가 온 것이다.

그는 부지런히 움직였다. 새벽 식전에 일어나서 착유기로 젖소의 젖을 짜고 아침에는 수백 마리의 돼지와 청둥오리에게 먹이를 주었다. 낮에는 배나무 과수원에 가서 수백 그루 나무에 약을 치고 등도 긁어주었고 오후에는 축사의 똥을 치웠다. 하루 종일 메뚜기처럼 파닥거리며 뛰어다니노라면 시쳇말로 오줌 누고 × 볼 틈도 없을 정도였다.

그런데 족제비처럼 몸집이 작은 농장 주인이 얼마나 바지런하게 움직이는지 주인 앞에서 요령을 피울 수 있는 형편도 아니었다. 주인 스스로 이신작칙(以身作則)의 모범을 보이는 데야 어찌할 도리가 없었다. 첫 한 달이 지나자 주인이 김길만을 불렀다. 그는 주인이 월급을 주려는가 생각했다.

그런데 주인이 막걸리 한 병을 대접하며 말했다.

"김씨, 김씨가 우리 농장에 온 지 벌써 한 달이 지났네. 정말 수고했네. 자, 한잔 받아 쭉 마셔. 그러면 오늘이 약속한 대로 김길만씨에게 월급을 주는 날이지? 지금 당장 현금으로 줄 수도 있지만 김씨 이름으로 매달 오십만원씩 통장에 돈을 적립해놓을 테니 나중에 나갈 때 한꺼번에 목돈으로 받아가게. 받는 족족 희산파산 쓰느니 나중에 일시불로 받으면 전셋방이라도 마련할 수 있지 않겠나. 나도 매 월 자네에게 줘버리는 게 훨씬 편하다고. 하지만 다 자네를 생각해서 하는 일이야."

김길만은 주인의 말이 옳은 듯했다. 도시와 한참 떨어진 이 시골 농장에서 돈은 있어도 그만 없어도 그만, 따로이 쓸 데가 없었다. 그렇게 만 이 년을 일한 뒤 그는 주인 앞에서 쭈뼛거리며 어렵사리 말을 꺼냈다. 이제 농장일을 그만둘까 하는데 그 동안 모아둔 월급을 돌려줄 수 없겠느냐고. 그러자 농장 주인은 웬 제석항아리에 끼어든

196

말좇이냐는 식으로 아주 불쾌한 표정을 지으며 말했다.

"뭐야? 내가 언제 그런 약속을 했다그래? 오갈 데 없는 사람을 먹여주고 재워주니 이제 돈까지 달라 이거야? 물에 빠진 사람 건져주니 보따리 내노란다더니, 사기공갈죄로 다시 감옥 가고 싶어?"

농장 주인은 도무지 상상도 할 수 없는 말로 윽박질렀다. 계약서나 증거자료가 없는 마당에 그는 마땅히 반박할 말을 찾지 못했다. 결국 그는 마소처럼 일한 농장에서 땡전 한푼 받지 못하고 쫓겨나는 신세가 되었다. 뒷날 알고 보니 농장 주인은 몸은 건장하나 정신적으로 조금 모자라는 사람들만 골라 고용한 뒤 무보수로 실컷 부려먹고는 일정한 기간이 지나면 쫓아내곤 하는 전형적인 악덕 농장주였다. 그에게도 그런 수법을 쓴 걸 보면 그도 지능이 모자라는 축이라 생각한 모양이다. 정말이지 북조선에서 배운 대학 지식이 남한 땅에선 아무런 소용이 없었다.

그는 농장에서 맨손으로 쫓겨나온 뒤 H신문 보급소 총무, 중고서점 점원, 아파트 경비원 등을 하다 지금은 구청에서 주관하는 취로사업에 나가고 있다. 그래도 북에서는 국제관계대학을 나와 철도부 공안원까지 한 엘리트인데 빈 깡통을 줍고 가로수를 심고 놀이터 울타리에 페인트칠을 하는 게 자존심이 팍 상하기도 했다. 지금 생각해보면 북에서 잘나가던 그가 남파요원으로 차출된 것은 자신의 출신 성분 때문이 아닌가 여겨지기도 한다. 아버지가 비록 일제시대에 중국에서 대학을 나온 진보적인 지식인이긴 하지만 그의 집안은 대대로 평북 용천의 지주 출신이었다. 아버지는 시대의 변화를 깨닫고 재빨리 토지문서를 불사르고 소작인에게 땅을 분배하고 노동당

원이 되었다. 그러나 부친이 소속된 계열은 중국에서 건너온 김두봉 무정장군 계열의 연안파로서 소위 김일성 계열인 백두산 줄기가 아니었다. 북에서는 백두산 줄기나 낙동강 줄기가 아니면 출세할 수 없다는 말이 있다. 빨치산 출신이나 조국해방전쟁의 공훈자가 아니면 출세할 수 없다는 뜻이다. 그의 집안에는 이런 공훈자가 없었다. 그래서 당의 소환이 있었을 때, 이번 기회에 공훈을 세워보겠다는 욕망 때문에 두려워하면서도 기꺼이 응했는지도 모르겠다. 남북 어디를 가나 소위 빽과 뒷배가 필요하다. 한번 밑바닥에 떨어져 그렇게 분류되면 위로 상승하기란 얼마나 힘든지 모른다. 변화가 어려운 무서운 세상이다. 하지만 취로사업에 나와서 일하면서 비로소 더불어 살아가는 인간의 맛을 느낄 수 있었다.

친구도 한 명 사귀었다. 고향이 원산인 박씨도 6·25 때 의용군으로 내려왔다가 체포되어 거제도 포로수용소에 있다 반공 포로로 석방된 자이다. 박씨는 미군부대 하우스보이, PX병, 주류 판매업자 등 월남민으로서 생존하기 위해 닥치는 대로 일하며 살아왔단다. 한때는 서울로 올라가 애자와 트랜스를 생산하는 전업사를 차려 큰돈을 만지기도 했으나 동업자의 당좌발행 사기에 넘어가 회사는 부도가 나고 쫓기는 신세가 되었다. 그 뒤로 시골로 들어가 청둥오리를 사육했는데 판로가 없어 실패했다. 비슷한 업종인 양계로 바꿔 재미를 좀 보려는데 닭병이 돌아 닭들이 떼죽음을 당한데다 위생과 가공시설을 갖춘 신설 닭공장들과 경쟁이 안 되어 문을 닫고 말았다.

"하루 만에 닭 삼백 마리의 창자를 빼고 초량시장에 내다 팔아야 했수. 그날 밤 녹초가 되어 집으로 돌아오는데 사람은 다 생닭으로 보이고 길은 몽땅 닭내장처럼 보이는 거요, 젠장. 그날 꿈속에서 닭부리에 얼마나 쪼였던지 닭이라면 두번 다시 쳐다보기도 싫어집디다."

결국 박씨도 취로사업장의 문을 두드리지 않을 수 없었다. 그래도 취로사업장에서 가장 교양 있는 말을 하는 사람이 박씨이다.

"김주사, 혹시 최인훈이라는 작가가 쓴 『광장』을 읽어봤소? 난 그 소설의 주인공 명준의 삶을 살고 있다는 생각을 하며 살았소. 의용군도 반공포로 생활도 해봤지만 다 부질없었소. 김주사, 너무 고향 생각 하지 마소. 고향은 이 지상 어디에도 없어요. 우리의 마음에 있을 뿐이오."

박씨는 비록 배운 것 없이 험한 삶을 살았지만 틈틈이 독서를 하며 나름대로 삶의 철학을 정립한 보기 드문 사람이었다. 김길만은 박씨와 어울리면 말이 통하고 마음이 편했다.

IMF를 극복했다고 해도 서민들의 삶은 여전히 어려웠다. 취로사업도 일자리라고 지원자들이 대거 몰려들어 그는 치열한 경쟁률을 뚫고 간신히 일자리를 얻을 수 있었다. 그래도 박씨와 자신은 IMF 때 거리의 노숙자가 안 된 게 천만다행이라는 생각으로 열심히 노동하며 살아왔다.

뺀질이 양씨는 공공근로 나와서 땀 빼면 삼 대가 빌어 처먹는다며 그의 별명대로 뺀질거렸다. 하지만 김씨와 박씨는 우직할 정도로 시키는 일을 곧이곧대로 했다. 하지만 이런 데에서는 적당히 쉬엄쉬엄 일하는 게 요령이다. 취로사업이란 실직자들에게 그냥 실업수당을 주기는 뭣하니까 적당히 노동을 시키고 돈을 준다는 취지에서 생겼으므로 일이야 하건 말건 얼굴만 내밀면 구청에서 일수 도장을 찍어준다.

한 조가 열 명이 되어 느티나무 가로수를 심기도 하고 무너진 축대를 쌓기도 하고 놀이터 미끄럼틀과 시소와 울타리에 페인트칠을 하기도 한다. 하루 두 시간 정도는 소주병을 까놓고 잡담과 음담패설로 시간을 죽이는 게 취로사업의 재미다.

대체로 술판은 뺀질이 양씨의 허두로 벌어진다. 며칠 전에도 그렇게 술판이 벌어졌다. 술안주에는 담치가 최곤데 하고 뺀질이 양씨가 말하면 조장 한씨가 그 말을 듣고 거 좋지, 내가 사올까고 맞장구를 치면서 술판이 벌어졌다.

뺀질이 양씨는 흰소리도 전문이다.

"뭐, 멀리 갈 거 뭐 있노! 여기 담치가 세 개나 있는데."

일 나온 여자 셋 중에 야시라고 불리는 장씨가 말했다.

"이건 말로까 하는 성폭력이다. 우리가 진짜로 고소할 끼다."

"와, 내가 잘못 말했나? 너거들 전부 밑에 그거 안 차고 다니나? 문디 가수나, 지발 날 좀 고발해도고. 신문에 근사하게 이름 한분 나구로."

"지랄하고 자빠졌당께. 너거는 조지 오뎅 안 달고 있나?"

"그래 조지 오뎅 달고 다닌다 와. 담치 국물에 오뎅 익혀가 소주 안주로 한번 묵어보까?"

"하이고, 고마 때리치우소. 싱싱한 오뎅이라도 있나. 다 희물어빠진 거 차가지고 말로만 거창하지."

"뭐이라, 희물어빠졌는지 왕대빵인지 한분 보이주까?"

"양씨, 장씨! 자자, 이제 그만하고 술이나 한잔합시다."

조장이 둘의 말다툼을 제지하고 건배를 제의했다.

"아따, 이 노가다 개판에 건배는 무신 건배고. 그양 각자·마시면 될래기지."

뺀질이 양씨는 이맛살을 찌푸리며 혼자서 소주잔을 뒤집는다.

"그래, 그럼 각자 알아서 건배!"

김길만도 오랜만에 소주를 한잔한다. 정치인들의 위선적인 정치적 수사를 듣는 것보다 차라리 민중들의 육담패설이 더 아름답고 건강하게 들린다. 이들은 노가다가 끝나면 노래방에 가거나 한 번씩 개를 잡아 개고기를 먹으러 가기도 한다.

한번은 그도 동료들과 함께 노래방에 따라 들어가 가라오케에 맞춰 〈두만강〉과 〈한 많은 대동강〉을 불러보기도 했다. 야시는 얼굴이 해반드르하고 가슴이 발달한데다 낭창한 허리에 엉덩이가 팡파짐해 많은 남정네들이 눈독을 들이는 오십대 초반의 아줌마다. 야시가 그 나이에 한 몸매 하는 것은 한 번도 아이를 낳아본 적이 없어서 그렇단다. 무슨 박복한 팔자인지 첫번째 결혼에선 종갓집에 시집가 생산을 못 해 쫓겨나고 두번째 결혼에선 사기꾼에게 걸려 이혼했다. 이후 식당과 술집 등으로 이리저리 굴러다니다가 여기까지 왔다고 했다. 별명이 야시인 것은 생긴 것이나 하는 짓이 여우 같다 해서 붙은 것이었다. 김길만이 아무리 눈치가 없다지만 야시가 벌써 감독하고도 몸을 섞은 것 같고 조장 한씨와도 예사로운 관계가 아니라는 것쯤은 알 수 있었다.

하지만 김길만은 언제부턴가 야시가 자기 자신을 노리고 주변을 배회하고 있다는 걸 감지하기 시작했다. 도시락을 먹을 때 달걀부침을 슬쩍 얹어주면서 자기는 눈이 높아서 아무에게나 마음을 주지 않는다며 김길만에게 은근히 접근해오는가 하면 한번은 술기운에 비틀거리며 안겨와 횡설수설한 적도 있었다.

"김주사님!"

그는 취로사업에 나온 사람들에게는 과거에 면 서기를 했다고 말해두었다.

"왜요?"

"왜요는 일본담요잖아, 자꾸 한국 사람이 일본담요 찾지 말아요. 주사어른은 아무에게나 꼬박꼬박 말을 높여주는 게 기분 나빠. 자만심도 없어요?"

자존심도 없어요? 라고 말해야 할 것을 자만심도 없어요라고 한다. 술이 많이 된 것 같다.

"주사어른, 잘난 척하지 마세요. 안 그래도 잘난 줄을 아니까. 난 사람을 척 보면 알아요. 당신은 아주 잘났어. 이런 데 있을 사람이 아냐. 말도 점잖고 행동도 진중하니 진짜 양반이에요. 답답한 양반이지. 생각도 아주 보수적이고. 우리 첫 남편과 꼭 같아. 한 양반인지 두 양반인지 양반이 그러면 숭허다고 잠자리에서 뒤치기도 안 하는 양반이지. 이봐요. 난 박복하고 팔자가 기구해 여기에 나왔지만 딴 사람과 노는 물이 달라요. 아무 남자에게나 이런 말 하는 게 아니라구요. 난 당신이 좋아요. 당신이 원한다면 살림을 차려도 좋아요, 목석같은 양반."

도대체 이 여자는 뭐라고 중얼거리는 걸까. 내가 원한다면 살림을 차려도 좋다고? 나에게 정말 마음이 있는 것일까 아니면 내 마음을 떠보는 것일까. 야시는 정말이지 고혹적인 얼굴과 몸매로 목석같은 그의 마음을 조금씩 흔들어놓았다. 이제 그만 떠돌아다니고 정착하고 싶은 욕망이 꿈틀거렸다. 이런 맘은 처음인데. 아니, 처음은 아니다. 평양에서 수절하고 있을 아내에게는 미안하지만 남조선 여자에게 마음이 흔들린 적이 한 번 더 있었다.

쪽자 장사를 하는 아줌마였다. 아파트 경비원으로 취직해 초등학교 근처 허름한 달셋방을 하나 구했는데 그날 저녁 어스름에 왼쪽 다리를 약간 저는 아줌마가 찾아와 말했다.

"저기, 아저씨가 이 방을 얻으셨어요?"

"그렇습니다만."

"그럼, 부탁이 하나 있는데요."

"뭡니까?"

"저기, 쪽자를 만드는 도구들을 좀 맡아주시면 안 되겠어요? 지금까지 이 집 아줌마한테 맡겼는데 이사를 가는 바람에……"

"아, 그런 일이라면 얼마든지 좋습니다만 어디 놓을 만한 마땅한 장소가 있겠습니까?"

"저기, 저기에 놓아두었거든요."

아줌마가 가리키는 곳은 담벽과 집벽 사이에 비닐지붕을 덧달아 낸 조그만 공간이었다.

"그럼 저기에 갖다 놓도록 하십시오."

"정말, 고맙습니다."

"뭘요. 당연한 일 가지고. 어서 물건들을 가져오십시오."

남조선에 내려와 살면서 호의를 부탁받기는 그때가 처음이었다.

그날 저녁부터 김길만의 달셋방 벽에는 쪽자를 만드는 도구인 나무 상자, 가스화덕, 모양철, 쪽자, 파라솔 등이 차곡차곡 쌓여져 있었다.

쪽자 아줌마는 다리는 좀 절었지만 크고 선량한 눈이 묘하게 동정 심과 연민을 자아내는 얼굴이었다. 그는 매일같이 쪽자 아줌마가 물 건을 가져올 때나 내갈 때 거들어주었다. 처음에는 완강하게 거절하 던 아줌마는 그가 진심으로 호의를 보이며 도와주자 나중엔 무거운 나무상자와 파라솔은 아예 그의 몫으로 남겨두었다.

비번일 때는 넓은 운동장과 시원한 플라타너스가 있는 초등학교 로 산책을 가곤 했다. 운동장으로 가는 길에 쪽자 아줌마가 있기 때 문에 일부러 운동장을 산책로로 정했다. 아줌마는 초등학교 담벼락 밑에서 부지런히 쪽자에 설탕과 이스트를 녹여 과자를 만들고 있었 고 아이들은 옹기종기 둘러앉아 핀으로 별, 자동차, 꽃 모양의 과자 를 따내고 있었다. 이러한 풍경을 볼 때마다 그는 마치 박수근 화백 이 그린 따스한 민화를 보는 듯했다.

어느 날 쪽자 아줌마가 물끄러미 바라보며 지나가는 그를 불렀다. 애들도 없는데 쪽자나 하나 해먹고 가라는 것이었다. 초등학생들이 앉는 낮은 의자에 어색하게 앉아 있으니까 아줌마는 쪽자에 설탕을 듬뿍 넣고 가스불 위에 올리곤 말했다.

"이번주도 야간근무인가보죠?"

"예."

"사실은 며칠간 못 나올 것 같아서 이 짐들을 어쩌나 하고 고민하 고 있었어요."

노란 설탕이 녹아내리자 하얀 소다 가루를 넣고 나무젓가락으로 휘젓기 시작했다. 과자가 노란 풍선처럼 부풀어오르는 모습은 언제 보아도 신기했다.

"예?"

"오 년째 교통사고 후유증을 앓던 아들이 마지막으로 큰 수술을 앞두고 있어요. 수술이 잘 되면 바로 나올 수 있지만 그렇지 않으면 며칠 걸릴 겁니다."

"그런 일이 있었군요. 이 짐들은 제가 잘 맡아둘 테니 걱정하지 마세요. 아드님의 수술이 잘 되기만을 기원하겠습니다."

"고맙습니다."

아줌마는 부풀어오른 노란 황금 덩어리를 철판 위에 뒤집어놓고는 쇠주걱으로 납작하게 눌렀다. 그리고는 수많은 모양철 중에 하나를 골라 꾹 눌러 찍었는데 그 모양이 하트표였다. 하트표를 찍기까지의 과정이 숙달된 솜씨로 눈 깜짝할 사이에 이뤄졌다. 하트표가 사랑의 표시라는 것쯤은 그도 알고 있었다. 그렇다면 이 아줌마는 나에게 사랑한다는 뜻을 간접적으로 전달한 것이 아닌가. 그는 갑자기 무안해져서 시선을 담 너머 플라타너스 나무에 두었다.

"아저씨, 바늘로 잘 따보세요. 걸리면 하트표를 하나 더 찍어드릴 테니까요."

그의 손이 긴장으로 약간 떨렸다. 그는 방망이질 치는 마음을 진정시키며 조심스레 하트선을 따라 바늘을 콕콕 찍어나갔다. 하트표를 거의 다 땄다고 생각한 순간 그만 긴장이 풀렸나보다. 마지막 몇 땀을 남겨놓고 콕 찌른 바늘에 그만 하트표가 절반으로 탁 갈라지고 말았다.

"아쉽네요. 하지만 걱정하지 마세요. 기회는 또 있으니까요."

그도 아쉬웠다. 별것 아닌데도 왠지 하트표가 갈라진 게 자꾸만 마음에 걸리면서 안타까웠다. 만약 그것을 잘 따내었으면 쪽자 아줌마의 마음을 얻었을 거라는 엉뚱한 생각이 들었다. 부서진 건 하트가 아니고 과자일 뿐이야. 그래도 마지막에 좀더 신중을 기했어야 하는 건데. 아냐, 신경 쓰지 마. 그깐 일에 정력을 낭비할 필요가 없잖아. 그래도 그렇지. 어떻게 찍어준 표시인데 깨뜨렸어. 며칠 동안 깨어진 노란 하트표가 내내 그의 뇌리에서 떠나지 않았다.

수술이 잘 되면 하루 만에 나오고 못 되더라도 며칠이라고 했는데 쪽자 아줌마는 한 달 두 달이 지나도 나타나지 않았다. 그녀의 아들이 수술중에 죽은 건 아닐까? 날마다 쪽자 아줌마의 얼굴이 눈앞에 어른거렸다. 묘하게 동정심을 불러일으키는 호수같이 큰 눈동자가 정말 미칠 정도로 애틋하게 그리웠다. 허수히 늙어버린 고목과 같은 나무에도 애틋함이 깃들일 수 있는가. 그는 쪽자 아줌마가 맡긴 물건들을 여름 장마비에 젖지 않도록 비좁은 부엌 안에 들여놓으며 쪽자 아줌마가 찍어준 황금빛 하트표를 떠올렸다. 그 하트표처럼 결국 만나지 못하고 이대로 깨어지는 것인가.

그해 여름 기나긴 장마가 끝나고 늦더위가 기승을 부리던 날 쪽자 아줌마는 세상이 약간 기우뚱거리게 느껴지는 특유한 걸음걸이로 허름한 다세대 주택의 대문을 밀고 들어왔다. 어찌나 반갑던지 그는 그녀를 보자마자 덥석 안아버릴 뻔했다.

그런데 그의 방에 들어오자마자 쓰러져 다짜고짜 우는 것이 아닌가. 당황한 그는 그녀를 붙잡고 등을 다독이다 그의 살에다 아줌마의 얼굴을 파묻게 되는, 아주 기이한 형국으로 앉게 되었다. 서럽게 파고드는 그녀의 얼굴을 매정하게 밀쳐낼 수 없었다. 더욱 난감한 것은 그녀는 처절하게 흐느끼고 있는데 지금껏 아무런 구실을 하지 못했던 그의 샅이 뻑적지근하게 무거워져온 것이었다. 남조선에 내려온 후 한 번도 느껴보지 못한 뜨겁고 맹렬한 성적 욕망이 전신을 감돌고 있었다.

물론 옥중에서 간수 몰래 자위행위를 해본 적은 있었다. 탱탱하게 일어서는 생리적 욕구를 죽이기 위해서는 불가피한 선택이었다. 일반 재소자들은 자위행위를 밥 먹듯이 해 똥 푸는 '위생'들이 화장실에서 똥물을 퍼가는 게 아니라 용갯물을 퍼간다는 말이 돌 정도였다. 그러나 무의식적이고 생리적인 성 충동에 굴복한 적은 없었다. 잠자리에서도 북녘의 아내만을 생각하고 아랫도리를 주물럭거렸다. 비록 몸은 떨어졌어도 부부간의 절개를 충실히 지키고 있었던 셈이다.

그런데 그날은 너무나 엉뚱한 상황에서 엉뚱한 마음이 들었다. 순간적으로 쪽자 아줌마에게 교합의 충동을 느낀 것이다. 그것도 아들이 아니라 오 년째 병석에 누워 있던 그녀의 남편이 죽었다며 울부짖는 자리에서.

그러나 봉창으로 비친 보름달을 보는 순간 자리를 털고 벌떡 일어났다. 평양의 아내가 두 아이를 가슴에 품은 달이 되어 찾아와 지켜보고 있었다. 지금 내가 무엇 하고 있는 것일까. 나란 존재란 과연 무엇일까. 산다는 것, 운명이란 어떤 것일까. 가족과 민중과 민족은 무엇이며 역사란 또 무엇인가. 아, 이렇게 벌레처럼 고물거리고 살아 있다는 게 무얼 의미하는 것일까. 온갖 생각들이 물밀듯이 밀려와 견딜 수 없었다. 그는 방을 뛰쳐나와 담배를 꺼내물었다. 아, 저 달만 아니었다면, 저 보름달만 아니었다면…… 한숨을 쉬며 뿜어내는 진한 담배연기가 교교한 달빛에 잘 어울려 보였다.

5

마침내 기차는 서울에 진입했고 김길만은 옆자리의 노인에게 인사를 하고 영등포역에서 내렸다. 지하철을 바꿔 타고서 낙성대로 갔다. 낙성대 허름한 맨션형 아파트에는 옥중 친구인 장기수 최해종과 김인수가 살고 있었다.

"아이고, 이거 몇 년 만에 김길만 동지를 보는 것 같군요."

최해종와 김인수가 그를 반긴다. 방구석에는 평양으로 갈 보따리가 이미 꾸려져 있어 집 안이 어수선했다. 바퀴가 달린 끌가방들이 제법 큼직했다. 아직도 날 동지라고 불러주다니. 오랜만에 동지라는 소리를 들으니 실감이 나지 않고 그저 눈물이 확 끼칠 것만 같았다.

"이 보따리에는 뭐가 들어 있어요?"

끌가방의 배가 볼록했다.

"평소에 입던 옷하고 그 동안 만났던 사람들에게 받은 뜻깊은 선물들이지요. 물론 읽던 책들도 가져갑니다."

김인수와는 같은 감옥에서 산 적이 없었지만 최씨와는 옥중 인연이 깊어 전주와 대전, 대구 교도소에서 함께 살았다. 특히 전주에서 전향 테러 공작이 자행될 때 같은 방에서 함께 고문을 견뎠다.

최씨는 명민하고 뛰어난 두뇌를 가지고 있었다. 일제시대에 신경 제일중학교 하얼빈 공대를 나왔고 해방 후에는 평양에서 김책공대를 나와 고스플란(국가계획위원회) 무역기획국 수출기획부장으로 근무했던 그는 공작원이라기보다 실무형 테크노크라트였던 것이다.

그는 비전향수로 징역 삼십육 년을 살고 나와 이제 귀향길에 오른다. 처음 옥중에서 그를 만났을 때 그는 영문판 처칠 회고록 여섯 권을 영어로 읽고 암기하고 있었다. 그의 기억력보다 철저한 반공주의자인 처칠의 회고록을 읽는 여유와 식견이 놀라웠다. 한 평도 못되는 공간에 앉아서 세계의 정치 경제 군사 문화 역사 등 다방면에 대한 놀랍도록 해박한 지식과 식견을 가지고 있었다. 그의 숙부가 중장으로 예편해 대한주택공사 사장으로 있어 전향만 하면 언제든지 출소할 수 있었는데도 자신의 신념대로 독방에 앉아 있는 특이한 사람이었다. 그렇다고 그는 인정도 감정도 없는 이념의 화신은 아니었다. 관에서 보여주는 삼류영화 〈기러기 아빠〉나 〈미워도 다시 한번〉을 보고 눈물을 멈추지 않았다. 북에 두고 온 처자가 생각났기 때문일 것이다.

숙모는 옛날 그의 초등학교 여자 동창생까지 데려와 새 살림을 차리고 알콩달콩 살라고 권유했으나 이마저도 거부했다.

"숙모님, 제가 전향하지 않는 이유는 숙부님에 대한 사사로운 감정 때문이 아닙니다. 전 자신의 신념을 포기할 수 없습니다. 뿐만 아니라 뜨거운 가슴으로 안아야 할 사랑하는 처자식이 이북에 있습니다. 그들을 한시라도 잊어본 적이 없습니다. 전 반드시 돌아갈 것입니다. 그들과 한 점 부끄럼 없이 만날 그날을 위해 저 자신을 모든 면에서 순결하게 지켜나갈 것입니다."

그런데 6·15 남북정상회담에서 장기수 송환문제가 타결되고 그의 예언과 희망대로 최씨에게 석방과 동시에 귀향의 길이 열리게 된 것이다.

김인수가 술상을 차렸다. 살림이라곤 하나도 없어 술상이라야 신문지에 소주병과 종이컵, 건멸치가 전부였다. 고향이 평양인 김노인도 남파공작원으로 내려와 삼십 년을 비전향 장기수로 살다가 내일이면 평양으로 귀환하게 된다.

최씨가 김길만의 잔에 소주를 따랐다. 그들은 누구를 위하여인지도 모른 채 위하여를 외치고 건배를 했다.

"아, 이거 우리만 평양으로 가게 되어 정말 면목이 없습니다."

최해종이 소주잔을 단숨에 비우고 고개를 떨구면서 말했다.

"무슨 그런 말씀을!"

"김동지는 운이 나빴어요. 이번에 같이 고향으로 가서 가족들을 만나야 하는데."

"나의 운명이지요. 그때 조금만 더 신중하게 대처하고 조금만 더 견뎠더라면……"

'이번에 함께 돌아갈 수 있었을 텐데'라는 말은 차마 나오지 않았다.

육연우가 똥통에 머리를 처박고 죽은 이후 전주 특사의 전향 공작은 소강상태에 빠졌다. 테러에 의한 전향 공작은 잇따른 죽음, 자살 등 부작용이 커서 이제는 대화와 설득에 의한 회유로 들어가기로 했다는 것이다. 일제시대 왜놈들의 전향 공작도 이처럼 처절하지 않았다는 자체 내의 반성도 있은 터였다.

그 때문에 전향 테러에서 살아남은 비전향수들의 자신감은 대단했다. 마침내 사상적 전투에 승리했다는 뿌듯함을 느끼고 있었다. 살아남은 동지들 중에서도 김길만에 대한 칭송은 자자했다. 젊은 동지가 떡공이들이 가한 폭력과 물고문, 매달기 등 인간 인내력을 극한 온갖 고문에도 꿋꿋이 견뎌내었기 때문이었다.

그중에서도 매달기 고문이 가장 견디기 힘들었다. 떡공이들은 포승줄로 사지를 묶은 뒤 철창에 매달아놓고 다리를 묶은 줄을 잡아당겼다 늦췄다 하면서 사지가 찢어지는 고통을 가했다. 고대 반역자들에게 행해지던 거열형(車裂刑)의 일종이었다. 거열형은 죄인의 팔다리를 네 마리의 말에 묶은 뒤 말을 다른 네 방향으로 뛰게 해 사지가 갈가리 찢겨 죽게 하는 잔인한 처형이었다. 그러나 매달기로도 끝내 항복을 받아내지 못하자 떡공이들은 그의 팔뚝에만 두 겹으로 포승줄을 묶어 천장에 매달아놓고 나가버렸다. 고통에 못 이겨 몸부림칠 때마다 팔뚝의 살이 찢어져나갔다. 떡공이들이 하루 뒤에 천장에 매달린 그를 내렸을 때 포승줄은 살을 짓이겨 파고들어 뼈에 걸려 있었다. 버들피리를 만들기 위해서 하얀 나무에서 버들껍질을 비틀어 빼내듯 짓이겨진 살결이 팔뚝뼈에서 분리된 것이다. 여름날 무더위에 고름이 잡히며 살이 썩어들어가고 팔뚝에 구더기가 꾀었다. 아무는 데만 이 년이 걸렸고, 지금도 그의 팔뚝에는 그때 생긴 둥그런 상처 자국이 검은 완장처럼 채워져 있다.

전향 테러가 끝난 평화의 시기중에 한번은 교회사가 그를 불러내어 면담하면서 돼지고기 수육을 먹으라고 했다. 김길만은 거절했다.

본래 개결한 자세 때문이기도 했지만 고기를 먹으면 으레 전향과 연결되는 것이 그로서는 부담스러웠다.

"김길만씨, 이건 괜찮아. 전향하고는 관계없어. 난 그냥 호의로 먹으라고 하는 거야."

"아닙니다. 그냥 먹고 싶지 않습니다. 속이 거북해서요."

"짜식이, 내가 거북한 거겠지. 이 고기는 긴조법(긴급조치법) 학생 어머니가 특별면회할 때 가져온 거야. 먹으라구. 당신은 전향하란다고 할 사람이 아니라는 걸 이제 알아. 그러니 안심하고 먹어."

"아니, 괜찮습니다. 사양하겠습니다."

"야, 이 새꺄. 좋은 말 할 때 먹으라면 먹는 거지. 빨갱이 주제에 건방지게 무슨 잔말이 그리 많아!"

교회사는 나름대로 순수했던 자신의 호의가 거절당한 데 감정이 격해져 돼지고기를 접시째 그의 얼굴에 던져버렸다. 지금 생각하면 권하는 고기를 몇 점 집어먹는 시늉이라도 하는 게 현명한 방법이 었는지 모른다. 자존심이 팍 상한 교회사는 얼굴을 감싸쥐고 있는 그를 구둣발로 짓이기며 옛날 권총을 들고 설치며 전향 공작을 지 휘했던 그 포악한 모습으로 되돌아갔다.

교회사는 그를 초다듬질한 뒤 떡공이들에게 넘겨주었다. 사무관 의 손으로 피를 흘릴 필요는 없는 게 아닌가. 관례에 따라 테러는 떡공이들의 손에 맡겨졌다. 폭력범들이 우글거리는 대방에서 그는 매일 주먹과 발길질 등의 집단폭행을 당했다. 어떤 때는 그를 눕게 해 발을 들게 하고는 몽둥이로 밤새 발바닥을 때렸다. 그러나 그런 폭력은 견딜 수 있었다. 맞는 데는 이미 이골이 나 있었으니까. 그러나 밤마다 떡공이들이 번갈아가면서 성추행하는 건 견딜 수 없었다. 김길만은 당시 서른셋으로 특사에서 가장 젊은 나이였다. 게다가 얼굴 윤곽선이 부드럽고 살색이 하얀 미인형의 얼굴이었다. 아버지는 중국 유학을 갔다온 호남아였고 어머니는 근동에서 소문난 미인으로 둘이 결혼할 때 용천군이 떠들썩했다고 한다. 큰조카가 할머니의 미모를 이어받아 지금 북조선에서 여배우를 하고 있고, 명절 때 왹새당에 친척들이 모이면 모두들 인물 좋다고 동네 사람들이 입방아를 찧곤 했다. 성에 굶주린 폭력배들이 매끈하게 생긴 그를 가만 놓아둘 리 없었다. 떡공이들은 밤마다 시나리오에도 없는 계간과 성추행을 자행하며 전향 공작을 했다.

젊고 팔팔했던 그였다. 세계혁명을 혼자서 다 할 것 같았던 겁 없던 시절의 그조차도 아귀같이 달려드는 그 비역질만은 당해낼 재간이 없었다. 더구나 그가 교회사의 심기를 건드린 사건을 계기로 한동안 잠잠하던 전향 테러가 다시 고개를 들었다. 특별사동에 떡공이들이 재배치되고 또다시 악몽 같은 고문이 되살아났다. 어떤 동지는 떡공이를 보자 정신분열을 일으켰고 몇 사람은 지레 겁을 먹고 순순하게 전향서를 써주고 말았다. 이 모든 원인이 자신에게서 비롯되었다는 강박관념이 그의 뇌리에 자리잡아 자꾸만 비관적으로 되어갔다. 그는 죽고 싶었지만 떡공이들 틈서리에서 죽을 수조차 없었다. 결국 그는 전향서를 제출하기로 결심했다. 전향해서 자기만의 공간을 얻은 뒤 자살하기로 결심한 것이다. 당시로서는 그것이 최선의 방법처럼 느껴졌다. 그는 결국 전향서에 지장을 찍고 절뚝거리는 발걸음으로 교회당으로 나가 대한민국 만세 삼창을 하고 전향성명서를 낭독했다. 독방을 얻어 돌아온 그는 그날 밤 자정 넘어 내의를 찢어 쇠창에 걸고 목을 달았으나 깨어나보니 사회병원이었다. 새벽녘 순시를 돌던 성실한 간수에게 발견되어 목숨을 건졌던 것이다. 그 뒤로 그에게 24시간 감시가 붙어 자살할 틈조차 주어지지 않았다. 그렇게 자살 기일을 몇 주 몇 달 뒤로 미루다가 일이 년이 지나고 십 년이 지나 결국 이십 년을 채우고 전향수로 출소했다.

이인모 노인의 송환 뒤 비전향수들은 함께 모여 살면서 귀향에 대한 일말의 기대감을 가지고 살았다. 그들의 참된 조국인 북조선에서 그들을 데려갈 것이라는 확신 속에서 사회생활이 고생스럽더라도 희망으로 버틸 수 있었다. 그러나 남으로부터는 빨갱이로, 북으로부터는 전향한 배신자로 단죄되어 버림받은 전향수들에겐 희망이라곤 한 톨도 없었다. 강제 전향이었음에도 불구하고 그들은 스스로를 정치적 생명의 사망자로 여겼다. 그런 억울하고 아픈 마음을 어디에 하소연할 데도 없어 사회에 나와 부적응자로 살다가 자살하거나 하나둘 병으로 죽어갔다.

"김동지의 이름이 빠져 있는 것은 우리 모두의 불행입니다. 하지만 이번에 우리가 길을 터놓으면 김동지도 머잖아 귀향할 날이 올 겝니다."

최해종이 위로의 말을 꺼내었다. 비전향수 중에서 김길만의 처지를 이해해주는 사람은 그나마 최해종밖에 없었다. 그를 가까이서 지켜보았고 그의 전향과정을 누구보다도 잘 알았기 때문이다.

"말이라도 고맙구려."

"솔직히 말하면 우리보다도 전향한 분들이 더 많은 어려움을 겪고 있잖소. 대한민국 정부가 따뜻하게 맞아주냐 하면 오히려 그 반대이지 않습니까. 전향자에게도 똑같이 빨갱이의 낙인을 찍고 보안관찰법의 족쇄를 채워 끊임없이 감시의 눈길을 번뜩이지 않소. 창살 없는 감옥에 사는 거 아닙니까. 경제적 능력이 제로인 전향 장기수들을 지원 하나 없이 맹수 같은 자본주의의 법칙에 맡겨놓으니 모두들 기아선상에서 헤매고 있는 것도 사실이고요."

그런 태도는 북이라고 해서 나은 것은 하나도 없다. 혁명의 배신자, 혁명을 팔아먹은 사람으로 낙인찍고 남파한 사실조차 없다고 한다. 김길만은 남북 어디에도 뿌리내리지 못하고 방황하는 자신들의 처지를 알아주는 최선생이 고마웠다. 비전향 장기수들 중에서 자신을 동지로 불러주는 사람은 최선생말고는 아무도 없었다. 그들만이 의인인 것이다.

김길만은 가져온 물건을 조심스레 내놓았다.

"최동지, 이걸 내 아내와 딸에게 꼭 좀 전해주시오. 약소한 거지만 내가 취로사업해서 번 돈으로 마련한 것이라오."

조그만 상자 속에는 값비싼 금반지와 귀고리와 브로치가 들어 있었다.

"여기 아내에게 쓴 편지도 있습니다."

"꼭 전해드리도록 하겠습니다. 이제 통일될 날이 얼마 남지 않았습니다. 그때까지 꼭 건강을 유지하도록 하십시오."

빗줄기는 더 굵어져 있었다. 그는 최동지와 나란히 낙성대역까지 함께 우산을 쓰고 왔는데 최해종의 눈에 눈물이 흐르는 것을 보았다. 그의 눈에도 눈물이 흐르고 있었다.

"오늘은 정말 비가 많이도 오는구만요."

평양으로 떠나는 자의 마지막 말이었다.

6

김길만은 하행선 기차를 타고 달셋방으로 돌아와 다시 취로사업 일터로 나갈 준비를 하고 있었다.

방문을 열고 나가려는데 보안관찰을 하는 담당 형사가 저벅거리며 부엌으로 들어왔다.

"김길만씨, 자꾸만 이렇게 신고하지 않고 비전향자와 불법 접촉하면 다시 감옥에 들어갈 수밖에 없어요."

형사는 그가 최씨에게 전달한 물품들을 보여주며 말했다. 제기랄, 어떻게 냄새를 맡고 적발한 것일까.

"정식으로 하면 김씨는 국가보안법상 금품수수와 회합통신죄 위반으로 구속감이오. 그러나 여러 가지 사정을 감안하여 이번만은 특별히 눈감아주기로 했으니까 앞으로 절대로 이런 짓 하지 마시오!"

가족에게 선물하고 안부 전하려고 한 게 국가보안법을 위반한 것이라니. 하긴 국가보안법은 이현령비현령법이라고 하지 않는가. 귀에 걸면 귀고리 코에 걸면 코걸이라고.

"압수된 물품들은 당신의 보안관찰 기록에 증거자료로 첨부하겠소. 그래, 아직도 반성을 못 했단 말이오? 전향을 해 대한민국 국민이 되었으면 좀 떳떳하게 살아보시오. 이거야, 원. 편지 내용도 가관이더군요. 북한으로의 잠입탈출은 꿈도 꾸지 마시오. 자신이 한 일은 자신이 책임질 줄 알아야지. 평생을 그렇게 살 거요? 자꾸만 골치 아프게 하지 말고 앞으로 제발 조용히 사시오."

"좋아요. 전향을 취소시켜주든지 다시 감옥에 들어가게 해주시오. 이렇게 사느니 차라리 그곳에서 죽는 게 낫겠소. 북으로부터도 버림받고 남으로부터도 버림받은 나의 삶이 싫소이다."

차라리 감옥이 나을지도 모른다. 그곳은 먹여주고 재워주고 국가공무원이 지켜주지 않는가. 이렇게 절대빈곤에 허덕이며 감시받고 살 바에야 그게 더 낫지 않을까. 감옥에 있을 때는 삶에 대한 분명한 목적이 있었고 동지들과 정세분석도 하며 단식투쟁도 하는 등 살아 있다는 존재감을 느꼈다. 소내 도서실을 이용해 교양서적도 읽었고 틈틈이 불어와 중국어를 공부하기도 했다. 그런데 지금 그의 삶은 스스로 혐오감이 느껴진다.

"이거야, 원. 당신 같은 변덕스런 사람들 때문에 우리도 골치 아파요. 솔직히 말하면 우리도 전향한 당신들보다 삼빡하고 아쌀한 비전향 장기수들이 좋단 말이오. 그런데 당신들은 뭐요? 이랬다저랬다 하는 당신네들 때문에 이 아까운 시간을 낭비해야겠어요? 대한민국 국민이 되었으면 감사한 마음으로 열심히 살아줘야 할 것 아뇨? 지금 대한민국에 경찰이 해야 할 일이 얼마나 많소? 빨리 민생사범들을 잡으러 가야 하는데 내가 왜 여기 와서 이런 일에 신경을 써야 합니까?"

그는 신경질적으로 말하고 문을 박차고 나가더니 돌아서면서 한마디 더 덧붙였다.

"취로사업장에서 함부로 말하지 마시오. 당신의 말은 일일이 다 녹음되고 있으니까. 김씨, 당신 덕분에 왁새가 황새라는 걸 알았소."

김길만은 갑자기 멍해지며 무테안경을 낀 코주부 노인의 얼굴이 떠올랐다. 그럼, 옆자리의 그 노인네도 이들의 끄나풀이었단 말인가. 앞으로 이런 세월을 얼마나 더 살아가야 한단 말인가. 여전히 통일은 멀었다. 목적지는 없다. 이데올로기의 광태(狂態)와 광란의 틈바구니에서 고뇌할 따름이다. 지금 후회하고 있는가. 젠장, 오늘을 얼마나 기다려왔는가…… 전향자라, 전향자. 이거야, 원. 형사가 쓰던 말이 입에 옮았다. 다 부질없는 세월이로군, 흐흐흐.

그의 데퉁맞은 표정에서 기괴한 웃음이 흘러나오고 있었다. 지금쯤 최해종과 비전향 장기수들은 판문점을 통과하고 있겠지. 개성에서 평양까지 연도에는 주민들의 환영인파가 도열할 것이며 평양에서는 김정일 국방위원장까지 나와 장기수들을 맞는 대대적인 군중집회가 열릴 것이다.

형사가 나가고 잠시 뒤 취로사업 동료인 박씨가 들어온다.

"아이고 김주사, 며칠 동안 어디 갔었소?"

"아, 고향 친구 좀 만나러 서울에 갔다왔시다. 왜 그러오. 그 동안 무슨 일이라도 있었소?"

"아, 글쎄 알고 보니 고 야시가 야시 중에도 백야시여."

"아, 장씨 아주머니에게 무슨 일이 있소?"

"장씨 아주머니는 무슨 장씨 아주머니. 반반한 얼굴로 꽃뱀 노릇을 한 거여. 전과도 몇 개나 있대요. 구청공무원과 관계를 맺고 돈 빼먹으려다 오히려 야시가 구속되었어. 야시한테 당한 사람이 한둘이 아닌갑데. 아, 벼룩의 간을 꺼내 묵지 우리같이 취로사업 나가는 가난한 노가다들에게 뭘 빼묵을 게 있다고 달라들었을까. 조장도 살림 살자는 말에 살풋 넘어가 전세금 천만원을 날렸다고 그라네. ……그래도 야시가 있을 때는 일이 재밌고 신이 났는데."

그렇다면 야시가 나에게도 그런 의도로 접근했단 말인가. 술냄새를 풍기며 한 말도 꽃뱀의 말인 것인가? 아무 남자에게나 이런 말 하는 게 아니라구요. 난 당신이 좋아요. 당신이 원한다면 살림을 차려도 좋아요.

최인훈의 소설에 나오는 광장적 존재인 명준은 살림 차릴 제삼의 나라라도 있었지만 나는 살림 차릴 데라곤 이 지상에 아무 데도 없는 것인가. 문득 철조망을 휘감아치고 빠지는 임진강의 지류인 구렁이강 역곡천이 생각난다. 그래, 나는 역곡천에 살림을 차리리라. 흘러가는 물에, 경계선을 자유분방하게 치고 빠지는 도도탕탕한 물결에, 강을 넘다 죽은 모든 사람들의 원혼 위에 둥지를 틀고 살림을 차리리라. 아직도 비는 계속 내리고 길바닥에는 물이 홍건히 고여 있었다. 그는 역곡천 물을 밟고 허청허청 취로사업장으로 향했다. 북녘의 가족에게 썼던 편지 내용이 띄엄띄엄 떠오른다.

사랑하는 아내에게
여보, 못난 지아비를 용서하시오. 모두들 영웅이 되어 개선장군처럼 돌아오는데 당신의 못난 남편 못난 지아비는 아무리 찾아도 그들의 얼굴 속에 끼어 있지 않으니 얼마나 마음이 아프겠소. 돌아가고 싶어도 돌아가지 못하는 나는 당신보다 마음이 몇 갑절이

나 더 아프오……

　이제 이산가족 면회소가 설치된다고 하니 거기서나 얼굴을 한 번 볼 수 있을지…… 아니면 경의선 철도가 연결되면 북행열차를 타고나 갈 수 있을지 모르겠소. 철도 연결 소식은 나에게 좋은 소식이오. 철도는 늘 내게 꿈과 희망과 행운을 주었잖소……

　안녕, 자 나는 이제 일터로 돌아가야 하오. 당신은 취로사업이라는 말을 모르겠지만 그래도 일터가 있다는 게 행복하오. 그곳에 가면 말이라도 붙일 이웃이 있으니까. 박씨는 고향이 원산인데 말이 통하는 친구라오. 지난 여름 개도 안 걸린다는 독감이 걸려 달셋방에 누워 있는데 소주와 고춧가루를 가지고 온 게 아니겠소? 하지만 그도 나의 감시자로 의심하게 될까 두렵소……

　돌아오는 일요일엔 절이나 교회에 한번 가볼까 하오. 종교라는 말이 당신에게는 생소하게 들릴지 모르겠소. 그러나 신을 한번 찾아보고 싶은 생각이오. 부르주아적 감상이라고 욕하지 마오. 여기 남조선 사람들은 절반 이상이 종교를 가지고 있소. 하긴 의존할 만한 대상을 찾지 않으면 안 되는 불안한 사회구조여서 그럴 것이오. 하지만 지금 나의 심정으로는 부처든 예수든 그 무엇에라도 의지하지 않고는 단 하루도 살아갈 수 없을 것 같소. 도대체 나와 같은 이런 인간도 이 세상에 일찍이 존재했는지, 그렇다면 어디 구원의 길은 없는지 한번 묻고 싶어서 말이오.

　안녕, 건강하시오. 여전히 당신을 사랑하오.

　　　　　　　─남조선에서 당신의 남편 김길만으로부터

분단시대에 억울하게

집단적으로 희생된 사람들의 묘야.

그 뼈를 저기 한 곳에 모아 묻었어.

여기 널려 있는 수백 개의 무덤은

모두 비어 있는 가묘고.

님을 위한 행진곡

백조일손의 뜻이 무언지 알아?

한 사람을 살리기 위해서

백 명이 죽어야 한다는 뜻이야.

그래, 진실 하나를 살리기 위해서는

수없이 많은 것들을

땅에 묻어야 돼.

연탄재 함부로 발로 차지 마라
너는
누구에게 한 번이라도 뜨거운 사람이었느냐
―안도현, 「너에게 묻는다」

1

　80년대 풍미했던 운동권 가요 중에 〈님을 위한 행진곡〉이 있다. 당시에 이 노래는 아주 유명해서 전대협 출범식이나 범민족대회 등에서 〈애국가〉 대신 불렸다. 지금은 퇴색되어 가사뿐만 아니라 악곡마저 흐릿해져 모래시계 세대들도 끝까지 다 부르는 사람이 많지 않을 것이다. 4분의 4박자 행진곡풍이긴 하되 팔뚝을 불끈불끈 치켜들게 하는 선동적인 이 노래는 지난 십 년 동안 단 한 번도 듣지 못했다.

　그런데 오늘 오후 다섯시쯤 차로 장모님을 바래다드리려 부산역 광장에 갔다 이 노래를 들었다. 검은 글씨로 투쟁이라고 쓴 붉은 띠를 두른 의료보험조합 노조원들이 역 광장에서 시위를 하면서 이 행진곡을 부르고 있었다. 이 노래가 시작될 때는 장모님을 바래다드리고 막 이층 출구에서 내려오는 길이었다. 부산역을 한 번이라도 들러본 사람들은 출구에서 광장으로 이어진 미끄럼틀처럼 생긴 길고 넓은 경사면을 기억할 것이다. 내가 그 경사면을 내려오고 있는데 막 출정식을 거행하는지 그 노래가 비장하게 울려퍼지고 있었다. 난 행진곡에 발맞추어 저절로 경사면을 내려오며 마치 딴 세상으로 걸어들어가는 느낌을 받았다. 역 광장으로 내려왔을 때 기이하게도 돌맹이가 하나 눈에 띄었다. 난 그걸 들고 돌이 따뜻해질 때까지 집회장의 뒷자리에서 서성거렸다. 질 나쁜 확성기의 웅웅거리는 소리, 분노로 일그러진 목소리와 일정하게 휘젓는 팔뚝들은 나에게 무수한 기억의 입자와 화소를 불러내 차마 서 있기조차 힘들었다. 함성 속에서 시위대가 움직이기 시작했다. 나는 광장 분수대에 돌을 던져 넣고는 서둘러 차를 타고 역 광장을 빠져나왔다.

2

오늘은 내리고 싶지 않은 비가 억지로 내리는 듯하다. 오전 내내 추적추적 내리다 말다 한다. 나는 컴퓨터를 켜고 마감 기일이 지난 소설을 쓰다 말고 창 밖을 본다. 놀이터를 둘러싼 무성한 은행나무와 키 큰 히말라야시다가 빗물에 용해되고 있다. 이런 날 저 나무 아래서 비를 피하는 건 어리석은 일이다. 나뭇잎과 나뭇가지에 묻은 먼지와 새똥과 나무진액을 용해한 빗방울이 몸에 뚝뚝 떨어져 끈적끈적하게 달라붙기 때문이다.

어쨌거나 이 비가 지나면 은행잎도 가장자리부터 물들어 가을 기운이 성큼 다가올 것이다. 뚜르르뚜르르 전화벨이 울린다. 학교 앞 공중전화 부스에서 '아빠, 지금 비 와요. 빨리 우산 갖고 오세요' 하는 아들 준호 녀석의 콜렉터 콜일까? 아니면 '여보, 오늘 선생들과 회식 있어 늦겠어요. 아이 오면 밥 먹이고 피아노학원 보내세요. 애한테 라면 먹이면 절대 안 돼요. 알았죠?' 라는 아내의 전화거나 '마감 일자가 사흘이나 지났어요. 출판은 시간이 생명인데 선생님 원고 때문에 책이 늦어지고 있어요' 라는 잡지사의 원고 독촉 전화일 수도 있다.

나의 강박관념인지는 모르겠지만 어쨌든 수화기를 들면 십중팔구는 좋지 않은 쪽이다. 소설가라는 흐릿한 직업을 가진 존재가 세상과 접촉할 때 대접보다는 구박받는 것을 각오해야 한다. 특히 나같이 서울과 멀리 떨어진 변방의 별볼일없는 가난한 작가에겐.

일곱번째 벨에 수화기를 들었다.

"김성학씨 댁 아닙니까?"

어디서 많이 듣던 목소리지만 얼른 감이 잡히지 않는다. 맞는데 누구세요라는 말에 투박한 경상도 사투리가 튀어나온다.

"인마, 내 모리겠나? 오골매."

오골매라는 별명을 듣자 오병곤 선배의 이미지가 확 떠오른다. 가무잡잡한 피부에 작고 반질반질한 눈, 매의 펼친 양 날개처럼 치켜 올라간 눈썹이 일품이었다. 옛날엔 목소리가 낭창했는데 독한 담배를 많이 태우는가, 탁하고 갈라진 듯하다. 그가 오골매라는 별명을 얻은 것은 가무잡잡한 생김새가 오골계 같기도 하고 보컬 그룹 송골매의 노래 〈탈춤〉을 잘 불렀기 때문이기도 하다.

몇 년 만인가. 같은 부산에 살면서도 근 칠 년 만에 들어보는 목소리다. 아이가 몇이고 큰애가 몇학년이며 요즘 먹고살기는 어떠냐는 식으로 서로의 상식적인 근황을 물었다. 오병곤은 노동법률사무소에서 상담원으로 일하다가 지금은 합동법률사무소 사무장으로 있다고 한다.

니 소설 요즘 보기 힘들다, 슬럼프에 빠졌나 등 여러 얘기 끝에 용건이 나왔다.

"성학아. 그런데 니 사건 판결문 가지고 있나?"

난 뜬금없는 그의 말에 다소 어리둥절한다.

그는 사무장 특유의 사무적인 어조로 말한다. 지금 DJ 정부가 민주화 관련자 명예회복을 추진하고 있는데 우리 P사건 관련자들이 일괄적으로 명예회복 신청을 하려고 한다. 법률 쪽 일을 하는 그가 이 일의 실무를 맡게 되었는데 필요한 서류를 갖추어 부마항쟁 기념일인 10월 16일 시청에 접수하기로 했다는 것이다.

나에게 이십 년 전 사건의 판결문이 있을 턱이 없었다. 그러나 판결문 이야기를 듣는 순간 까마득하게 잊혀졌다고 생각한 그 사건이 주마등처럼 떠오르며 가슴을 저리게 한다. 번쩍이는 조명탄과 컹컹 군견이 짖는 소리, 김일병 김일병! 부르는 소리가 아득한 저 세상에서 들려오는 듯하다.

나는 머리에 묻은 짚검불을 털어내기라도 하듯 푸르르 고개를 턴다.

나는 오병곤이 불러주는 대로 메모지에 구비 서류를 적었다.

최종심 판결문 1통, 수용증명서 1통, 주민등록등본 1통 그리고 본인이 작성한 사건 경위서였다.

"그런데 니는 우리 사건과 분리되어 있는데다 군대사건이라서 우찌 될는지 모르겠다."

오병곤은 빨리 서류를 갖춰 신청은 하되 결과를 너무 기대하지 말라는 투로 말하곤 끊는다.

오병곤의 전화 한 통으로 간신히 마무리 단계로 들어가던 내 소설이 맥락을 잃고 콩팔칠팔 헝클어지고 말았다.

악몽과 같은 해묵은 상념이 떠오른다.

비가 내리고 있다. 한 탈영병이 총을 든 몰이꾼과 군견들로부터 헉헉거리며 달아나고 있다. 휘어진 나뭇가지가 얼굴을 때리고 비탈길에 미끌어져 계곡으로 굴러떨어진다. 부르튼 발이 군화에 꽉 끼어 걸을 수 없다. 그는 바위 틈새로 기어들어가 덜 젖은 낙엽을 끌어모아 덮으며 산 속의 기척에 귀를 기울인다. 웅웅거리는 이명 소리를 들으며 군용 건빵을 한 개씩 침으로 녹여 먹는다. 산 속에서 열흘간을 헤매고 다닌 탈영병이 산 능선에서 지쳐 쓰러지자 군견들이 달려와 팔다리를 물어뜯는다. 나는 해쓱한 얼굴로 중얼거린다. 로마시대에는 사자밥이라도 되었는데 우리 시대엔 개밥이라니.

전화벨 소리가 다시 울린다.

아내의 가시 돋친 목소리가 들린다.

"당신 도대체 누구하고 그렇게 오랫동안 통화한 거예요? 아이가 집에 전화를 해도 해도 안 되니까 나한테 전화했잖아요. 바깥에 장대비가 오는 게 안 보여요? 도대체 아버지가 되어 아이한테 왜 그리 무심해요. 빨리 우산 들고 학교 앞 ○○문구사로 가세요."

아내는 따발총처럼 내뱉고는 탁 끊어버린다. 그러고 보니 나는 한 마디도 말하지 않았다. 도대체 아내는 상대방이 나라는 걸 어떻게 알고 얘기한 걸까.

창 밖을 보니 아닌게 아니라 추적거리던 비가 장대비로 바뀌어 있다. 나는 후닥닥 컴퓨터를 끄고 자리에서 일어난다.

3

오늘 광주교도소로부터 수용증명서가 도착했다. 이로써 판결문을 제외한 구비서류는 다 갖추었다. 옛날에는 모든 서류들을 직접 그곳에 가서 떼어야 했는데 요즘은 우편으로 신청할 수 있어 좋았다.

죄명은 국가보안법 및 군무이탈로 형기는 징역 오 년이다.

구속일자는 1981년 11월 23일 출소일자는 1985년 12월 22일 가석방 출소라고 적혀 있었다.

수용증명서를 읽어본 아내는 고개를 흔들었다.

"두 가지 다 현행법으로 힘이 있는 법인데 어떻게 명예회복이 되겠어요?"

난 그런 건 염려하지 않아도 된다고 말했다. 광주 피해자 보상 때도 죄명이 대개 소요, 폭력, 공무집행방해죄 등이었다. 그리고 만약 이번에 명예회복이 되면 보상금이 주어지는데 최소한 하루에 이만원씩만 쳐도 만 사 년을 살았으니 삼천만원이 생긴다는 걸 강조했다.

아내는 여전히 믿을 수 없다는 눈치였다. 하긴 지금까지 내가 시도한 일이 뭣 하나 제대로 된 일이 있었던가.

"헛된 것 바라지 말고 준호, 글쓰기나 좀 지도해줘요."

난 아내의 말에 시비를 걸고 싶었지만 꾹 참았다. 잠시 후에 준호와 머리를 맞대고 환경글짓기 '지구를 살리자'의 원고를 다듬고 있었다. 아내 앞에 서면 늘 작아지는 나의 위축감과 세상일에 대한 소심한 대응은 일정한 평화와 안일을 보상해주었고 난 그것에 만족해왔다.

난 P사건으로 내 인생 어느 한 부분에 큰 동공과 결락이 생긴 것을 알고 있었다. 똑같은 사건이었지만 다른 동지들은 복역 일 이 년 만에 형 집행정지로 나와 모두 사면 복권되어 교사와 공무원 등으로 근무하고 있는데 군인이었던 나만 뒤늦게 가석방으로 나와 복권도 되지 못한 채 직업 없이 떠돌면서 왜 운명은 내게만 이렇게 가혹하냐고 좌절하고 있었다. 그 와중에 옥중 경험을 소설로 만들어 중앙문예지에 신인문학상으로 등단한 것은 자그마한 행운이었다. 작가란 명함을 얻었고 한때는 베스트셀러에 진입하는 소설을 내는 등 유명작가의 꿈을 꾼 적도 있었다. 그리고 문학, 운동권, 소설가라는 환상에 젖어 있던 교육 실습생을 우연히 만나 결혼까지 할 수 있었다. 하지만 아내의 환상이 깨어지는 데는 그다지 많은 시간이 필요하지 않았다. 소설가란 돈도 명예도 생기지 않는 바람 같은 직업이라는 게 곧 들통이 났기 때문이다. 늦둥이를 낳고서는 소설을 쓰느니 아예 아이보개를 하는 게 낫다는 식이었다.

나 또한 현실에 적응해서 적당히 아내의 눈치를 보면서 게걸음을 치며 살아가고 있는 형편이었다. 가끔 가다 한번씩 같이 술을 마시는 작가 M의 말이 생각났다. 소설은 우리에게 먹지도 버리지도 못하는 계륵과 같은 존재가 아니냐고.

4

　마침내 기다리던 판결문이 도착했으나 아내는 아들을 데리고 집을 나갔다.

　오늘 오후에 내가 우편으로 신청했던 판결문 등본이 육군 법무감실 기록실에서 날아왔다. 등기로 온 판결문을 내가 받았으면 아무런 문제가 없었으련만 그 시간에 공교롭게도 담배가 떨어져 슈퍼에 갔다. 담배만 사고 왔으면 또 괜찮았을 것이다. 슈퍼 옆에 있는 오락실의 소음을 듣고 나도 모르게 발길이 그리로 쏠렸다. 펌프와 디디알기를 지나 한물간 테트리스 게임기 앞에 앉아 스틱을 잡고 마구 흔들었다. 위에서 점점 빠른 속도로 툭툭 떨어지는 네 가지 모양을 끼워맞추는 재미는 참으로 대단했다. 게임기 구멍에 마지막 동전을 털어넣고 아쉬운 마음으로 일어서 집에 돌아오니 아내가 거실 소파에 팔짱을 낀 채 싸늘한 표정으로 앉아 있었다.

　"일찍 왔네. 그런데 왜 그래?"

　난 뭔가 가슴이 덜컥하는 기분으로 말했다.

　아내는 내 앞에 누런 봉투를 툭 던졌다.

　"당신 꽤나 유명한 민주투사인 줄 알았더니 그게 아니더군요. 판결문에 나오는 당신의 애인 신재숙이 누구예요?"

　아내는 아주 경멸스럽다는 듯 표독한 목소리로 말했다.

　"그게 무슨 소리야?"

　나는 영문을 모른 채 휘둥그레진 눈으로 뜯어진 봉투에서 판결문을 꺼내 읽어보았다.

　　피고인 : 김성학

　　군번 : 13143676

　　범죄사실 : 가. 피고인은 1981년 9월 17일 20시경 ○○사단 적
근산 전술 공사장 숙영지에서 같은 소속 부대원들에게 철책을 바
라보며 "삼팔선은 미국놈이 그은 것이다. 공산주의는 평등한 사
회인데 자본주의는 돈 있는 놈은 잘살고 없는 놈은 항상 가난에서
허덕인다"라고 말하여 북한 괴뢰집단의 주장에 동조함으로써 반
국가단체인 북한 괴뢰집단을 찬양해 국가보안법을 위반하고,

　　나. 같은 해 10월 25일 애인 신재숙이 변심한 것을 비관한 나머
지 탈영하여 산 속에 숨어다니다 헌병 배기○ 병장에게 검거될 때
까지 약 열흘간 군무를 이탈하여 군무이탈죄를 범했다.

　　판결문은 피고인이 법정에서 위의 사실에 부합하는 진술, 군사법경
찰관 작성의 피의자 신문조서 중 이에 부합하는 진술기재 등을 종합
하여 이를 인정해 징역 오 년을 선고한다고 판결되어 있었다.

　　판결문을 읽고 아내의 얼굴을 보았다. 싸늘한 얼굴이 서늘한 얼굴
로 바뀌어 있었다. 싸늘한 얼굴과 서늘한 얼굴의 차이를 나만큼 잘
아는 이는 없지 싶다. 싸늘한 얼굴은 차갑고 표독스럽고 경멸적인
낯빛에도 불구하고 애정과 관심은 손상되지 않은 형태다. 그러나 서
늘함은 아예 애정이 식어버린, 철저한 무관심의 상태를 가리킨다.

　　판결문이 이렇게 처참한 내용일 줄이야. 지금 생각해보니 옥중에

서 판결문을 받았을 때 모욕적인 공소 내용과 오년형에 너무 화가 나서 읽자마자 갈기갈기 찢어 뻥끼통에 던져버렸다. 오래된 기억은 자기 합리화 과정을 거치며 미화되고 윤색되게 마련인가보다. 출소 후 한동안 같은 P사건 동지들과 어울려 각종 집회장을 다니면서 민주투사임을 자처했던 나였으니 나의 기억에는 판결문 내용마저 각색되어 있었던 것이다. 이럴 줄 알았으면 수신인 주소를 다른 곳으로 해놓았을 텐데, 이제 엎질러진 물이었다.

아내는 놀라울 정도로 감정을 억제하고 서늘하게 말했다.

"애인 신재숙이 변심한 것을 비관해서 탈영할 정도라면 둘이 죽고 못 사는 그런 사이였겠네요. 대체 어느 선까지 갔어요? 둘이 동거라도 했단 말이에요? 옛날 운동권들은 혼숙도 다반사로 했다면서요."

나는 아내에게 비장하고도 진지한 어조로 설명했다.

난 분명 P사건의 관련자로 휴가 나가 보니 사건은 터져 있었다. 부대에 귀대하지 않고 탈영하려고 했으나 그래도 혹시나 하는 마음에서 탈영의 충동을 누르고 귀대했다. 그런데 위병근무를 서는데 보안대 수사관이 나를 잡으러 온다는 것이 아닌가. 계엄법 위반으로 보안대 지하실에서 고문을 받고 군으로 강제징집된 나로선 다시 붙잡히는 건 죽기보다 싫었다. 그래서 탈영했다. 공소장과 판결문에서 동지적 관계였던 신재숙을 애인으로 둔갑시켜 등장시킨 건 수사관들이 우리 사건의 도덕성에 흠집을 내고 투사임을 자처하는 우리들의 인격에 모욕을 주기 위해서였다. 그래서 이번에 명예회복을 하려는 것 아니냐.

하지만 내가 말을 하고 있으면서도 스스로 비참해지고 아내를 도무지 설득시키지 못하리라는 걸 깨닫고 있었다.

아니나 다를까 나의 변명이 아내의 화를 더 돋운 듯했다.

아내는 준호를 데리고 그예 집을 나가면서 말했다.

"난 속았어, 감쪽같이 속았어. 경제적 능력이 있나 인물이라도 훤칠하나…… 그저 사람 착하고 양심적으로 글 쓴다는 것, 그것 하나 믿고서 지금까지 살아왔는데 홈빡 속았네. 준호야 가자. 니는 내 밑구멍으로 나왔으니 내 거야. 내 따라가자."

아내는 이성을 잃은 듯 도무지 아이를 가르치는 선생의 말이라 생각되지 않는 말들을 주절주절 쏟아내고는 대문도 닫지 않고 나가버렸다.

그건 오해야라고 말하며 뛰쳐나가 잡아볼까도 생각했지만 오히려 역효과만 날 것 같았다. 아내와 준호가 떠난 휑뎅그렁한 집에서 난 판결문을 읽고 또 읽어보았다. 이 판결문을 제출해서는 명예회복이고 나발이고 다 물 건너갔다는 생각이 들었다. 일반 잡범과 다를 바가 뭐가 있는가.

아내가 내 말을 믿지 않는데 심의위원회에서 어떻게 믿어줄 것인가.

5

식당을 하는 처형 집에서 이틀을 묵고 온 아내는 긴 웨이브에서 쇼트 커트로 헤어스타일이 바뀌어 있었다. 아내는 집에 들어오자마자 세탁기를 돌리고 어항의 물을 갈았다. 화해의 실마리를 풀려고 주위에서 얼쩡거리는 나에게 싸늘하게 말했다.

"애인이 변심한 걸 비관한 나머지 탈영했다는 게 생각하면 할수록 괘씸해요. 언제 당신이 날 그토록 뜨겁게 사랑해준 적 있어요?"

아내는 새벽 일찍 일어나 눈에 포르스름한 불을 반짝이며 혼자 밥을 해먹고는 후딱 나가버렸다. 집으로 돌아온 건 다행이지만 마음이 풀리려면 아무래도 며칠은 더 있어야 할 듯했다.

준호를 자전거에 태워 학교까지 데려다주는 건 평소의 내 몫이었다. 늦잠 잔 아이를 부랴부랴 세수 시키고 옷을 입혀 밥까지 차려 먹이니 정신이 없었다. 아이를 자전거로 데려다주는데 아이가 등뒤에 딱 붙어서 걱정스레 말했다.

"아빠, 엄마와 이혼하실 거는 아니죠?"

난 정신이 번쩍 들면서도 오른손을 곰배팔이처럼 뒤로 젖혀 아이의 머리를 쓰다듬으며 말했다.

"짜샤. 이혼은 무슨 이혼! 간밤에 엄마 아빠는 서로 뽀뽀하며 잤단 말이야."

아이를 자전거로 데려다주고 오는데 왠지 쓸쓸한 기분이 들었다. 아이의 입에서 이혼이라는 말이 나오다니. 우리 사이가 아이에게는 그렇게 비쳤단 말인가. 이제 가을이다. 쓸쓸하기보다 초를 마신 듯 입 안이 시고 가슴이 시리다. 청탁받은 소설은 마감 기일이 일 주일이 지났는데도 아직 마무리를 하지 못하고 있었다. 예전 같으면 독촉전화라도 올 텐데 잡지사에서 아무런 전화가 없다. 다른 작가의 작품으로 대체되었나보다.

도로변에 적당하게 줄지어 서 있는 벚나무 가로수를 자전거로 지나쳐 달리면서 생각했다. 내 삶도 가로수처럼 일정한 간격으로 무리의 대열에 편입되어 있다면 참으로 행복할 텐데. 하지만 난 아무래도 열에서 빠져나와 홀로 서 있는 모과나무 같았다. 삐뚤빼뚤 못생긴 열매를 매달고 있는.

난 오병곤에게 전화를 걸었다.

판결문 등본이 도착한 이래 우리집에서 일어난 일을 간략하게 설명한 뒤 결론적으로 말했다. 혹을 떼려다가 혹이 하나 더 붙은 격이 되었다, 집안 망신으로 족하니 명예회복 신청을 포기하겠노라고.

그러자 오병곤이 탁한 목소리로 껄껄 웃으며 말했다.

"신재숙이 애인이 있었나? 있었다면 박기수 정도 아이겠나. 그런데 니가 와 똥바가지를 뒤집어썼노?"

박기수 정도라는 오병곤의 말은 정확한 표현이다. 우리 서클 내 유일하게 홍일점이었던 신재숙은 여러 남자와 입소문이 있었으나 마르기수라고 불리는 박기수와 가장 많이 났다. 우연의 일치인지 모르겠지만 그녀가 잡힐 때도 박기수의 자취방에 있었으니까.

오병곤은 신중히 생각하고 함부로 포기하지 말 것을 당부했다. 니가 덤벙거려 탈영죄까지 붙었다 아이가! 그러니 일단 인우보증을 받아 신청하는 게 좋겠다. 네 탈영이 단순한 애인의 변심에서 발생한 기 아이고 수배자가 도바리친 것으로 말이다.

도바리란 말이 묘하게 향수를 불러일으켰다. 요즘 채팅하는 N세대에게 남들이 모르는 채팅언어가 있듯이 우린 우리의 언어가 있었다. 도망을 도바리라 하고 경찰을 짭새 짜바리라 했다. 피, 동뜨다, 스타디, 박통, 전통, 날라리, 대피리란 말을 사용했다. 서로를 부를 때는 오골매 마르기수 베이유와 같이 별명이나 가명을 부르며 익명성을 즐겼다.

인우보증서는 두 개 받아야 법적 효력이 있다고 했다. 하나는 내가 보증 설 테니 나머지 하나는 재숙이를 만나 갸한테 인우보증을 받아라. 그래야 확실한 게 되는 기라.

오골매의 말에 의하면 최근에 마르기수가 제주도 안덕 파라다이스에 골프 치러 갔다가 근처 작살로 잡은 싱싱한 회가 일품이라고 해서 찾아간 집에서 신재숙과 딱 마주쳤다는 거였다. 재숙이 고향이 원래 제주도 아이가. 횟집 이름이 뭐라카더라, 여기 전화번호가 있을 낀데.

오골매는 전화번호를 가르쳐주며 인우보증 받는 김에 니가 이번에 같이 신청하자꼬 설득 한번 해봐라, 고 당부했다.

오골매가 이번 명예회복에 총대를 메고 동지들을 챙기고 나서는 것은 자신의 원죄와도 관계가 있었다. 누구의 제보에 의해서인지는 모르나 P사건 관련자 중 맨 처음 대공분실에 잡혀들어간 사람은 바로 오골매였다. 맞아도 별 표가 나지 않는 그의 가무잡잡한 피부가 온통 가짓빛으로 바뀌었다면 얼마나 많이 고문을 당했을까. 그의 입에서 한두 명씩 이름이 나왔고 그 사람들이 잡혀들어가 또 이름을 대면서 줄줄이 잡혀들어간 것이다.

오골매가 담배를 뻑뻑 빠는 모습이 보이는 듯했다.

"우리 중에 명예회복 신청 안 한 사람도 재숙이뿐이다. 옛날 재심때도 그라더만 갸 때문에 진짜 골치 아파 죽겠다."

칠 년 전의 일이다. P사건을 가지고 재심하자는 말이 나와 옛날 소위 '빵잽이'들이 서면 뒷골목에 있는 오륙도 갈빗집에서 모였다.

P사건을 변호했던 변호사가 입당해 마침내 3선 국회의원이 되더니 김영삼 문민정부 출범과 함께 청와대 보좌관으로 들어갔다. 이런 천재일우의 기회에 재심을 청구해서 조작된 P사건의 진상을 알리자고 여남은 명이 몰려든 것이다.

누가 이거 모였다고 또 국가보안법상 회합죄로 몰리는 거 아이가? 이제 절대로 다래모시 같은 건 하지 맙시데이, 라고 해 좌중을 웃음바다로 만들었다.

한때 우리는 조그만 루핑집 자취방에서 함께 뒹굴며 밤새 자욱한 청자 담배연기에 묻혀 군사독재 정권을 어떻게 무너뜨릴까 토론했다. 짭새에게 잡히지 않고 유인물을 효과적으로 살포하는 방법을 연구하기도 했다. 유인물을 실로 묶어 빌딩 꼭대기에 매달아놓고 그 실에 불을 붙인 담배를 묶어놓아 타이머 역할을 하게 한다든가 시내버스의 환기통 위에 유인물을 올려놓고 버스가 움직일 때 자동으로 바람에 날아가게 하는 법 등을 얘기하기도 했다. 그런 동지들이 모두 혹독한 빵을 살고 나와 십삼 년이 지난 지금 다양한 사회 분야로 진출한 게 기특하다.

중소기업의 숙련공으로 일하는 K와 시골에 가서 유기농법으로 농사를 짓는 J를 비롯해 교사, 공무원, 공인회계사, 그리고 S물산 전무가 되어 출세가도를 달리는 박기수 등 각자 다채로운 스펙트럼을 형성하고 있었다. 특이한 직업을 가진 동지로는 소설가인 나와 이 자리에 참석하지는 않았지만 미국 뉴욕 한인교회에서 목회활동을 하고 있는 L을 들 수 있을 것이다. L은 혹독한 수사를 받는 도중 예수님의 환상을 보았다고 주장하며 감옥에서 동지들과의 옥중투쟁을 거부하고 오로지 성경 읽기와 기도만으로 생활했다. 그는 재소자와 간수들에게 목사라고 불리더니 출소해 신학대학에 가서 목사가 된 후 미국으로 건너갔다.

서로의 안부를 물으며 이야기 초점은 자연히 박기수한테 모아졌다. 니 돈을 엄청 벌었다며? 오늘 한잔 사라. 어떤 동지는 비꼬는 투로 말했다. 넌 이제 마르기수가 아니고 마니기수다. 그리 된 기 다 누구 덕이고? 마누라 덕 아이가! 처갓집 말뚝을 보고 매일 한 번씩 절해라. 싸움의 빌미가 될 수 있는 말을 듣고도 박은 가진 자의 여유랄까 뻔뻔함으로 화제를 돌려 최근에 제주도에 별장을 마련하고 벤츠를 새로 구입한 이야기를 했다. P는 오십 평형 아파트를 장만했고 L은 이혼을 했다가 재혼을 하고 C는 직업을 잃어 오골매에게 법률적 상담을 받고 있었다.

술잔을 권커니 잣거니 하면서 옛말을 하던 중 홍일점 신재숙의 이야기가 두런두런 나왔다. 그만한 지성과 미모를 갖춘 애도 드물지. 킹카였다 아이가. 영화배우나 커리어우먼이 될 줄 알았더니. 갸가 고문에 기가 한풀 꺾이가 영 배려뿐기라.

동지들은 아련한 추억에 젖어 그녀의 이야기를 꽤 오랫동안 술안주로 삼았다.

재판받을 때 그녀는 은빛 수정에 검정 고무신을 신고 법정에 나왔다. 그녀는 긴 머리로 얼굴을 반쯤 가리고 고개를 약간 숙이고 있었는데 회색 죄수복을 입어도 여전히 멋지고 아름답게 보였다. 동지들은 재판과정에서 그녀의 돌출발언을 가장 염려했다. 부당하게 법을 적용한 국가보안법과 투쟁하기 위해서는 공조를 취해야 하는데 여사에서 홀로 고립된 그녀가 성격대로 래디컬하게 치고 나가지나 않을까 걱정되었다.

학창 시절 그녀의 별명은 베이유였다. 그녀는 노동현장에 들어가 노동을 체험하고 책을 저술하다 서른넷의 젊은 나이로 죽은 불꽃의 여자 시몬느 베이유처럼 뜨겁게 살기를 원했다. 마르기수가 논리적이고 형이상학적 이론에 강했다면 그녀는 선도적인 투쟁과 현장 실천을 중시했다. 신재숙은 대학 삼학년 때 돌연 학업을 그만두고 신발공장에 들어가 민주노조를 결성하는 데 성공했다. 부산에서 대학생으로는 제일 먼저 노동현장에 투신한 그녀를 동지들은 노동 1호라는 또 다른 별명으로 부르며 그녀를 따라 줄줄이 노동현장으로 뛰어들었다.

그런데 법정 최후진술 때 그녀는 아무런 말이 없었다고 한다. 모두가 넓은 법정이 쩡쩡 울리도록 독재정권의 부당성을 피력하고 자신들의 무죄를 항변했지만 그녀는 들릴 듯 말 듯한 목소리로 단 한 마디만 했다는 것이다.

"내가 왜 이 자리에 서 있어야 하죠?"

그리고 나란히 선 동지들의 얼굴을 보고는 히뜩히뜩 눈웃음을 치더라는 거다.

재판이 끝난 뒤 동지들 사이에는 그녀가 수사과정에서 성폭행이나 성적 학대와 같은 어떤 수치스런 고문을 받고 미치고 말았다는 추측이 무성했다. 그렇지 않고서야 매사에 똑소리나던 여자가 저렇게 바뀔 수가 있단 말인가. 그 뒤 그녀가 보인 행적은 더욱 그런 소문을 뒷받침했다. 그녀는 수감생활을 일 년밖에 하지 못하고 외부의 정신병동으로 옮겨졌기 때문이다.

"재숙이 걔는 PD라지 아마."

"PD라니? 걔가 언제 방송국에 일자리 얻었냐?"

"방송국 PD말고 민족해방 계열인 NL에 맞서는 PD(민중민주주의) 말하는 거 아냐? 그런데 요즘도 NL PD로 나눠 싸우냐?"

"이런, 상식들 좀 배워라. 재숙이는 방송국 PD도 운동권 PD도 아니고 사회에 적응하지 못하는 퍼스낼리티 디스오더(Personality Disorder)란 말이야. 인격장애 혹은 반사회적인 성격이라고 부르지. 재숙이가 징역의 마지막 일 년은 정신병원에서 보냈잖아."

비교적 재숙의 이야기를 잘 안다고 자처하는 박기수의 말이었다. 그의 말에 따르면 재숙은 수사투쟁와 재판투쟁에서 지고 말았다는 강박관념에 사로잡혀 있었다는 것이다.

어느 날 여간수가 스파이홀로 신재숙을 살펴보니 그녀는 벽에 등을 기대고 앉아 입으로 커다란 비눗방울 같은 걸 만들어내고 있었다. 여간수는 신기해서 마냥 구경하고 있었는데 신재숙은 비눗방울을 끊임없이 만들어 좁은 독방을 오색 영롱한 방울로 반짝이게 했다. 나중에는 그녀의 입가에 잔거품이 뽀글뽀글 묻어나고 눈빛의 영채가 힘을 잃었다. 그제야 놀란 여간수가 문을 따고 들어가보았더니 중성세제를 반 병이나 마시고 거품을 뿜어내며 중얼거리더라는 것이다. 나는 너무 무거워. 거품이 되고 싶어. 무지개 거품이 되어 하늘 끝까지 날아가고 싶어. 여간수는 비상벨을 누르고 재숙을 외부 병원으로 응급후송했다. 다행히 신속하게 위세척을 받아 생명에는 별·지장이 없었지만 그 뒤로 귀에서 이명이 울리고 머리가 빠개질 듯한 편두통이 찾아와 결국 교도소에서 외부 정신병동으로 옮겨졌다는 것이다.

정신병동에서 요양하고 나온 그녀는 다시 예전에 일하던 신발공
장으로 들어갔다. 그러나 신발 밑창에 바르는 화학본드 냄새에 중독
되어 다시 머리가 아프기 시작했다. 그래도 그녀는 끝까지 버티려
했지만 오히려 주위의 노동자 활동가들이 부담을 느끼기 시작했다.
한동안 공장에서 쫓겨나오다시피 한 그녀가 연하의 남자와 동거한
다는 소문이 들렸다. 그녀가 대학생일 때 아르바이트를 한 학생인데
은행원이 되어 그녀의 뒷배를 봐주었다는 것이다. 동거 소문 이후로
는 그녀에 대한 소문은 지리멸렬했다. 다시 요양소에 들어갔다 카더
라, 누가 룸살롱 안에서 마주쳤다던데, 인천의 노동현장으로 들어갔
다, 아이다 고향 제주도에 가서 결혼해서 잘 산다더라 등등.

모두들 신재숙에 대해 이러쿵저러쿵 한마디씩 말을 하고 있는데
오륙도 갈빗집 문이 열리고 신재숙이 쓱 들어왔다.

누가 말했다. 양반 되기는 틀렸군. 왜 이리 늦었어?

그녀는 이미 전작을 많이 한 모양으로 얼굴이 술상을 훔친 행주꼴
이었다. 눈망울엔 붉은 술기운 가운데 한 점 광기가 떠돌아 형형한
눈빛이었다. 그녀는 담배를 척 물었는데 라이터 불로 담배를 살짝
그을려 피우는 건 여전했다. 그렇게 하면 담배가 연해진다나 어쨌다
나. 왼쪽 목과 턱 부위는 갑상선병으로 좀 부어 있어 목선이 오른쪽
으로 좀 휘어져 있었다. 호수처럼 크고 아름다웠던 눈이 불안하고
예민하게 움직였다.

학창 시절 그녀의 청순한 관능미를 다시 한번 보리라 기대하고 왔
던 나에겐 약간 실망스러운 일이 아닐 수 없다. 하긴 세월이 벌써
십여 년이나 흘렀으니 얼굴과 몸매도 바뀔 만도 하지. 그녀가 말했

다. 날더러 늦게 왔다구요? 내가 가장 일찍 왔을걸요. 바로 맞은편 술집에서 누가 오나 보면서 지금까지 혼자 마시고 있었죠. 이리로 곧바로 오지 그랬어라는 말에 옛날 우리를 감시하던 형사들의 심정이 되어본 거야라고 대답했다.

학창 시절 그녀는 늘 하얀 블라우스에 검정색 치마를 현대적 미감에 맞게 입었었다. 그녀의 몸에서는 방금 목욕탕에서 나온 듯한 향긋한 새물내가 확 풍겨오는 듯했으며, 노란빛이 도는 연갈색 머리카락은 하얀 이마가 드러나게 뒤로 단정히 묶어서 마치 전통적인 조선의 여인을 보는 듯했었다. 그녀가 만들어내는 수많은 곡선의 흐름이 그녀를 자연스럽고도 관능적으로 보이게 했었다.

어쨌든 누구도 세월은 이기지 못한다. 내가 보기에 그녀는 바제도병이라는 갑상선병을 앓고 있는 게 틀림없었다. 그녀의 목선이 부어 약간 기울어져 있고 눈알도 살짝 튀어나온 듯했다.

다시 모두들 새로 들어선 김영삼 문민정부에 대해 기대감을 잔뜩 늘어놓기 시작했다. 이번 재심은 붙으면 무조건 이긴다는 쪽으로 의견이 쏠리고 있었다. 성급한 이들은 재심에서 무죄가 나오면 그 보상금으로 뭘 하나 하는 말도 꺼냈다.

그런데 느닷없이 그녀가 자리에서 일어나 말했다.

"난 이번 재심을 내가 사회주의자임을 증명하는 기회로 삼겠어요. 그때 법정에서 우린 너무 비겁했어요. 모두들 부인으로 일관했잖아요. 그리고 나도 떳떳하게 진실을 말하지 못했어요."

우리는 모두 신재숙의 말에 경악했다. 사회주의가 급격히 몰락하고 신자유주의가 승리를 구가하는 마당에 무슨 뚱딴지 같은 말인가.

지금 재심에서 가장 절치부심하는 것이 국가보안법 조항이다. 계엄법과 포고령은 이미 무죄 판례가 많이 있기 때문이었다. 그런데 오히려 재심을 사회주의자임을 증명하는 기회로 삼겠다니 도대체 말인가 말뚝인가?

우리들은 모두 벌린 입을 다물지 못했다.

"속물 같은 인간들! 그때 우리가 바라던 사회가 지금과 같은 문민정부였나요. 누구 한번 이야기해봐요. 예나 지금이나 질적으로 변한 게 뭐가 있는지. 노동자는 여전히 노동자고 미국은 여전히 미국이고 휴전선은 여전히 휴전선이고. 그런데 벌써 제도권에 진입하지 못해서 안달복달이에요? 결국 이 사회를 천박하게 하는 것은 사회를 바꾸겠다고 말로만 떠드는 치들, 바로 우리 자신들이라구요, 우리 자신들. 알겠어요? 자신들을 돌이켜봐요. 얼마나 천박한지. 당신네들은 정말 양심적이고 위대한 투사들인가요?"

신재숙이 좌중을 질타하는 투로 톤을 높이니까 동지들은 한마디씩 던졌다. 야, 신재숙 그만 앉아! 지금 우리에게 설교하는 거야 뭐야. 아직도 80년대야? 잔치는 끝났단 말이야.

그러자 그녀는 불쾌해진 눈으로 피식 웃었다.

"잔치는 끝났어? 위대하고 고결한 투사들! 그래 너희들이 그렇게 깨끗하고 당당하냐. 그렇다면 여기서 나한테 키스하지 않은 사람 있으면 나와봐! 하지 않았다고? 그럼 술김을 빙자해서라도 내 몸을 더듬지 않은 사람 있으면 나와보라니까. 아예 날 강간하려 덤벼든 놈도 있었어. 그래 놓고 무슨 무죄는 무죄야, 씨펄. 너희들이 재심하면 내가 법정에서 성추행죄까지 까발리고 만다."

그녀가 종주먹으로 술상을 내리쳤다. 몇몇 동지가 일어나 손가락질을 하며 냅다 고함을 질렀다.

"저거 완전히 미친 거 아이가!"

"또라이가 됐어, 빨리 밖으로 들어내삐라."

"술걸레 같은 년!"

동지들이 양 옆에서 그녀의 겨드랑이를 꽉 끼자 그녀는 나가지 않으려고 몸부림을 치며 뻗대었다. 그러더니 갑자기 팔을 휘저으며 사랑도 명예도 이름도 남김없이……라며 〈님을 위한 행진곡〉을 불렀다. 우리가 무슨 백골단이라도 된다는 건가.

그날 우리의 정당성을 입증하기 위해 기자까지 초청한 술자리는 신재숙의 해프닝으로 개판이 되고 말았다. 그 사건으로 두 달에 한 번이라도 모임을 정례화하자던 P사건 동지들의 모임도 재심 청구도 무산되고 말았다.

6

판결문 도착 이래 좀처럼 풀리지 않던 우리 부부의 갈등은 오늘 등기로 받은 오골매의 인우보증서로 어느 정도 풀리게 되었다.

인우보증서

P사건은 비정상적인 방법으로 집권한 신군부가 집권 초기 통치 기반을 다지기 위해 민주화운동 세력을 탄압하던 시기에 발생한

부산 지역 사상 최대의 공안 조작사건입니다. 부마민주항쟁을 일으킨 배후세력을 캐겠다는 구실로 (……) 그즈음에 저는 직장에 가는 길에 영장도 없이 체포되어 경찰 대공분실에서 64일 동안 온몸이 가짓빛이 되는 고문을 당했습니다. 제가 실종되자 가족들은 경찰에 실종신고를 하고 전국을 헤매며 찾아다니는 촌극을 벌이기도 했습니다. 물고문 전기고문 등 인간 인내력을 시험하는 극악한 고문 속에서 나의 입에서 김성학이라는 후배의 이름이 신음소리처럼 튀어나왔습니다.

그런데 김성학은 휴가중에 P사건이 터진 것을 알았고 귀대해서 부대로 돌아갔지만 보안대 수사망이 자기에게로 뻗쳐온다는 사실을 알고 소위 당시 수배학생의 관행대로 '도바리(도망)'를 쳤던 것입니다.

그러므로 신재숙의 변심 때문에 김성학이 부대에서 탈영했다는 판결문의 내용은 어불성설입니다. 우리 동아리 내 유일한 홍일점이었던 신재숙은 우리 중 누구와도 애인이었으며 우리 중 누구와도 애인이 아니었습니다. 그녀는 모두에게 우호적이었으나 거리감을 두었고 중립적이고 공평한 태도를 취했습니다. 신재숙이 김성학의 애인이라고 말하면 우리 P사건 당사자들은 모두들 웃습니다. 둘 사이는 결코 그런 관계가 아니었기 때문입니다.

김성학의 사건을 단순한 애정관계에 의한 탈영으로 처리한 것은 양심범들을 모욕 주기 위한 당시 수사관들의 전형적인 수사 방침입니다. 김성학의 사건은 P사건과 분리되어 있지만 실제로 내용은 동일합니다. 그래서 김성학의 보안법 7조 위반도 우리들

P사건의 7조 항목과 같은 맥락에서 이해되어야 합니다. 그의 탈영도 폭압적인 군사독재 정권하에서 붙잡히면 고문과 구타 징역을 받아야 할 상황하에서 부득이하게 취해진 최소한의 정당방위 행위로 이해해야 합니다. (……) 이번 기회에 같은 P사건의 일원이고 나보다 종범이지만 나보다 훨씬 오랜 징역을 살아야 했던 김성학에게도 P사건과 똑같은 명예회복이 주어지기를 바랍니다.

저는 부산 합동법률사무소 사무장으로 위의 사실이 한치도 틀림없는 사실임을 진술합니다.

그러나 아내의 오해가 완전히 가신 것은 아니었다.

인우보증서를 읽고서 아내는 나에게 말했다. 홍, 당신이 이렇게 써달라 말한 거 아녜요? 그리고 신재숙은 우리 중 누구와도 애인이었으며 우리 중 누구와도 애인이 아니었습니다라는 말은 무슨 뜻이죠?

나는 거기 씌어진 그대로가 아니겠냐고 대답했다. 사실이 그랬다. 신재숙은 우리 모두의 애인이었고 우리 모두의 애인이 아니었다.

사실이 아닌 내용으로 인우보증을 서면 위증죄로 구속이 된다. 광주민중항쟁 피해자들이 보상을 청구할 때도 몇 사람이 짜고서 서로 거짓으로 인우보증을 서, 보상금을 탄 사람은 보상금이 몰수되고 몽땅 구속 처리되었다는 점을 강조했다.

나는 아내에게 말했다.

"더욱이 오선배는 법률을 잘 아는 사람인데 거짓으로 썼겠어? 하지만 나도 이것만으로는 부족해. 인우보증서를 하나 더 받아야 법률적으로 효력이 있지. 그럼 믿을 수 있겠지?"

7

"내일 운동회 갈 거죠?"

아내의 말에는 신경질적인 미늘이 박혀 있었다. 하지만 난 내일 제주도 비행기를 타야 했다. 다음주에 태풍 소식이 있었다. 부마항쟁 기념일까지는 시간이 없다. 비행기라도 뜨지 못하면 고향 사계리에서 물질을 하고 있다는 신재숙을 만나지 못한다. 왜 요즘 운동회는 꼭 노는 날에 하는 걸까. 모처럼 가족과 함께 뛰놀기 위한 배려라지만 난 아내의 말에 가타부타 대답을 하지 않았다. 이런 경우 약간의 미소를 띤 침묵만이 최고의 대답이란 걸 알고 있다.

"당신 참 이상해요. 남들이 뛰는 올림픽은 밤을 새워 보면서 왜 우리 아이가 뛰는 건 안 보려고 하죠?"

아내의 말은 일리가 있었다.

난 올림픽 기간 내내 리모컨을 들고 밤늦게까지 녹화 장면을 보고 또 보았다. 트랙이나 수영장에서 0.01초를 앞당기기 위해서 달리고 헤엄을 치는 운동선수들을 보면 생명의 약동감을 느낀다. 보고 또 보고 하다보면 어느덧 밤 두세 시가 넘게 마련이다.

그러나 아이와 보내는 시간은 온종일 집에 있는 내가 더 많을 것이다.

아이가 컴퓨터한다고 좁은 공부방에 앉아 있으면 난 아이를 끌고 나가 운동장과 같은 넓은 곳에서 뛰놀게 한다. 운동장 정글짐이나 철봉에 매달려 있으면 일부러 플라타너스 나무 위에 올려놓는다. 조금은 위험하지만 자연을 좀더 가까이 느끼면서 자라라는 생각에서이다. 그 때문인지 녀석은 곧잘 나무에 올라가곤 한다. 아내가 보곤 기겁을 하지만.

이런 생각은 내가 비좁은 감옥에 있으면서 간절히 꿈꾸던 것이었다. 대자연의 품속이나 드넓은 대지 위에서 뛰노는 게 가장 큰 행복이라는 걸 깨달았기 때문이다.

굳이 올림픽이 아니더라도 난 늦게까지 TV를 보거나 커피를 마시고 잡지를 읽는 소위 올빼미형인 데 비해 매일 아침 출근길을 서둘러야 하는 교사인 아내는 전형적인 종달새형이다.

웬만하면 아내의 명랑하고 상쾌한 출근길을 도와주기 위해서 난 오지도 않는 잠을 일찍이 청해 숫자를 헤아리다 잠이 들곤 했다.

"아무래도 제주도에 가야 할 것 같아서."

아내의 인상이 확 달라진다.

"제주도는 왜요?"

"명예회복을 위해서는 인우보증서가 필요해."

"신재숙인가 하는 그 여자 만나러 가는군요."

여자의 직감은 정말 무섭고 날카롭다. 신재숙에 대해서는 한마디도 하지 않았는데 아내의 눈꼬리가 휘어지며 신재숙을 짚어낸다.

"오병곤씨는 가까운 곳에 있는데도 우편으로 부쳐왔잖아요. 신재숙은 왜 꼭 제주도까지 가서 받아야 되는 거죠? 전화 한 통화면 될 텐데. 왜? 그 여자와 합방이라도 해야 써준데요?"

아내의 말이 또 비정상으로 치닫기 시작했다.

"당신 정말 왜 그래! 말을 좀 가려서 해!"

화가 치솟아올랐다. 이 무능한 남편에게 언제까지 이십 년 전의 일로 무익한 싸움을 걸어올 텐가. 어쨌든 먼저 땅바닥에 추락한 나의 명예를 회복시킨 뒤에 바가지를 긁어도 긁어야 할 것이 아닌가.

"정말 아침부터 이럴 거야? 에잇, 그래서 인우보증을 받아오겠다는 거 아냐!"

내가 아내에게 이토록 화를 낸 것은 결혼 이후 처음이지 싶다. 여자가 낀 미묘한 일에는 함함하며 달래려 하기보다 함께 화를 내고 화끈하게 밀고나가야 한다는 걸 어디선가 들은 적이 있다. 당장은 아내가 적반하장이라고 난리굿을 떨지만 나중엔 오히려 안심한다던가. 이번엔 내가 집을 나와버렸다. 그 동안 사계리 바다횟집에 몇 번이나 전화를 넣었지만 그녀와 통화할 수 없었다. 아이에겐 미안하지만 어차피 가봐야 하는 것이다.

8

기내에는 제주도로 신혼여행을 가는 신랑 신부들이 더러 눈에 띄었다. 신랑은 신부에게 사랑을 표현하고 배려하려는 결의로 가득 찬 듯했다. 난 어떠했는가. 결혼 첫날부터 큰 행복감을 느끼지 못했다. 돈도 빽도 없는 가난한 작가의 미래를 일찍 간파한 처갓집의 냉랭한 시선 때문이었을까. 설레는 출발은 피곤한 요식 행위로 대체되고 미래에 대한 막연한 불안만이 분명한 느낌으로 남아 있었다. 지금

장마비처럼 긴 주례사를 한마디도 기억하지 못하고 있음이 불가사의하다. 긴장하고 있어서 그랬을까. 오히려 남의 결혼식에 가서 들은 주례사가 기억났다.

'부부는 일심동체라는 말은 새빨간 거짓말입니다. 부부는 이심이체입니다. 그러므로 서로의 차이점을 인정하고 이해하고 존중할 때 비로소 일심동체로 나아갈 수 있는 것입니다.'

우리 부부는 서로의 차이점을 존중한 적이 있었던가. 오히려 서로 비난하고 경멸해왔지 않았던가.

창 아래로 푸른 바다에 떠 있는 검붉은 거북등 같은 제주도가 보였다. 성산포를 밟고 올라온 태양은 한라산의 오름들을 맴돌고 있었다.

나는 공항에 내려 제주터미널에서 버스를 타고 서회선 일주도로를 돌아 사계리에 도착했다. 승객들은 대부분 마라도로 가는 관광객들이라서 선착장이 있는 산이수동을 지나자 버스엔 사람이 거의 없었다.

사계리에 내려 민박집과 횟집이 보이는 백사장 쪽으로 걸어갔다. 마르기수가 작살로 잡은 값비싼 다금바리회를 먹었다는 횟집은 백사장이 끝나 암벽이 시작되는 곳에 있었다. 그런데 막상 도착한 곳의 간판 이름은 바다횟집이 아니라 바다식당이었다. 경관이 좋은 해변가에 위치한 통나무 이층집이었다. 제주도의 운치를 나타내주기 위해서인지 아니면 실제로 교통수단으로 사용하는지 식당 옆에는 준수한 밤색 말이 한 마리 매여 있었다.

키가 작고 머리숱이 적은 식당 주인은 그 동안 전화한 사람이냐고 묻고는 신재숙이 물질하고 있는 곳을 가르쳐주었다.

나는 산방산을 등지고 해변가로 걸어갔다. 뭍과는 사뭇 느낌이 다른 바닷바람이 불어와 청신한 기운으로 몸을 휘감는 듯했다. 활처럼 굽은 백사장은 제주도 특유의 주먹만한 검은 돌들로 가득했는데 검은 바위들과 주먹만한 돌덩이들은 바다로 갈수록 잘아지고 색깔도 검붉은 자갈, 회색 모래로 바뀌는 게 특이했다.

제주도 해녀들의 상징인 태왁이 가까운 물가에 떠 있었다. 몇 분마다 한 번씩 잠녀는 물위로 고개를 내밀고는 다시 물 속으로 들어갔다.

파도의 물마루가 일정하지 않았다. 해안 가까이 올수록 눈에 띄게 높아져 철썩 기슭을 핥았다. 주말쯤 태풍이 올 거라는 기상예보가 있었다. 가을 태풍이 여름 태풍보다 무섭다는 기상 캐스터의 미니해설이 있었다.

그러나 사계리 바다는 무척 아름다웠다. 높이 올라간 맑은 해수면은 푸른 하늘에 닿아 있고 바다에 뜬 섬들은 마치 유영하는 돌고래처럼 아름답게 보였다. 아름다운 풍경을 보고 감동을 느끼기는 오랜만이었다. 나이가 들어감에 따라 감정이 무디어진 탓도 있겠지만 풍경을 찾아가는 여행조차 변변히 다니지 못했다. 나는 낚시꾼이나 된 듯 바위에 엉덩이를 딱 붙이고 앉아 낚시찌처럼 흔들리는 태왁을 보고 있었다. 담배를 얼마나 태웠던가. 태왁이 점점 가까이 오더니 작살을 든 검은 잠수복의 여인이 뭍으로 올라와 다가왔다.

"멋 허레 이디 왔수강?"

물안경을 벗고 얼굴을 드러낸 신재숙은 억센 제주도 방언으로 말했다. 얼굴이 전에 비해 약간 검어졌고 건강해 보였다.

내가 무슨 말인가 하려니까 쪼금 기다립서 하고 갯가 바위 뒤로 갔다. 바위 뒤에 옷을 벗어놓은 모양이었다. 바위라지만 높이가 낮아 그녀가 잠수복을 벗고 흰 긴팔 셔츠와 검은 바지로 갈아입는 모습이 훤히 보였다. 나이 마흔에 아직도 저토록 균형 있는 몸매를 이루고 있다는 게 놀라웠다.

망시리에는 소라와 전복과 큰 돔 같은 게 불룩하게 들어 있었다.

"야, 고기도 잡았네."

"지금 물밑에는 돌돔 다금바리 돗돔 벵에돔 참돔 부시리 감성돔이 새까맣게 몰려와 있어. 이중에서도 다금바리가 제일이지. 이놈이물고기떼를 거느리고 나타나면 작살을 쏘려다가도 멈칫해져."

그녀는 커다란 다금바리를 가리키며 말했다.

나는 망시리를 들고 그녀를 따라 바다식당으로 갔다. 시간은 오후두시가 지나 배가 꽤 출출했다.

접시에는 정교하게 칼질을 한 다금바리가 올라와 있었다. 난 젓가락으로 살점을 집어 무즙을 푼 와사비 간장에다 찍어먹고는 소주잔을 기울였다.

"맛있어?"

"그럼."

최고급 어종인 다금바리를 가장 맛있다는, 작살로 잡은 놈으로 먹었다. 작살로 잡은 것은 물 속에서 피가 깨끗하게 다 빠지기 때문에 수족관에서 넣었다가 도마 위에서 피를 빼낸 것과는 신선도나 맛에서 비교가 안 된다.

"내가 잡아준 거라서?"

신재숙의 말은 농담 같으면서도 뼈가 있는 듯했다.

난 그녀를 물끄러미 바라보다 판결문을 꺼내 보여주며 찾아온 용건을 조심스레 말했다. "내가 네 애인이라니 우습지 않아? 넌 나에겐 별 관심이 없었잖아. 그런데 놈들이 우릴 모욕 주기 위해서 이렇게 적어놓은 거야. 이게 사실이 아니라는 걸 인우보증 받으려고 왔어. 그리고 오골매 형 알지? 그 형이 이번에 총대 메기로 했거든. 이 기회에 너도 명예회복을 신청해."

"명예회복? 그게 뭐지?"

"그러니까 우리 사건이 조작된 것이고 우린 당시 군사독재 정권과 싸운 정의로운 행동을 했다는 걸 입증하려는 거야. 명예가 회복되고 나면 보상도 받는 거야. 그러니까 하는 게 좋아."

그러자 그녀는 소주를 입에 탁 털어넣으며 단호하게 말했다.

"언제 우리가 명예를 얻고 보상금 받자고 그 일을 한 거야? 뭐가 그리 아쉽고 궁해! 난 신청 안 해. 인우보증도 딴 데 가서 알아봐."

어느 정도 예상은 하고 있었지만 막상 그녀 앞에서 거절을 당하니 민망해졌다. 난 더이상 말을 하지 않고 묵묵히 술잔을 기울이다가 다금바리회도 다 먹지 않고 일어섰다.

"이제 그만 가봐야겠어."

그녀는 떠나는 나를 돌아보지도 않고 고개를 뒤로 젖히고 술잔을 뒤집었다.

바다횟집을 나와 산방산을 바라보며 사계리 정류소 쪽으로 걸어갔다.

정류장이 보였다. 사계리로 올 때는 서회 일주도로를 타고 왔지만 갈 때는 곧바로 서부 산업도로로 가야겠다, 생각했다.

문득 뒤를 돌아보았다. 아름다운 바다 풍경이 뒤통수를 당겼나보다. 바다에는 바람을 탄 파도가 높은 물마루를 밀어왔다. 무수한 흰 말떼들이 뭍으로 달려와 부서지는 풍경 사이로 말을 탄 여인이 말발굽 소리를 내며 나에게 다가오고 있었다. 식당 옆에 매어둔 그 밤색 말이었다. 신재숙은 말타기에 익숙한 듯 내 앞에서 날래게 말머리를 옆으로 돌려세우고 날더러 올라오라고 했다. 내가 쭈뼛거리다가 말 등자를 밟고 올라가자 그녀가 냉큼 끌어올려 그녀의 앞에 태웠다.

"이게 네 말이야?"

"그 동안 물질해서 이 말 하나 얻었지. 이름이 삼별초야. 이마에 흰 점이 세 개 있기도 하지만 제주도까지 와서 끝까지 몽고와 싸운 삼별초를 생각해 지었어."

그녀는 말을 천천히 몰아 모슬포 쪽으로 가기 시작했다.

"대체 어디로 가는 거야?"

앞에 탄 내 자세가 좀 엉거주춤하긴 했지만 등뒤에 실려오는 몽실한 젖가슴의 촉감이 좋았다.

"모슬포로 넘어가는 곳인데 가보면 알아. 저기 보이는 산방산에 얽힌 이야기 알아?"

그녀는 말을 천천히 달리며 전설을 이야기했다. 옛날 어떤 사냥꾼이 사슴을 향해 활을 쏜다는 것이 그만 옥황상제의 엉덩이를 맞히고 말았다. 화가 난 옥황상제가 한라산 봉우리를 뽑아 바닷가로 던졌는데 그 봉우리가 저 산방산이 되고 봉우리가 뽑힌 자리가 백록

254

담이 되었다는 이야기였다.

"저 산방산을 뽑아 백록담에 끼우면 한치도 어긋나지 않고 아귀가 딱 맞는다는 거야. 그렇게 되면 이 세상에 평화가 온다는 거고."

난 평지에 뭉뚝하게 솟아오른 산방산을 보며 주변 풍경과 어딘가 어울리지 않는 어떤 이물감을 느꼈다. 그런데 한라산에서 떨어져나온 산봉우리란 말을 들으니 한라산과의 절묘한 조화를 느낄 수 있었다. 한라산은 머리가 없는 산이어서 두무악(頭無嶽)이라 불리는데 이제 그 머리를 찾았다. 머리는 바로 산방산인 것이다.

초원지대를 지나 어느 을씨년스런 풍경 속으로 들어간 건 제법 오랜 시간 말을 타고 달린 뒤였다. 우린 말에서 내려 말과 함께 걸었다.

그녀가 갑자기 호오잇 하면서 이상한 소리의 휘파람을 불었다. 짧은 소리였지만 마치 자신의 가슴 깊은 곳의 한과 응어리를 토해내는 듯한 소리였다.

"그게 무슨 소리야?"

"우리 잠녀들이 물질하는 소리야. 바다 밑에서 일하다 숨이 가쁘면 물위로 올라와 숨쉬는 소리야. 우린 숨비 소리라고 하지."

그녀는 다시 한번 가슴을 다 들어내는 듯한 숨비 소리를 내고는 말했다.

"우습다. 너하고 이렇게 단둘이 걷다니."

"이게 뭐가 우스워?"

"넌 우리가 처음 만났을 때 여기서 이렇게 걸으리라고 생각했니? 그것도 이 말과 함께."

"전혀."

"그러니까 우스운 거야. 정말 우습지 않아?"

그녀는 정말 우스워 죽겠다는 듯 배를 잡고 깔깔거렸다. 전과는 달리 매우 건강하게 보이는 그녀에게 아직도 정신병의 예후가 남아 있는가.

돌로 만든 제주도 특유의 올레담 안에 수많은 봉분들이 누워 있었다.

"도대체 여기가 어디야?"

"이따금 내가 한 번씩 와보는 곳이야."

"이 무덤과 연고가 있는 거야?"

"아냐."

황량한 들판의 공동묘지는 으스스한 느낌이 들었다. 찔레와 구지뽕과 가시덤불이 무덤 잔디 위로 웃자라 있었고 바닷바람이 빗질한 풀들이 헝클어진 머리카락처럼 곤두서며 일어났다.

환상과 낭만의 섬인 아름다운 관광 제주에 이런 스산한 풍경이 스며 있다니.

그녀는 나의 손을 잡아끌고 탑 앞으로 데려갔다. 어둑신한 공간에 하늘로 솟구친 제법 규모가 있는 탑이었다.

"백조일손(百祖一孫)탑이야."

나는 검은 공동묘지의 탑에 새겨진 한자를 읽고는 의미를 생각하고 있었다.

"조상은 백 명인데 자손은 하나라는 뜻이야. 무고하게 처형된 사람들의 넋을 달래는 탑이지."

백조일손.

수없이 많은 조상이 죽고 한 자손만 남았다는 뜻으로 억울하게 많은 사람들이 희생된 것을 말하는 듯했다.

나는 문득 떠오르는 게 있어 말했다. 제주 4·3사건 때 죽은 사람들의 무덤들이군. 그녀는 부인도 시인도 하지 않았다.

"분단시대에 억울하게 집단적으로 희생된 사람들의 묘야. 그 뼈를 저기 한 곳에 모아 묻었어. 여기 널려 있는 수백 개의 무덤은 모두 비어 있는 가묘고. 백조일손의 뜻이 무언지 알아? 한 사람을 살리기 위해서 백 명이 죽어야 한다는 뜻이야. 그래, 진실 하나를 살리기 위해서는 수없이 많은 것들을 땅에 묻어야 돼. 재심? 명예회복을 한다고? 사랑도 명예도 이름도 우리의 깃발도 다 남김 없이 이 무덤 속에 묻어야 해. 오늘 너도 여기에 묻으러 왔어."

"재숙이, 무슨 소리를 하는 거야. 농담하지 마. 그러지 않아도 터럭이 선단 말이야."

"진짜로 널 묻을 거야. 난 여기에 많은 사람을 묻었어. 어두운 시절에 날 괴롭히고 고문하고 학대하던 사람들을. 이리 와."

그녀는 나의 손을 거칠게 잡았다. 그리고 무덤가로 억세게 밀어붙이더니 키스를 했다. 입술이 겹쳐지는 순간 공간이 우주로 무한히 확대되고 끝없이 펼쳐진 초원 속을 달리는 말이 떠올랐다.

나는 옛날 그녀와 한 처음이자 마지막 키스를 떠올렸다.

부마항쟁이 터진 그날 난 재숙과 시위대 속에 섞여 있었다. 함성소리와 최루탄 터지는 소리가 뒤섞인 가운데 계엄군들이 시위대를 가르며 쳐들어왔다.

재숙은 옆구리에서 치고 들어오는 얼룩무늬의 곤봉에 맞아 코피를 흘리며 도망치고 있었다. 둘은 텅 빈 체육관 건물로 뛰어들어갔다. 나는 그녀를 바닥에 뉘여 코피를 지혈시킨 뒤 옆에 나란히 누웠다.

두 개의 농구 골대만이 수직해 있는 돔형의 텅 빈 체육관은 마치 우주처럼 홍황(洪荒)했다. 거대한 우주의 적요에 심장의 박동 소리가 텅텅 들려왔다. 그 소리는 마치 마루에 농구공을 튀기는 소리 같았다. 그리고 누가 먼저라고 할 것도 없이 나와 재숙은 서로 껴안고 키스를 했다. 그녀의 입술에 배어든 찝찔한 코피와 짭짤한 눈물, 그리고 젖은 눈물에 용해된 매운 최루가스 맛조차 한없이 감미롭고 부드러웠다. 나는 입이 얼얼하도록 그녀의 입술을 탐했다. 그리고 둘은 서로 팔베개를 하고 스르륵 잠이 들었나 보다. 난 그때 말이 되어 푸른 초원을 달리는 꿈을 꾸었다.

그녀는 풀잎을 따서 입에 물고 말했다.

"난 지금까지 여기에 모든 것을 묻었지만 너의 입술만은 묻지 않았어. 그러나 이제 너의 입술도 여기에 묻었으니 남은 건 아무것도 없구나."

그녀는 횡설수설 말을 늘어놓았다.

"난 사랑이란 서로 마주 보는 게 아니라 둘이서 같은 곳을 함께 바라보는 것이라 굳게 믿고 있었어. 그런데 사람들은 나만 쳐다보려 했던 거야. 동지들이나 수사관들이나, 또 개나. 나와 함께 별을 보려는 사람은 아무도 없었던 거야. 정말 우습지 않아? 하지만 넌 아니었어. 겁 많고 소심한 성격에다 스스로 열등감이 많아 그랬지 않았나 싶어. 하지만 수사에 들어가기 전에 수사관이 애인이 누구냐 물었을 때 난 당당하게 너라고 말했어. 그냥 그러고 싶었어. 그 순수하고 황홀했던 단 한 번의 키스 때문에. 그러자 수사관이 키득키득 웃으며 말하더군. 성학이 그놈하고 몇 번이나 했어라고 말이야. 난 말했지. 체육관에서 딱 한 번 키스만 했다고. 그러자 그 개자식이 너 나하고 농담 따먹기 하냐며 나의 가슴이고 엉덩이를 마구 짓이기는 거야. 그것이 마치 중요한 수사의 포인트가 되는 것처럼. 난 고문에 못 이겨 말했지. 대여섯 번은 했을 거라고. 그러자 그 개자식이 그걸 일일이 자세하게 말해보라고 하더군. 탐욕스런 눈알을 굴리며 말이야. 그게 치떨리는 수사의 시작이었어."

그녀는 치욕스런 기억을 떨쳐버리듯 세차게 고개를 흔들곤 밤하늘을 쳐다보았다. 저 깜박이며 나오는 별들도 물질을 하는 것 같지 않아? 그래야 별이 아름답고 깨끗하게 빛나지. 저기 보이는 한라산도 물질을 해. 우리가 잠시 눈을 떼고 등을 돌리는 사이 한라산은 자신의 고향인 깊은 바닷속으로 들어가 더럽혀진 몸을 씻고 나오는 거야. 그때마다 한라산은 새로워지지. 온몸에 아름다운 비단을 휘감은 부라산(浮羅山)으로, 속살까지 투명한 녹담만설의 백두악(白頭嶽)으로.

하지만 아무리 한라산이 물질을 한다고 해도 물로서는 깨끗해질 수 없다는 걸 알지. 백록담은 떨어져나간 산방산이 들어오길 기다리는 거야. 저 산방산이 백록담에 다시 들어가 황홀하게 한 몸이 되는 날 한라산은 온전하게 합일되어 비로소 아름답고 평화로운 세상이 열리는 거야.

아, 그런 산이라면……

그녀는 나의 손을 당겨 자신의 얼굴에 비볐다. 그녀의 얼굴에 물기가 번졌다. 나는 어둑신한 공간에 뭉뚝하게 서 있는 산방산을 보며 내 생애 한 번도 느껴보지 못한 맹렬한 욕망을 느꼈다. 나는 그녀의 입술에 강렬한 키스를 퍼부으며 그녀를 쓰러뜨렸다.

호이잇. 그녀는 바다 밑을 세상 밖으로 토하려는 듯 깊은 숨비 소리를 내며 눈을 감았다. 하늘의 별들은 부지런히 물질을 하고 있었고 산방산은 사라져 보이지 않았다.

9

다음날 돌아오는 비행기 안에서 그녀가 써준 인우보증서를 다시 읽어보았다.

……김성학은 결코 나의 애인이 아닙니다. 만사를 그런 식으로 해석해 수사한 당시 수사관들에게 경의를 표합니다. 독재정권의 하수인들이 도달한 파렴치한 인식 수준인 것입니다. 난 당시 차마 입에 담을 수 없는 수치스럽고 잔인한 고문을 당했습니다. 김성학은 부마항쟁의 주역 중의 한 사람입니다. P사건의 발단은 부마항쟁의 배후 세력을 캔다는 데서 출발합니다……

난 그녀가 써준 인우보증서가 한없이 부끄러웠다. 이렇게 해서까지 꼭 명예회복 신청을 해야 하는가. 나는 인우보증서를 찢어버렸다. 벌써 비행기는 하강을 시작하고 창 밖으로 금정산과 김해평야가 보였다.

김하기 문학이 끈질기게 추구하는

통일의 주제는 그러나 남북통일에만 국한되는 것이 아니다.

남북의 통일뿐만 아니라.

하나였으나 지금은 찢겨 있는

모든 것의 통일을 향해 김하기 문학은 나아가고 있다.

해설 **후일담소설을 넘어**

정호웅(문학평론가·홍익대 교수)

1. 혁명적 정치성의 극광(極光)

"처녀작 속에는 그 작가의 문학세계를 미리 압축해놓은 원형이 깃들여 있다"라는 명제가 있다. 아직 꽃으로 피어나거나 열매로 결실하지는 않았지만, 앞으로 펼쳐질 그의 문학적 행로를 통해 꽃으로 피어나고 열매로 결실할 씨앗이 들어 있다는 뜻일 터이다. 처녀작 속에서 그 씨앗을 찾아낼 수 있다면 우리는 작가론의 길머리에 제대로 들어선 것이라 말할 수 있다.

김하기의 처녀작은 그가 대학 2학년이던 1978년 부대신문에 발표한 「날개와 아가미」이다. 습작기 작품답게 거친 표현과 엉성한 짜임새의, 생경한 관념을 벌겋게 드러내고 있는 단편인데, 이 혼돈의 소용돌이 한복판에는 이후의 김하기 문학으로 실현될 씨앗이 출구를 찾아 두 눈을 번득이고 있다.

너무 늦었어. 한때는 햇살 아래 날개를 활짝 펴고 날아보려고 했지. 그래, 난 바보처럼 살아오면서도 내심 누구보다도 더 화려한 인생의 승리자가 되고 싶었지. 수많은 사람들의 손 위에서 헹가래쳐지길 원했는지도 몰라. 하지만 난 뱉어낸 이 토사물보다 빨리 강물 속으로 들어가 아가미를 벌쭉거리며 살아야 해. 지느러미를 너울거리며 헤엄쳐야 해. 난 순수하고 빛나는 물고기가 되어 반짝이는 물살 위로 퍼덕이고 싶어.(「날개와 아가미」, 64쪽)

'나'는 "호흡기관을 바꾸"어서 흙탕물 속으로 뛰어들어 아가미로 사는 길을 택한다. "숨막히는 대기에서 벗어나는" 유일한 방법이기 때문이다. 이 숨막히는 대기(현실)를 절대로 용납할 수 없다는, 생리를 바꾸어서라도 이 현실과 맞서겠다는 절대의 부정의식이다. 이 단호한 현실 부정의식은 "반짝이는 물살 위로 퍼덕이"는 "순수하고 빛나는 물고기"란 아름다운 이미지와 짝을 이루며 혁명적 정치성의 극광(오로라)을 뿜어올린다.

우리는 이 절대의 부정의식과 그것을 이끄는 젊은 순수의 열정이 지난 한 시기 청년 지식인들의 정신과 삶을 이끄는 실천적 명제가 되었던 사실을 알고 있다. 80년대를 꿰뚫고 흘렀던 주요한 시대정신의 하나였던 존재 전이의 도덕적 당위성이 그것인데, 그것은 엄청난 수의 청년 지식인들을 실천의 현장으로 나아가게 하였다.

김하기의 처녀작인 「날개와 아가미」 한복판에는 그같은 시대정신의 본질이 '아가미'와 '지느러미'의 이미지로써 담겨 있다.

2. 순결한 영혼과 통일의 길

혁명적 정치성의 극광을 뿜어올리며 빛나는 처녀작의 그 씨앗은 분단 문제를 다룬 작품들에서는 통일의 길을 걷는 사람들의 삶으로 개화한다.

두루 알듯이 김하기는 소설로써 통일의 길을 계속해서 닦아온 작가이다. 잘 다듬어진 그의 단정한 언어가 상상의 소설세계 속에 거듭 열어 보인 그 통일의 길이 현실화되기까지는 아직도 많은 시간이 필요할 것이다. 그러나 김하기의 문학과 함께 끊임없이 스스로를 열고 있는 그 상상의 길은 개개인의 이기적 욕망으로부터도 멀리 벗어나 있으며, 특정 집단과 그 집단이 섬기는 이데올로기를 이끄는 정치경제적 논리의 구속에도 갇히지 않은 순수한 인간사랑의 길이기에, 현실의 논리와는 무관하게 그 자체로 아름답고 진실된 것이다.

전향 장기수의, 사방으로 막힌 절망의 현실을 그리고 있는 중편 「미귀(未歸)」는 실재하고 있는 사실의 증언이면서 그 사실을 넘어 참된 통일의 길을 열어나가는 인간사랑의 실천이기도 하다.

2000년 9월 2일 판문점을 통해 63명의 비전향 장기수들이 북송되었다. 한겨레신문(2000년 8월 23일자) 보도에 의하면 이들은 '정치공작원 또는 빨치산으로 활동하다 국가보안법 위반 혐의로 1970년 이전부터 30년 이상 옥살이를 한 70대 이상의 노인들'인데, 수감 기간을 합치면 2045년이나 된다고 한다. 놀랍게도 한 사람당 평균 32

년 6개월간 완전 격리된 칠흑 어둠의 세월을 견뎠던 것이다.

그런데 살인적인 전향 공작에 걸려 감옥에서 전향한 사람들은 여기서 제외되었다. 북송 대상이 비전향 장기수로 제한되었기 때문이다. 자세한 사정은 알 수 없지만, 이들을 '혁명의 배신자, 혁명을 팔아먹은 사람'으로 규정하여 아예 그들의 남파 사실까지 인정하지 않으려 하는 북한 쪽의 완강한 태도 때문일 것이다. 그들이 목숨을 바쳐 지키고자 했던 그들 조국의 명령과 그 명령의 정당성에 대한 믿음을 그들의 조국은 정치적 논리로 무화시키고 말았다. 그렇다면 전향 과정에서 그들이 충성을 다짐한 대한민국은 어떠했는가? 다음은 비전향 장기수의 진단이다.

대한민국 정부가 따뜻하게 맞아주냐 하면 오히려 그 반대이지 않습니까. 전향자에게도 똑같이 빨갱이의 낙인을 찍고 보안관찰법의 족쇄를 채워 끊임없이 감시의 눈길을 번뜩이지 않소. 창살없는 감옥에 사는 거 아닙니까. 경제적 능력이 제로인 전향 장기수들을 지원 하나 없이 맹수 같은 자본주의의 법칙에 맡겨놓으니 모두들 기아선상에서 헤매고 있는 것도 사실이고요.(「미귀(未歸)」, 215쪽)

전향 장기수는 그러니까 남에서도 북에서도 내몰린 주변인이다. 두고 온 고향은 그 존재 자체를 부인하고 있고, 살고 있는 이곳은 그들을 지배질서의 밖에 격리하고 있으니 이 현실 속에 그들이 설 자리는 어디에도 없다.

그들의 마음이 깃들일 수 있는 곳의 하나는 갈수록 선명해지는 과거 기억의 세계이다. 세계의 비정함을 몰랐기에 천진난만 행복했던 어린 시절의 추억이 살아 있는 그 세계, 아내와 어린 자식들의 체온과 살냄새가 아직도 생생한 그 세계, 자기가 충성했던 그 권력과 체제와 이념의 정당성에 대한 의문을 전혀 품지 않았던 그 완벽한 주객 동일성의 세계, 그 속에서 매 순간순간 충일했던 젊음의 시간들이 힘차게 약동하고 있는 그 세계이다. 그 세계는 지금의 현실이 고통스러울수록 마음에 들지 않을수록 더욱더 아름답고 진실된 것으로 미화되는, 그러므로 마침내는 환각의 차원으로 전화되는 성격의 것이다. 개인의 구체적 기억에 근거하고 있으며 그 기억을 생산하는 곳이기에 그 세계에 대한 그리움과 집착은 자연스럽다. 그러나 여기에 멈춘다면, 이 작품은 행복했던 과거에 대비된 불행한 현재를 강조하는 '행복했던 과거／불행한 현재'의 상투적인 이분법의 틀에 갇히고 말 것이니 참된 인간사랑의 길에 대한 모색으로부터 멀어지고 말 것이다. 작품 마지막에 이르러 작가는 한 걸음 더 나아감으로써 이같은 이분법으로부터 단숨에 벗어난다.

최인훈의 소설에 나오는 광장적 존재인 명준은 살림 차릴 제삼의 나라라도 있었지만 나는 살림 차릴 데라곤 이 지상에 아무 데도 없는 것인가. 문득 철조망을 휘감아치고 빠지는 임진강의 지류인 구렁이강 역곡천이 생각난다. 그래, 나는 역곡천에 살림을 차리리라. 흘러가는 물에, 경계선을 자유분방하게 치고 빠지는 도도탕탕한 물결에, 강을 넘다 죽은 모든 사람들의 원혼 위에 둥지를 틀고 살림을 차리리라.(「미귀(未歸)」, 219쪽)

역곡천을 넘다 죽은 모든 사람들의 원혼 위에 둥지를 틀고 살림을 차리겠다는 주인공의 속다짐은 조금 갑작스러워 작품의 안정된 구성을 뒤흔드는 설정으로도 보인다. 그러나 이 갑작스런 파격에 이 작품의 가능성이 담겨 있다는 것이 내 판단이다. 상투적인 이분법을 허물어 새로운 단계로 나아갈 수 있는 가능성 말이다.

주인공의 새로운 사상을 심화시키고, 그 거처를 이 현실 속에 마련해주는 것이 이후 작가에게 주어진 과제일 것이다. 그 과제의 수행은 갑작스런 파격에 담긴 가능성을 상상적으로 실현하는 것일 뿐만 아니라 현실적으로 실현하는 것이기도 할 것이다.

김하기 문학이 끈질기게 추구하는 통일의 주제는 그러나 남북통일에만 국한되는 것이 아니다. 남북의 통일뿐만 아니라, 하나였으나 지금은 찢겨 있는 모든 것의 통일을 향해 김하기 문학은 나아가고 있다.

하지만 아무리 한라산이 물질을 한다고 해도 물로서는 깨끗해질 수 없다는 걸 알지. 백록담은 떨어져나간 산방산이 들어오길 기다리는 거야. 저 산방산이 백록담에 다시 들어가 황홀하게 한 몸이 되는 날 한라산은 온전하게 합일되어 비로소 아름답고 평화로운 세상이 열리는 거야.(「님을 위한 행진곡」, 259쪽)

제주도에서 구전되는 전설은 한라산의 정상 부분이 떨어져나가 산방산이 되었는데, 그 떨어져나간 자리가 백록담이라고 말한다. 그

산방산이 다시 제자리를 찾아 한라산이 온전한 제 모습을 회복했을 때 '이 세상에는 행복이 온다' 는 것이 이 설화의 핵심 전언이다. 이 해할 수 없는 자연 현상을 나름대로의 방식으로 설명함으로써 대상 의 낯섦을 해소하고자 하는 전근대인의 사고방식을 보여주는 전설 로도, 훼손되어 있는 것으로 인식된 모든 것을 온전한 제 모습으로 되돌리고 싶어하는 인간의 자연스러운 바람을 보여주는 전설로도, 행복한 세상을 꿈꾸는 인간의 소망을 담아낸 관념적 구성물로서의 전설로도 이해할 수 있는 이 설화에서 작가는 마지막 해석을 끌어 왔다. 이 전설을 매개로 '아름답고 평화로운 세상' 에 대한 열망을 말하고자 한 것이다. 그 찢겨 있는 모든 것들의 온전한 되살림은 그 러나 꿈꾸기만으로 가능한 것이 아니지 않은가? 한라산 전설에 대 한 「님을 위한 행진곡」 속의 해석은 김하기 문학이 이 질문에 맞닥 뜨렸음을 말해주는 것으로 보인다.

3. 배신의 코드

길은 하나뿐이다. 그 찢긴 것들의, 찢김의 원인과 실상에 대한 소 설적 추구가 그것이다. 김하기 문학은 그 힘든 길을 스스로 열며 나 아갔다. 김하기 문학을 90년대 후일담문학 일반과 날카롭게 가르는 '배신' 의 주제가 이에 떠올랐다.

김하기 소설의 인물들은 거의 예외 없이 찢긴 존재들이다. 그들에 게 현재는 과거와, 현실은 꿈과 조화롭게 이어져 있지 않다. 그들은 부조화와 불연속의 인간들이다. 그들은 그처럼 찢긴 존재로서 과거와 현재 사이, 꿈과 현실 사이 아득한 공간을 지향 없이 떠돌고 있다. 개개인만이 그런 게 아니다. 사람들 사이의 관계도 찢겨 있다. 서로를 원망하고, 이왕의 관계를 풀거나 끊어버리려고 애쓴다. 그 뒤 얽힌 심리 곡절의 한복판에 '배신'의 주제가 외눈알을 번득이며 이 배신의 세상을, 배신의 더미 위에 선 우리를 말없이 응시하고 있다.

먼저 「용늪 가는 길」. 이 작품 속에도 무서운 진실을 향해 힘겹게 나아가고 있는 삽화 하나가 들어 있다. 잘 짜여진 서사구조의 한 부분으로 서사의 중심선상에 놓여 있지만, 이 작품을 지배하는 통일에 대한 강박관념에 눌려 충분히 조명받지는 못한 삽화이다.

그 삽화의 내용은 이렇다. 주인공 해준은 광주항쟁 이후 뜨겁게 달아올랐던 정치운동의 한복판에 서서 몇 년간 '불꽃'처럼 살았던 사람이다. 공안기관에 붙잡혀 모진 고문에 시달려야 했지만 끝끝내 '동지간의 의리'를 지켜 굴복하지 않았다. 수사가 끝났다. 고통의 시간을 이겨냈기에 그는 승리자였다. 그러나 승리자의 기쁨도 한순간, 그는 치명적인 배신의 덫에 걸려들고 만다. 동지이자 애인이었던 여인의 배신이 그를 기다리고 있었고 그는 절망한다. 견딜 수 없는 배신감, 절망감이 이제 그를 떠밀어 목숨을 걸고 지키고자 했던 그 동지들을 배신하게 만든다.

이 년간 면회 한 번 없었지만 해준은 그들에 대한 사랑을 버리지 않았다. 동지로서 애인으로서. 출소 후 미은을 만나 모든 것을 확인하기까지는…… 그리고 구범학은 미은과 함께 반지하 아파트에서 체포되

270

었다. 미은은 임신한 몸이었다. 바닥 모를 배신감에 몸부림치던 해준은 잠시 학원반의 사진 채증요원으로 일하기도 했다. 시위판에서 찍은 그의 사진이 재판에서 유죄선고의 결정적인 증거물로 채택될 때 이 년 전 고문을 받으며 기뻐했던 것과 똑같은 희열을 느꼈던 것이다.(「용늪 가는 길」, 32~33쪽)

그의 배신은 동지들에 대한 배신이면서 그런 배신 행위를 상상할 수조차 없을 정도로 순결했던 그의 정신, 지난 삶에 대한 배신이기도 하다. 배신 이후 그의 내면이 격렬한 소용돌이 속으로 휩쓸려들게 되었을 것임은 자명하다. 죄의식, 복수심, 타자 파괴의 욕망, 자기 파괴의 욕망, 돈이나 권력을 통해 빈곳을 채우고자 하는 보상 욕망, 모든 것을 등지고 자연이나 성에 자신을 묻고 세계로부터 지금까지 자신을 자신이게끔 세웠던 자아로부터 벗어나버리고 싶은 욕망 등등이 들끓는 아수라 지옥의 혼란 속으로 그를 끌어들였을 것이다.

배신당하기와 배신하기, 두 겹의 덫에 친친 동여매여 고통의 바다를 허우적거리는 젊은 영혼의 안쪽을 깊이 탐구한 문학을 한국문학사는 생산해내지 못하였다. 아쉽게도 김하기 또한 그 혼돈을 정면으로 다루지 않고 주인공의 죄의식과 오랜 정신적 방황을 설명하기 위한 한 삽화로서 제시하는 데 그치고 말았다.

배신의 주제를 품고 있는 작품은 더 있다. 「고추방에 누워」 「복사꽃 그 자리」 「님을 위한 행진곡」 등인데, 이들 작품에서의 추구 또한 깊지 않다. 먼저 「고추방에 누워」를 본다.

부도를 내고 고향집으로 숨어든 한 사내가 주인공이다. 그 집은 지금 고모 소유로 되어 있는데, 반나마 정신을 놓은 불쌍한 그녀를 위한 그의 배려이다. 집만이 아니다. 주변의 땅을 힘닿는 대로 사서 고모 앞으로 돌려놓았다. 고모 집에서는 큰 은혜를 입은 셈이다. 개발 바람과 함께 그 땅이 수용되고 큰돈이 생겼다. 부도를 내고 수배자가 된 그가 이제는 그의 소유가 아닌 그 보상금에 기대를 거는 것은 자연스럽다. 고모도, 고종아우도 보상금의 일부를 내놓겠노라 선선히 약속했다. 선선히 약속했지만 그 고종아우는 돈의 유혹을 완전히 뿌리치지는 못하고 종내 지고 말았다. 자기 집안의 은인이며 이제는 수배당해 도피중인 외사촌형을 그 형의 불알친구인 경찰에게 고발한 것이다.

가슴을 뼈개는 통렬한 배신이다. 그런데 작가는 그 배신의 안쪽을 깊이 파고들지 않고 빗겨나고 말았다. 뿐만 아니라 배신당한 주인공에 대한 추구 또한 중도반단에 그쳤으니 아쉽다. 주인공은 "재산 싸움이 나면 형제간에도 칼부림을 하는 마당에 사촌에게 보상금을 나눠달라고 하는 건 그 자체가 우스꽝스런 얘기다. 누굴 원망하랴, 내가 윤도와 입장을 바꿔봐도 마찬가지 아닐까"(90쪽)라는 생각으로 물러서고 마는데, 누구나 다 그럴 것이니 어쩔 수 없지 않느냐는 논리이다. 사람이란 으레 그런 존재라는 일반론에 기대어 배신하기와 배신당하기의 안쪽에 대한 추구로 나아가지 못한 것이다.

「님을 위한 행진곡」의 한복판에 자리잡은 중심 코드도 '배신'이다. 1980년대 범법자로 규정되어 감옥살이를 했던 민주화 운동가들의 명예 회복이 정부 주도로 추진되고 있다. 당연하게도 많은 사람들이 명예 회복을 청원하게 되었다. 명예 회복이 이루어지면 상당한 보상금도 받을 수 있게 되었다. 이 작품의 주인공도 청원하려고 마음먹었다. 청원을 위해서는 두 사람의 인우증명서가 필요한데, 우여곡절 끝에 증명을 거부하던 옛 동지의 인우증명서를 손에 넣었다. 다음은 그 인우증명서를 손에 든 그의 마음속에 떠오른 생각이다.

> 난 그녀가 써준 인우보증서가 한없이 부끄러웠다. 이렇게 해서까지 꼭 명예회복 신청을 해야 하는가. 나는 인우보증서를 찢어버렸다. 벌써 비행기는 하강을 시작하고 창 밖으로 금정산과 김해평야가 보였다.(「님을 위한 행진곡」, 260쪽)

그의 '한없는 부끄러움'이 무엇 때문에 생겨난 것인지 분명하게 알 수는 없다. 명예 회복을 추진하는 옛 동지들을 향한 한 인물의 비난 속에 "결국 이 사회를 천박하게 하는 것은 사회를 바꾸겠다고 말로만 떠드는 치들, 바로 우리 자신들이라구요"(243쪽)라는 말이 들어 있는 것으로 미루어 그 부끄러움이 순수한 젊은 영혼이 꿈꾸던 사회가 건설되지 않았음에도 불구하고 주저앉아 명예 회복과 보상금을 바라는 자신에 대한 정시에서 생겨난 것이라 짐작할 수 있을 뿐이다.

그런데 아쉬운 것은 그 부끄러움에 대한 성찰이 여기서 멈추고 말았다는 사실이다. 작가는 "벌써 비행기는 하강을 시작하고 창 밖으로 금정산과 김해평야가 보였다"고 하여, 짧은 비행 시간을 내세워 그 문제를 지나치고 말았는데, 소설은 여기서 새롭게 시작되어야만

하는 것이 아닐까.

90년대 후일담소설은 거의 한결같이 순수하고 아름다웠던 과거 / 그렇지 못한 현재의 이분법 위에 서 있다. 그 이분법의 폐쇄회로는 현재의 절대 부정과 과거의 절대 미화라는 또다른 이분법을 생산하는데 이로 인해 90년대 후일담소설은 대체로 동어반복의 차원에서 멀리 벗어나지 못하였던 것으로 보인다.(졸저, 「후일담소설론」, 『한국문학의 근본주의적 상상력』, 프레스21, 2000) 김하기 문학은 '배신'의 주제를 끌고 들어옴으로써 그같은 이분법의 폐쇄회로를 열 수 있는 가능성을 보였으나 아직은 가능성의 단계에 머물러 있는 듯하다.

동어반복이지만, 그같은 가능성의 실현은 그 '배신'의 안쪽에 대한 깊은 추구를 통해서만 가능하다는 것이 내 생각이다. 그 배신의 실체는 무엇이었던가, 배신한 사람과 배신당한 사람의 심리곡절은 어떠했으며 그로 인해 그들의 삶은 어떻게 전개되어야만 했던가, 더 나아가 인간에게 있어 배신이란 무엇인가를 탐구하는 작업을 독자들은 김하기의 이후 문학에서 기대하는 것이다.

4. 새로운 가능성의 움

김하기의 소설에는 "삶에 대한 자신감을 가지지 못하고 현실이 짓누르는 중력을 이기지 못해 짜부라진 모습으로 살아가"(「폭설」, 141쪽)는 소설가가 곳곳에 등장한다. 작가의 분신인가? 문학과 생활에 대한 자신감으로 전업작가 대열에 뛰어들던 때의 낙관적인 활력은 잃어버린 지 오래다. 그는 "요즘이 아니라 늘 슬럼프다. 삶 자체가 슬럼프다"(141쪽)라고 우울하게 말할 수밖에 없는 지경에 떠밀리고 말았다. "간혹 무의식의 세계에서 짜릿하고도 행복하게 번개처럼 스치는" "첫사랑 여인"(144쪽)의 기억도 다만 그때뿐, 그의 우울한 무기력을 어쩌지 못한다. 그녀와의 반가운 해후조차 마찬가지다. 여기서 벗어날 출구는 무엇인가?

중생들은 왜들 모를까. 우리 삶에 뛰어든 무거운 바위들도 잘만 살피면 부처요 관세음보살인 것을……(170쪽)

"우리 삶에 뛰어든 무거운 바위"를 힘겨운 짐으로 생각할 것이 아니라 "부처요 관세음보살"이라 생각하여 소중히 모시는 태도를 갖는 것이 그 출구라는 대답이다. 「폭설」에는 주인공을 짓누르는 그 무거운 바위의 정체가 무엇인지 구체적으로 드러나 있지 않다. 추상적 관념인 '삶' 또는 '현실'이란 이름으로 제시되어 있을 뿐이다.

그러나 감당하기 어려울 정도로 무거운 삶을 너절한 것들로 가득 찬 지리멸렬한 것으로 생각하여 전적으로 부정하고 회피하고자 하는 태도와 그 속에 소중한 그 무엇이 들어 있다고 생각하여 모시고자 하는 태도는 전혀 다른 것이다. 이 태도의 변화는 곧 김하기 문학의 변모를 앞서 알리는 징후로 보인다. 이 태도의 변화 속에 김하기 문학의 새로운 가능성이 움돋고 있다는 것이 내 생각이다. 나는 김하기 문학이, 불순하기 짝이 없는 것들로 추악한 우리의 삶을 그가 지닌 순수한 잣대를 기준으로 일도양단 재단하여 내치지 않고,

그 추악함의 실체를 그 의미를, 그 속에 깃들여 있는 아름답게 빛나는 것들을 찾아 나아가는 문학이 될 것임을 예감한다.

강물에 띄우는 엽편

　작가 스스로 자신의 작품세계를 공정하게 들여다볼 수 있을까요. 들여다보는 순간 관찰자의 간섭이 일어나 미로에 갇히고 맙니다. 당신은 내가 두만강을 넘은 후 나의 문학도 강을 건넜다고 했습니다. 강 저편의 문학이 보이는 세계의 변혁을 지향했다면 강 이편의 문학은 보이지 않는 세계의 변화를 지향하고 있다고요. 하지만 당신이 쓰는 지향이라는 말도 어떤 목적성을 갖는 의미라면 적절하지 않습니다.

　히브리어로 '우상'이란 말의 본뜻은 '본다'라고 합니다. 우리의 시선으로 도대체 무엇을 볼 수 있겠습니까. 우리의 시선은 질정이 없습니다. 속눈썹을 보는가 하면 순식간에 몇억 광년을 달려 별을 바라봅니다. 하지만 당신의 눈에 닿으려면 아직도 사억 광년은 더 바라보아야 할 것 같습니다. 차라리 눈을 감고 있는 게 가장 잘 보는 것이 아닐까요.

　당신은 우리 시대에 가장 잘 쓰는 작가는 아무것도 쓰지 않고 절

필한 작가라고 극단적으로 말합니다. 최근에 논란이 된 요산 김정한 선생의 '인가지' 작품을 가지고 얘기하던 중 불쑥 나온 말입니다. 하지만 절망하기엔 아직 이릅니다. 마음의 눈으로 보면 되니까요.

하지만 난 언제부턴가 '소전론(素錢論)'을 주장했습니다. 낙인찍히기 전의 동전인 소전은 무한한 가치를 지니지만 한 번 낙인이 찍힌 동전은 평생 백원짜리 오백원짜리 몸뚱어리로 굴러갑니다.

어린 시절 당신이 십원짜리 동전을 시멘트 바닥에 박박 문질러 갈았던 이유는 무엇입니까. 신석기 시대의 습성 때문이었습니까? 혹시 십원짜리가 싫어서 갈아버린 것은 아닙니까. 낙인을 갈아버린 소전은 그 무엇도 될 수 있는 희망이 있습니다. 백원짜리도 오백원짜리도 일억원짜리도. 당신은 비어 있기에 세상과 우주의 모든 것을 다 담을 수 있습니다.

언젠가 당신은 물었습니다. 내일 지구의 종말이 와 세상에 단 한 권의 책만 남겨두라면 어떤 책을 남겨야 할까고요. 난 성서나 위대한 사상서를 생각했습니다. 당신은 뜻밖에도 평범한 소설책 한 권을 이야기했습니다. 한 권의 소설책이야말로 인간이 이 지구상에서 살았던 흔적을 가장 잘 보여줄 수 있다고 말입니다. 인간의 사랑과 갈등, 사회의 풍속과 도덕, 위선과 범죄까지 한 권으로 압축한 그런 소설을 써야 한다고 당신은 지금도 말하고 있습니다. 그래서 난 한 권의 책을 출간할 때마다 늘 종말감을 느낍니다. 또 엽서를 띄우겠습니다.

은히재에서 김하기 드림

문학동네 소설집
복사꽃 그 자리
ⓒ 김하기 2002

1판 1쇄	2002년 7월 11일
1판 2쇄	2003년 2월 6일

지 은 이	김하기
책임편집	김현정 조연주 장한맘 손미선
펴 낸 이	강병선
펴 낸 곳	(주)문학동네
출판등록	1993년 10월 22일 제22-188호

주 소	136-034 서울시 성북구 동소문동 4가 260번지 동소문빌딩 6층
전자우편	editor@munhak.com
전화번호	927-6790~5, 927-6751~2
팩 스	927-6753

ISBN 89-8281-533-3 03810

www.munhak.com